Isaac Rosa

Im dunklen Zimmer

Roman

Aus dem Spanischen von Luis Ruby

liebeskind

Puerto de la Cruz, 23.11.-05.12.24

AC/E
ACCIÓN CULTURAL
ESPAÑOLA

Die vorliegende Übersetzung wurde unterstützt durch
Acción Cultural Española, AC/E.

Die spanische Originalausgabe erschien 2013 unter dem
Titel »La habitación oscura« bei Seix Barral, Barcelona.

Umschlagmotiv: Dave Wall / Arcangel
Umschlaggestaltung und Herstellung: Robert Gigler, München
Lektorat: Corinna Santa Cruz, Frankfurt/Main
Typografie und Satz: Frese Werkstatt, München
Druck und Bindung: Friedrich Pustet, Regensburg

ISBN 978-3-95438-151-7

Für Marta, für all das Licht.
Und für Elena Ramírez, die lesend erleuchtet.

Eins

Bleib nicht da stehen. Komm doch rein, wir sind alle schon da. Hinter dem Vorhang, die Tür: Sie ist offen, du brauchst nur dagegenzudrücken, während der schwere Stoff hinter dir sich schließt und das spärliche Licht auf dem Korridor zurückbleibt. Die Tür gibt mühelos nach, und als du ein paar Schritte nach vorne machst, spürst du, dass sich die Dunkelheit auf deinem Gesicht verfestigt hat, sie fühlt sich rau an, aber nein: Das ist die zweite Stoffbahn, die an einer Stange hängt, im Halbkreis, damit die Tür sich nicht verfängt. Wirkt übertrieben, zwei Vorhänge, aber nur so können wir sicherstellen, dass auch nicht ein Splitter Helligkeit hereinfällt, wenn jemand das dunkle Zimmer betritt oder verlässt. Der Vorhang besteht aus einer Stoffbahn, hör auf, nach einer Lücke zu tasten: Du kommst nur seitlich vorbei, wie beim Betreten eines Tempels. Drinnen angekommen, suchst du zur Orientierung die nächste Wand, legst die Hand auf die weiche Oberfläche. Von da an kannst du am Rand entlanggehen, ohne dich von der Wand zu lösen, oder einige Schritte zur Raummitte hin machen, mit vorgestreckten Händen. Du weißt, dass keine Gefahr besteht, gegen Möbel zu stoßen, die gesamte Einrichtung beschränkt sich auf drei Matratzen an der Rückwand und zwei Sofas an den Seiten. Dass du vorsorglich die Hände ausstreckst, hat mit den Leuten zu tun, die im dunklen Zimmer sind, du möchtest mit niemandem zusammenstoßen. Eingangs war uns nie klar, wie viele von uns schon drinnen sein mochten, ob da irgendjemand in einer Ecke saß oder ob man als Erster kam, aber heute sind wir alle da. Nur du hast noch gefehlt, und jetzt bist du angekommen. Such dir einen Platz, find ein Stück Wand, an dem noch niemand lehnt, ertaste die Körper auf deinem Weg, die am Boden sitzen wie eine Felsengruppe, dann berührst du noch einen Kopf und dann keinen mehr, lass dich dort fallen und schließ den Kreis. Sag nichts, stell keine Fragen, wir wissen, dass heute ein besonderer Tag ist, ein anderer als sonst, aber bisher hat keiner die Stille durchbrechen wollen, die seit dem ersten Tag untrennbar mit der Dunkelheit verbunden ist. Wir sind alle eingetreten, als wäre das ein ganz normaler Tag: jeder für sich, haben im Gang die Schuhe stehen lassen, beim Öffnen des Vorhangs kaum einen Lufthauch erzeugt, haben ins Leere geblinzelt und auf der Haut diese dichte Hitze gespürt, die uns schon immer elektrisiert hat. Einige von uns sind schon länger nicht mehr hier gewesen, und so hatten wir beim Ankommen diesen Anfängerreflex, uns in alle Richtungen umzusehen, nach dem winzigen Spalt Licht zu suchen, den die Pupillen brauchen, um die Welt zu rekonstruieren, dem Raum Grenzen zu geben, aber da ist nichts. Es herrscht keine absolute Dunkelheit, wir wissen, dass es so etwas nicht gibt, nur die Unfähigkeit des Auges, den winzigen Rest Licht zu sehen, der selbst in der tiefsten Grube noch vorhanden ist, ein Glanz, der unzerstörbar bleibt. Aber das hier kommt dem Absoluten am nächsten, nirgends haben wir eine solche Dunkelheit erfahren, trotz aller Versuche: zu Hause, wo man noch so sehr die Rollläden herunterlassen, die Vorhänge und Türen schließen kann, es dringt doch immer ein feiner Lichtstrahl herein, der die Pupillen erregt, und dann weiten sie sich und erkennen schließlich etwas, eine Form, einen Schatten, der dichter ist als die anderen. Hier nicht. Auch Stille existiert nicht absolut, das wissen wir, sosehr wir uns bemüht haben, das dunkle Zimmer schallsicher zu isolieren. Wenn du es dir schließlich auf dem Boden bequem gemacht hast und das Kleiderrascheln aufhört, das Knacken der Gelenke, mit dem du dein Kommen angekündigt hast, wird dir klar werden, warum wir heute auch nicht reden, warum wir trotz allem, was wir uns zu sagen haben, diese Stille vorziehen, die niemals umfassend ist: Selbst wenn wir allein hier waren und um uns herum kein Atem, auch kein Rascheln, kein Schnalzen mit der Zunge oder Einsinken der Matratze, brachte doch unser eigener Leib den Grund des Gehörs zum Schwingen: der Atem, der Pulsschlag, die Regungen der Eingeweide, das lebendige Summen des Organismus, das stärker wird, wenn das Ohr kein Außengeräusch findet, dem es sich anvertrauen kann, und dann wendet es sich suchend nach innen. Heute wollen wir diese Stille bis zur letzten Sekunde auskosten, denn wie du weißt, ist das hier ein Abschied: Die Sache geht zu Ende, mit dem dunklen Zimmer ist es vorbei, genieß also zum letzten Mal die Abwesenheit von Licht und Geräuschen, atme tief ein, bevor du diesen Geruch verlierst, den das Gedächtnis noch eine Zeit lang behalten wird, wenn wir gehen: ein Kleister aus vielen Gerüchen, die diese geschlossene Atmosphäre verdichten, die scharf würzige Luft, die dir in die Nase steigt, wenn du durch den zweiten

Vorhang trittst, über Jahre angesammelt wie ein riesiger Ball aus alten Lumpen, wenn wir ihn auftrennen und die Bestandteile einzeln betrachten könnten, würden wir sie einen nach dem anderen wiedererkennen. Und nun atme tief ein, wir werden diese Luft nicht noch mal riechen, das ist das Ende. Heute klappt die Zeit sich ein, ein Blatt, das in der Mitte gefaltet wurde, damit Anfang und Schluss sich überlappen, damit dieser letzte Tag mit jenem ersten Abend zusammentrifft, an dem wir ebenfalls alle hier waren, so wie heute: im Kreis sitzend und schweigend, das dunkle Zimmer mit derselben Hingabe willkommen heißend, mit der wir es heute verabschieden. Gefaltete Zeit, oder besser: zirkuläre Zeit, als wären wir zurück auf Start gelandet, als hätte ein Wimpernschlag fünfzehn Jahre gedauert, und in Wirklichkeit hätten wir uns nie von hier wegbewegt. Die Erinnerung explodiert in der Mitte des Zimmers und durchzuckt uns wie ein elektrischer Schlag, der alle gleichzeitig trifft. Obwohl wir es nicht aussprechen, teilen wir das Gefühl, es sei erst wenige Sekunden her, dass wir das Licht zum ersten Mal ausgeschaltet haben, als hätten wir heute und nicht an jenem fernen Abend die alten Stühle und den von den Vormietern zurückgelassenen verstaubten Plunder auf den Korridor hinausgetragen, das Lüftungsfensterchen mit einem Brett abgedeckt, die Ritzen mit Isolierband überklebt, Löcher für die Vorhangstangen in die Wände gebohrt, den Spalt unter der Tür mit einer Profilleiste geschlossen, Nägel eingeschlagen, Bodendielen abgeschliffen, Schaumstoffpaneele an die Wände getackert und stückweise zugeschnitten, um noch die letzten Winkel abzudecken. Dann blieben wir vor den zwei großflächigen Spiegeln stehen, die sich über eine halbe Wand erstreckten, seit damals, als hier im Untergeschoss Tanzkurse für die Nachbarschaft abgehalten wurden: Wir diskutierten darüber, was wir damit machen sollten, ob abnehmen oder dalassen; es kam das abergläubische Argument, man solle sie ab- oder wenigstens verhängen, doch letztlich beschlossen wir, sie zu behalten, es hatte etwas Aufregendes, ein dunkles Zimmer zu betreten und uns darin verdoppelt zu wissen, obwohl wir über all die Jahre, falls nicht gerade eine Hand die kühle Oberfläche streifte, nie mehr daran denken sollten, dass da noch ein blinder Spiegel war, dass unsere Bewegungen einen schwarzen Widerhall hatten. Aber heute ja: Heute denken wir an den Spiegel, als wäre er nicht seit fünfzehn Jahren außer Betrieb, als hätten wir erst vor einer Sekunde aufgehört, ihn zu sehen, just bevor das Licht ausgeschaltet wurde, nachdem wir noch einmal die Krampen an den Wänden überprüft, das Klebeband über den Ritzen verstärkt, die Teppiche ausgerollt, die Sofas und Matratzen hereingetragen und eine Taschenlampe angeknipst hatten, die unsere Schatten auf den Wänden breiter werden ließ und uns erlaubte, die Neonröhre von der Decke zu montieren, um abschließend noch einmal alles durchzugehen. Wir strichen mit der Hand über die Böden und Dämmplatten, auf der Suche nach einer scharfen Kante, an der wir uns im Dunkeln aufschürfen könnten; wir spannten die Teppiche nach und nagelten sie auf den Dielen fest, um Faltenwurf zu vermeiden, diese mögliche Stolperfalle, schlossen dann, als endlich alles überprüft war, die Tür und zogen den Innenvorhang zu. Wir sahen einander an, über den Raum verteilt wie heute, vielleicht haben wir uns unwillkürlich auf dieselben Plätze gesetzt, die wir am Tag der Einweihung einnahmen, geblendet von der Taschenlampe, die einmal ringsum schwenkte und uns kenntlich machte, wie um einen nach dem anderen zu verabschieden. Vom Spiegel kam ein Funkeln zurück, sein letztes Wort. Und dann löschten wir das Licht, ein Licht, das seither nicht wieder eingeschaltet wurde, das wir heute jedoch erwarten, als könnte es uns jederzeit anstrahlen und den Kreis schließen, das Blatt falten, die Zeit einklappen, die Symmetrie vervollständigen, und dann würden wir wie in einem rückwärts bedienten Laufbildbetrachter aufstehen, den Vorhang und die Tür öffnen, die Leuchtröhre wieder an der Decke anbringen, die Teppiche von den Nägeln befreien, die Sofas und Matratzen nach draußen tragen, die Schaumstoffplatten von den Wänden reißen, das Klebeband von den Ritzen ziehen, das Lüftungsfenster freilegen, die Vorhangstange abmontieren, sämtliches Material entfernen, die alten Stühle und den verstaubten Plunder ins Zimmer zurückstellen, die es einst beherbergt hat, um schließlich in den Gang hinauszutreten und die Tür hinter uns zu schließen, die wir an jenem Tag geöffnet haben.

Aber da müsste man ein Stück weiter zurückblicken, noch weiter in der Zeit zurückgehen, da dürfen wir nicht beim Abend der Einweihung stehen bleiben, an dem wir die Fenster abgedichtet und die Wände gepolstert haben. Man müsste ein paar Wochen früher in die Vergangenheit einsteigen, beim ersten Dunkelzimmer, das in Wirklichkeit nicht dunkel war, nicht komplett; und es war auch kein abgetrennter Raum, noch nicht. Aber ohne jene erste Dunkelheit, wie zufällig und unerwartet sie auch kam, wären wir heute nicht hier, säßen nicht im Kreis, ohne uns zu sehen, obwohl wir einander erahnen, als hätten sich unsere Augen nach all den Jahren an die Dunkelheit gewöhnt. Das erste Mal: Wir hatten die Räume erst zwei Monate zuvor gemietet, und obwohl das Zimmer von Anfang an da gewesen war, die Treppe runter am Ende eines Korridors, hatten wir es nur am ersten Tag geöffnet, als der Eigentümer uns die Schlüssel überreichte und wir das Ladenlokal euphorisch in Besitz nahmen. Wir inspizierten es bis in den letzten Winkel, warfen auch einen Blick durch besagte Tür und beschlossen, den Keller als Abstellraum zu nutzen. Das erste Mal: Es war Samstag, und damals versäumte niemand unseren Termin. Den Rest der Woche kamen und gingen wir nach Bedarf, manchmal kreuzten sich unsere Wege, jeder nutzte das Lokal zu seinen Zwecken: als Büro, als Ort zum Lernen für diejenigen, die noch an der Universität waren oder sich auf ihre staatlichen Auswahlprüfungen vorbereiteten, als Hobbyraum, wenn ein Steckenpferd mehr Platz verlangte, als jemand in seiner Wohnung hatte oder noch in seinem Zimmer bei den Eltern, als ruhigen Ort, an dem man Klarinette üben konnte, ohne dass sich die Nachbarn beschwerten, in einigen Nächten auch als Liebesnest, als diskrete Kammer, in der ein nächtliches Date seinen Höhepunkt finden konnte, ein Zweck, für den wir auch Absprachen trafen. Aber samstags waren wir alle da, nutzten das Lokal wie früher das Wohnzimmer irgendeiner WG, die Kneipen oder die asphaltierten Alleen, am offenen Kofferraum des Autos. Das erste Mal: dadurch ermöglicht, dass wir damals andere waren, nicht diejenigen, die jetzt angespannt warten, wir hören fast schon das Herzklopfen der Anwesenden um uns herum. Wir waren andere, und deshalb konnte es dazu kommen: Wenn uns dasselbe zehn Jahre später passiert wäre, hätten wir nicht so reagiert, wir hätten über den Stromausfall gescherzt und im Dunkeln gelacht, aber ohne aufeinander zuzugehen, hätten den körperlichen Abstand gewahrt, den die Zeit immer größer werden lässt. Und wenn es fünfzehn Jahre später passiert wäre, den Menschen also, die wir heute sind, dann würden wir eilig zu Feuerzeugen und Handys greifen, um nicht im Dunkeln zu sitzen, und sofort bei den Stadtwerken anrufen, um uns zu beschweren. Aber damals nicht, damals waren wir andere. Wenn wir heute an jenes erste Mal zurückdenken, trügt uns die Erinnerung: Sie zeigt uns wie auf einem Foto, aber nicht als die, die wir waren, sondern als die, die wir heute sind. In der jugendlichen Kleidung von damals, das schon, verteilt über die Sofas im Erdgeschoss wie an jenem Tag, tatsächlich aber mit den Körpern von heute, mit diesen Gesichtern, in denen sich Schwere angehäuft hat, Müdigkeit und Abnutzung; die Erinnerung daran, wer wir gewesen sind, fällt uns schwer. Wir müssten ein weiteres Mal dafür sorgen, dass der Laufbildbetrachter sich rückwärts dreht, die Zeit zurückspulen, um das Verlorene wiederherzustellen und uns so zu sehen, wie wir waren. Versuch es, dreh kräftig an der Kurbel, dann wirst du schon sehen, wie sich das Leben umkehrt und wir im Rücklauf der Jahre alles abwerfen, woran wir heute zu tragen haben; wir sehen, wie die Haut sich strafft, ihre Flecken löscht und wieder an Glanz gewinnt, das erschlaffte Fleisch wird fester, die Augenringe werden absorbiert, die Wirbelsäule richtet sich auf, aus der Kanalisation kommen Tausende von Haaren, um sich wieder in die Kopfhaut einzufügen, der Zahn, den jemand verloren hat, kehrt an seinen Platz im Zahnfleisch zurück und verdrängt das Implantat, das sich für ihn ausgegeben hat; wir sehen Neuronen auferstehen, Zellen erwachen, um Muskeln, Knochen und Organe zu rekonstruieren; das Fett löst sich aus den Arterien, der Ruß aus den Lungen, er dringt durch die Nasenlöcher hinaus, zurück in die Schornsteine, Auspuffe und Kippen, die im Aschenbecher wachsen, bis sie wieder Zigaretten sind; literweise Tränen, verdampft oder in Taschentüchern und auf Ärmeln getrocknet, verflüssigen sich und steigen gegen den Strom die Wangen hinauf, bis sie in die Tränendrüsen zurücksickern können; wenn du schneller drehst, kannst du die Kinder schrumpfen lassen, bis sie erneut in der Gebärmutter liegen und sich zu einem Ei zusammenziehen, das sich wieder in den Eierstock einpflanzt, nicht ohne mehrere Tropfen Sperma ausgestoßen zu haben, das sich den zahllosen über Vaginen, Kondome und Toilettenpapier verteilten Samenzellen anschließt, um mit demselben Druck, mit dem sie eines Tages ejakuliert wurden, in die Ursprungsschwänze zurückzukehren; wenn wir alle zusammen die Kurbel beschleunigen, können wir dafür sorgen, dass sich das ganze Zimmer dreht und die Toten, die wir in diesen Jahren begraben haben, in diesem Wirbel ihre Organe unter der Erde neu zusammensetzen, aus ihren Särgen und Nischen steigen und sich den Staub abklopfen oder gar aus Ascheteilchen sich wieder erheben, die an einem Strand gegen den Wind ankämpfen, um ins Innere der Urne zurückzugelangen und von dort ins Krematorium, wo das Feuer sie wieder in Körper verwandeln wird, die beim Verlassen des Ofens ins Krankenhaus gebracht werden, wo sie in einem Bett die Augen aufschlagen, während die Tumore zurückgehen und die Zellen die Strahlenbehandlungen abweisen. Das Zimmer rotiert, der gesamte Planet verkehrt seine Bahn, damit wir die Unterschrift aus Arbeitsverträgen, Hypotheken und Stammbüchern tilgen, damit wir alles wieder einpacken und Umzüge ungeschehen machen, damit wir den Fabriken und der Erde alles zurückgeben können, was konsumiert wurde, und rücklings durch fremde Länder reisen, die wir dabei nicht kennenlernen, und Dutzende an Silvester verspeister Trauben ausspucken und tonnenweise Essen und Alkohol ausspeien und Medikamente und toxische Substanzen aus unseren Venen holen und Entscheidungen annullieren und Trennungen rückgängig machen, und nur so, indem wir diesen ganzen Weg rückwärts zurücklegen, wären wir in der Lage, noch einmal zu jenen zu werden, die eines Tages zum ersten Mal im Dunkeln saßen. Wir, die von damals.

Jetzt ist es so weit, schau her, unsere Reise in die Vergangenheit ist abgeschlossen. Da sind wir: beim ersten Mal. Alle sind hier, einschließlich derjenigen, die heute fehlen. Man kann unsere Unterhaltungen kaum verstehen, weil alle so laut reden und übertrieben lachen, die Musik ist voll aufgedreht. Wenn du auf die eine oder andere Uhr schaust, die unter einem Ärmel hervorlugt, stellst du fest, dass es schon spätabends war, wohl seit drei oder vier Stunden hatten wir getrunken und geraucht, du kannst das an dem dichten Grauschleier im Raum ablesen, den vollen Aschenbechern und leeren Flaschen, dem heiseren Lachen, den geröteten Augen oder den geweiteten Pupillen, die unserem Blick etwas Tierisches geben. Auf dem Sofa hinten im Eck, direkt an der Treppe und fast schon im Halbdunkel, sind zwei Pärchen auszumachen, die sich seit einer Weile von der Gruppe abgesondert haben und symmetrisch herumknutschen, an beiden Enden des Sofas. Wir können die vier nicht richtig erkennen, aber das macht nichts, sie könnten jeder von uns sein, die Paarkonstellationen wechselten damals rasch. Plötzlich, als hätten alle gleichzeitig gezwinkert, saßen wir im Dunkeln, und die Musik ging aus. Die Unsichtbarkeit war nicht umfassend, pass auf, das ist etwas ganz anderes als die Blindheit jetzt hier: Durch die Ritzen des Rollos drang ein wenig Helligkeit herein, nicht viel, aber genug, um unsere über den Raum verteilten Schemen ausmachen zu können, schwarze Silhouetten, die anfingen zu lachen und herumzuschreien, dann Pfiffe, jemand machte die Tür auf, wir traten auf die Straße hinaus und stellten fest, dass wir nicht die Einzigen waren, die keinen Strom hatten. So stehen wir also auf dem Gehsteig, taumelnd und bibbernd vor Kälte, und entdecken eine Nacht, wie es sie in der Stadt eigentlich nicht geben kann: die Laternen ohne Licht, die Gebäude, aus denen durch irgendein Fenster der Schein einer Taschenlampe oder eines Feuerzeugs dringt, sonst nichts, der nahe Park wie ein

Horizont, mit einem Mal unermesslich, und oben das Überraschendste, auch wenn die meisten von uns zu betrunken sind, um es zu genießen: der Himmel, die Sterne so hell wie seit Jahrhunderten nicht mehr in der Stadt, ihr Glanz, der über Milliarden von Kilometern hergekommen ist und in dieser Nacht eine Anerkennung findet, die ihm durch Jahrzehnte elektrischer Beleuchtung versagt geblieben ist. Wir wussten nicht, ob der Stromausfall das Viertel oder die Stadt betraf, oder hatte der ganze Planet einen Blackout, wohin wir auch blickten, sahen wir kein Licht, bis auf die Scheinwerfer eines Autos, die uns einen Moment lang blendeten. Wir gingen wieder hinein, und als die Tür zufiel, verschwanden wir, durch die Fenster drang nur dieser winzige Schimmer von Mond und Sternen, gab der Straße noch eine Form. Da sind wir wieder, in trunkene Schatten verwandelt, die reihenweise zusammenstoßen. Jemand knipst ein Feuerzeug an, sein Gesicht erscheint über der Flamme wie das eines Monsters, bis ihm ein anderer das Feuerzeug aus der Hand wischt: Mach das Ding aus, lass uns lieber im Dunkeln bleiben. Von da an nehmen wir nur noch vage Verschiebungen von Formen wahr, hören das Klirren leerer Flaschen, über die jemand stolpert, das Lachen der anderen, unsere Erinnerung ist es, die jetzt ein falsches Licht ansteckt, um zu erleuchten, was jeder noch im Gedächtnis hat, als ob er es gesehen hätte, wo doch in Wirklichkeit alle nur schwankende Schatten waren. Jemand versuchte, sich aufs Sofa zu setzen, und plumpste auf jemanden, der schon dort saß, der purzelte von dem Stoß auf eine andere, die ihrerseits über ein Paar Beine fiel, auf das Sofa gegenüber. Keiner sagte ein Wort, wir lachten bloß oder redeten laut, und bald waren wir alle in ein Spiel aus Schubsern und Stürzen verwickelt, rappelten uns vom Boden auf, um erneut umzukippen, krabbelten ein Stück weit, streckten die Hand aus und ertasteten einen Kopf, einen Rücken, eine Brust, stießen und wurden gestoßen, fielen über andere, die schon gefallen waren, Klagelaute gingen im Gelächter unter, wenn jemand Zuflucht in einem Sessel suchte, war er schon besetzt, von einem, von mehreren, es war schwer abzuschätzen, wie viele in diesem Durcheinander von Armen, Beinen und Köpfen auf einem Haufen lagen, verstreut über den engen rechteckigen Raum, den die Sofas bezeichneten. Ein Gesicht fand sich an ein anderes Gesicht geschmiegt, zwischen den alkoholgeschwängerten Atemzügen der beiden entfaltete sich eine magnetische Anziehungskraft, die Zunge schob sich wild in den Mund, Zähne stießen zusammen, Hände hielten Köpfe fest, um sie nicht entkommen zu lassen, die Körper rollten durch die Gegend, eine Nase rammte sich in ein Ohr und prallte beim Umdrehen auf einen anderen heißen Mund, eine Hand schob sich unter ein T-Shirt, eine andere kämpfte mit Knöpfen, ohne zu wissen, was darunter zu finden war, ein Reißverschluss war zu hören, ein Fingernagel schrammte über eine Brustwarze, zehn Finger stritten sich um ein und denselben Verschluss. Uns fiel erst auf, dass wir die Augen geschlossen hatten, als das Aufflackern unsere Lider durchdrang, der Strom war wieder da.

Wie oft haben wir uns an jenes erste Mal erinnert, wie oft in all den Jahren. Wie viele von uns begegnen sich jetzt, da diese letzte Versammlung im Dunkeln zu einer Zeitreise wird, in einer einzigen Erinnerung, der Erinnerung an diesen Abend, der während der darauffolgenden Tage an Gewicht gewann, er brannte in der Kehle wie bei einem Kater, hatte aber auch die Lebhaftigkeit eines Wunsches, den niemand aussprach, während wir auf einen weiteren Stromausfall hofften, eine weitere Panne im Netz, die uns zu dem Augenblick zurückversetzte, in dem im Viertel, in der Stadt, auf dem Planeten die Versorgung hochgefahren worden war und die wiederbelebte Glühbirne uns in einem Tableau ineinander verschlungener Körper verewigt hatte, erstarrt in der letzten Geste, die wir für die anderen noch unsichtbar geglaubt hatten: die Zunge in einem fremden Mund, eine frei hängende Brust, eine Hose um die Knöchel, zwei Körper, die sich auf einem Sofa wälzten, eine dritte Hand, die sich klammheimlich dazwischengeschoben hatte. Wir brauchten ein paar Sekunden, um die Fassung wiederzugewinnen, stocksteif hielten wir den Atem an und ließen unsere Beute nicht los, bis wir uns irgendwann damit abfanden, dass das Licht zurückgekommen war, um zu bleiben, dass es sich nicht um ein einzelnes Aufflackern handelte und wir nicht weiter auf den Schutz der Dunkelheit zählen durften. Kaum hatte sich der Erste aufgerichtet, da löste sich der Knoten, und wir fuhren alle auseinander. Wir entwirrten uns, brachten unsere Kleidung in Ordnung und standen auf, atemlos und verwirrt, einige flohen nach draußen, unter dem Vorwand, überprüfen zu wollen, ob im ganzen Viertel wieder Strom da war, andere steckten sich Zigaretten an oder warfen Eiswürfel in ein Glas. Jemand legte Musik auf, es gab nichts zu sagen, wir waren verlegen, unfähig zu anderem als einem nervösen Lachen, wir versuchten, wieder ein Gespräch anzuknüpfen, aber die Sätze schleppten sich dahin, und wenn wir uns in die Augen sahen, lasen wir darin problemlos ein anderes Gespräch, das unterhalb der hörbaren Worte ablief, in Untertiteln. Nach und nach verließen wir das Lokal, das Treffen endete früher als üblich, und damit begann eine Zeit des Wartens, von der niemand wusste, wie lange sie dauern, ob sie nur eine Zwischenzeit sein würde oder ob keine Rückkehr mehr möglich wäre. Zwei Wochen lang hofften wir auf einen weiteren Stromausfall, niemand sprach es aus, aber wir warteten alle darauf. Wir redeten nicht von dem, was vorgefallen war, nicht einmal, wenn wir uns unter der Woche im Lokal begegneten. Auf uns lastete keine Scham, der Vorfall unterschied sich nicht sonderlich von anderen Promiskuitätsausbrüchen, bei denen wir an irgendeinem Abend die Partner getauscht hatten. Es war keine Scham, sondern die Befürchtung, das Ganze zu erwähnen könnte die Erfahrung kaputt machen, ihre Wiederholung verhindern. Tatsächlich haben wir nie über jenen ersten Tag geredet, der Pakt des Schweigens, den wir uns später für alles auferlegen sollten, was sich im Dunkelzimmer abspielte, wurde so formuliert, dass er das erste Mal mit einschloss, und sogar heute würde jemand, der es wagte, das Schweigen zu brechen und das Thema auf den Tisch zu bringen, alleine dastehen, das Echo seiner Stimme hören, aber keine Antwort. Wir redeten also nicht davon, als wir am folgenden Samstag wieder zusammenkamen, alle wieder im Lokal vereint, abends, mit eingeschaltetem Licht. Niemand blieb unserem Treffen fern, als hätte Abwesenheit eine Art Missbilligung ausgedrückt, einen Verzicht, aber es ließ auch keiner eine Erinnerung laut werden, je stiller sie ausfiel, umso drückender lag sie in der Luft, umso gehemmter verliefen die Gespräche und umso falscher klang das Lachen. Dabei hätte genügt, dass jemand aufstand, die Musik abschaltete und wie einer, der einen Trinkspruch ausbringt, sagte: Jetzt reicht's aber, lassen wir den Quatsch, reden wir von dem einzigen Thema, über das wir reden können, dem, was uns seit einer Woche umtreibt, was uns schon beim bloßen Gedanken in einsame Erregung versetzt und dazu bringt, uns mit geschlossenen Augen selbst zu befriedigen. Aber niemand sagte dergleichen, wir bemühten uns um Unterhaltungen, die jedoch nicht ausreichten, um all das Schweigen zu überwinden, und so blickten wir auf den Grund unserer Gläser oder zur vom Rauch vergilbten Decke, und nicht einmal das Sofa in der Ecke bekam an diesem Abend Zulauf, als wollte sich niemand von der Gruppe lösen, in Erwartung einer zweiten Runde, die aber ausblieb, also noch eine Woche warten, wir verlängerten die Zwischenzeit um weitere sieben Tage, in denen wir einander aus dem Weg gingen, uns allenfalls beim Betreten oder Verlassen des Lokals begegneten, bis zu einem neuen Samstag: ein entscheidender Tag, weil er nahe genug an jenem anderen war, um die Spannung des Begehrens aufrechtzuerhalten, aber so weit weg, dass wir seine Auslöschung riskierten, wenn wir eine weitere Woche verstreichen ließen; die Sache konnte sich ebenso gut nicht wiederholen und für immer eine flüchtige Episode bleiben, eine Erinnerung wie aus einem Fotoalbum, von der wir nach einiger Zeit, wenn sie in den

Hintergrund gerückt wäre, womöglich amüsiert erzählen könnten, wisst ihr noch, wie an diesem Abend damals das Licht ausging, was waren wir für Spinner, was waren wir jung. Und so fanden sich zwei Wochen nach dem Stromausfall ein weiteres Mal alle in dem Lokal ein. Die Erwartung war spürbar in der Ungeduld, mit der wir den Gesprächen folgten, in den langen Phasen des Schweigens, darin, dass die CD zu Ende ging und niemand aufstand, um sie zu wechseln, darin, dass wir an diesem Abend viel zu viel tranken und rauchten, und schließlich in dem blöden Lachen, in das wir alle einstimmten, als bei einem Blickwechsel ein riesiges Neonschild aufflammte, auf dem geschrieben stand, was wir zurückgehalten hatten. Wir lachten einige Sekunden lang mit einer gewissen Erleichterung darüber, alles aussprechen zu können, ohne auch nur ein Wort zu sagen, aber wir zogen das Lachen auch in die Länge, wie um herbeizurufen, was kommen sollte, denn nach diesem lachenden Eingeständnis konnten wir nicht zu der bisherigen Unterhaltung zurück, und deshalb war auch keiner überrascht, als jemand ohne Vorwarnung das Licht ausschaltete. Für ein paar Sekunden war es, als hätte er zusammen mit der Glühbirne uns alle vom Netz genommen; wir saßen da, reglos und stumm. Es war nicht wie beim letzten Mal, dazu konnten wir uns zu gut sehen: Der Rollladen war hochgezogen, und diesmal drang nicht Mond- und Sternenlicht herein, sondern der gelbe Schimmer einer Laterne. Wir sahen die Haut der anderen, wenn auch verschattet, konnten die leuchtenden Augen erkennen, die weißen Zähne mit ihrem eingefrorenen Lachen, bis eine andere Hand, wir wissen nicht, ob dieselbe wie beim Lichtschalter, den Rollladen nach unten rasseln ließ wie eine Guillotine, die der Zwischenzeit ein abruptes Ende bereitete. Durch die Ritzen drangen noch einige dünne Fäden Licht, genug, damit die Pupillen nach ein paar Sekunden den Raum rekonstruieren und wir einander darin wahrnehmen konnten, kaum mehr als scharf gezeichnete Silhouetten. Wir wissen nicht, wer angefangen hat, wir möchten glauben, dass es alle auf einmal waren, dass niemand gezögert oder gewartet hat: Wir standen auf und flossen in der Raummitte zusammen, dem Rechteck zwischen den Sofas, und dort berührten wir einander vorsichtig erst im Gesicht, dann am Hals und an den Schultern, als wären wir tatsächlich Unbekannte, in derselben Absicht, mit der wir uns einige Zeit später im Dunkelzimmer anfassen sollten, nicht, um Züge abzutasten, die eine Identifikation ermöglichten, sondern gewissermaßen um zu sagen: Hier bin ich, hier sind wir. Die anfängliche Zögerlichkeit wich der Raserei, auf ein Zeichen, das niemand gab, das wir aber alle hörten, stürzten wir uns mit einer Eile aufeinander, die wir aus dem anderen Mal gelernt hatten, das Licht konnte ja jederzeit wieder angehen. Wir zerrten uns auf den Boden, Knochen stießen gegeneinander, und wir verloren den Überblick, welcher Körper uns eigentlich am nächsten war, wir küssten und wurden geküsst, kratzten uns, als wir die Hände unter Kleidungsstücke schoben, boten Knöpfe und Reißverschlüsse dar, bissen in alles, was sich in Reichweite befand, steckten Finger, wohin es ging, griffen zu, drückten Beine auseinander oder drängten die Knie dazwischen, zogen uns rechtzeitig zurück und suchten andere Körper zum Umwerfen, wir taten uns weh, besudelten uns Hände und Bäuche, bis wir irgendwann genug hatten, uns aus dem Tumult entfernten, um uns still an ein Sofa oder eine Wand zu lehnen und die Atemzüge zu hören wie einen einzigen Atem, während wir uns die Kleidung zuknöpften und die Arme in die Ärmel zurücksteckten. Wir begriffen, dass es unmöglich war, das Licht anzuschalten, dass wir uns nicht so sehen wollten, wir waren nicht bereit, uns unseren Blicken zu stellen, die noch in Flammen standen, oder der Landschaft, die aus all dem entstanden war, wir wollten nicht wissen, wer an unserer Seite hockte, keine dieser Informationen sollte von Gewicht sein, wenn wir das Lokal verließen, das Geschehene sollte keine Folgen haben. So verharrten wir mehrere Minuten lang, die Münder trocken, die Muskeln erschlafft, bis jemand aufstand, wir erahnten beim Durchqueren des Zimmers sein Profil, hörten die Schritte, ein langsames Schlurfen, um auf niemanden zu treten, dann öffnete und schloss sich die Tür zur Straße, eilig, nur eine Sekunde Licht von draußen, nicht genug, um uns abzubilden. Nach diesem Ersten gingen auch wir anderen, in regelmäßigen Abständen, eine unabgesprochene Reihenfolge einhaltend, um uns draußen auf der Straße nicht zu begegnen.

Heute ist nicht Samstag, heute ist Donnerstag: Nur dieses kalendarische Detail hat nicht hingehauen, sonst wäre das letzte Treffen der perfekte Abschluss, die Spanne zwischen einem Samstag, an dem es losgeht, und einem, an dem es endet, von hier aus würde die Zeit sich lösen wie eine Leinwand, die beim Abnehmen vom Rahmen die Spannung verliert und sich einrollt, sodass die Bilder auf dem letzten Abschnitt, wo die Farbe noch frisch ist, mit denen des Anfangs überlappen, den schon trockenen, verwelkten. Heute ist Donnerstag, und wir haben uns seit etlichen Samstagen nicht mehr getroffen, damals aber war es ein fester Termin, zur Gewohnheit geworden in jener Anfangszeit des unvollkommenen Dunkels, als das Licht jeden Samstag früher ausgeschaltet wurde, aus Ungeduld und weil wir weniger trinken und rauchen mussten, die Ungehemmtheit war ein Geschenk des Dunkels. Unter der Woche benutzten wir das Lokal wie gehabt, gingen einander nicht weiter aus dem Weg, obwohl keinem eingefallen wäre, an einem Dienstag oder Mittwoch das Licht auszuschalten, während er den Erdgeschossraum mit anderen teilte, die dort arbeiteten oder lernten. Das blieb den Samstagabenden vorbehalten, an denen wir wie früher zusammenkamen und uns ein paar Stunden lang so verhielten wie immer, in die Sofas versanken oder auf dem Teppich saßen, wie üblich Musik, Rauch und Gelächter, bis dann, ohne dass etwas gesagt werden musste, kraft eines natürlichen Einverständnisses, das wir unseren glasigen Augen entnehmen konnten, der Unlust, das Gespräch auszudehnen, und dem leichteren Lachen, irgendjemand aufstand und den Schalter betätigte. Vielleicht lag es an den Pupillen, die immer besser darin wurden, das Halbdunkel zu ergründen, aber an jenen ersten Samstagen erkannten wir einander noch, da reichte das schattenhafte Profil, um zu erraten, um wen es sich handelte, und bei den Begegnungen gab es noch Vorlieben und Zurückweisungen, es bildeten sich Paare, die nicht immer für einen Tausch zu haben waren, einige taten sich qua Ausschlussverfahren zusammen, es kam zu der einen oder anderen Unstimmigkeit, manch einer beschloss, sich zurückzuziehen, bevor das Licht ausging, und einige blieben lieber in einer Ecke sitzen und lauschten dem Treiben der anderen. Diese minimale Sichtbarkeit, die Möglichkeit des Wiedererkennens, führte dazu, dass der Anfangselan sich im Laufe der Wochen abschwächte. Wir stürzten uns nicht mehr alle aufeinander, sobald Dunkelheit herrschte, und obwohl die Mehrheit suchte und gesucht wurde, bekam die Nähe der anderen etwas Unbehagliches, sobald nicht alle mitmachten: Schon ein klein wenig Schummerlicht genügte, um die Zuschauer zu erahnen, und wer auf dem Teppich oder auf einem der Sofas vögelte, fühlte sich beobachtet, als wäre er als Einziger im Dunkeln, und der Rest sähe ihm durch einen falschen Spiegel zu. Das Fehlen von Licht hörte auf, ein Schutz zu sein, und zeigte uns umso nackter, niemand wusste, ob nicht sein Gegenüber mit den geweiteten Pupillen die Bewegungen seiner Hände erkannte, die verzerrte Grimasse auf seinem Gesicht. Doch obwohl wir den Schwung verloren, suchten wir weiter das Dunkel und löschten das Licht jeden Samstag etwas früher, bis bei einem der Male der Schalter schon kurz nach der Ankunft betätigt wurde, und so verbrachten wir den ganzen Abend, tranken und rauchten, unterhielten uns halblaut oder blieben still sitzen und lauschten der Musik, die ohne Licht anders klang, manchmal saßen wir auch ohne Musik und schwiegen, ergründeten unsere schemenhaften Gestalten, die Umrisse ohne Gesicht, die Glut der Zigarette, an der gerade jemand zog. Wir lauschten dem Klimpern der Eiswürfel, dem Atem dessen, der uns am nächsten war, dem Rascheln eines Sesselbezugs, dem speicheligen Schnalzen zweier ineinanderfließender Schatten. So konnten wir drei, vier Stunden vergehen lassen, den Alkohol und das Haschisch auf andere Weise spüren, den geweiteten Raum, das Gebäude, das sich wiegte wie eine Kapsel, die im Meer versinkt, die Funken, die in der Luft eine langsame Spur zurückließen, den Straßenlärm, der durch die uns einhüllende Gelatine drang, die um mehrere Meter erhöhte Decke oder uns, die wir im Sofa versanken, im Boden, in der Erdkruste. Keiner bewegte sich, allenfalls, um das Glas an die Lippen zu führen oder den Joint zu nehmen, der herumgereicht wurde, und diejenigen, die weiterhin jede Minute Dunkelheit nutzten, um einander zu begegnen, achteten bei ihren Küssen und Liebkosungen darauf, den Moment nicht zu verfälschen, die Kontinuität nicht zu brechen, die uns wie eine Kette zusammenhielt, ein Energiestrom, der den Raum rotieren ließ und uns ins Zentrum zog, bis wir miteinander verschmolzen, und wenn die Nacht diese Temperatur erreichte, dann straffte sich endlich die Kette und zerrte uns von Neuem auf den Grund.

Von wem stammte der Vorschlag, ein Dunkelzimmer einzurichten? Was spielt das schon für eine Rolle, von jedem von uns, von allen. Sicher ist nur, dass wir es seit jenem Abend so genannt haben, an dem jemand die Frage stellte: Warum richten wir uns nicht ein Dunkelzimmer ein? Der Satz kam von einem der gesichtslosen Schemen, die an einem beliebigen Samstag ihre Runden auf dem Karussell drehten. Wenn wir heute nach dem Urheber fragten, würden bestimmt mehrere von uns diese zentrale Rolle beanspruchen, und nicht, um mit einer Vaterschaft zu prahlen, die das Dunkelzimmer nicht brauchte, sondern weil wir so viele Jahre später aufrichtig glauben, dass wir es waren, die an jenem Samstag geflüstert haben: Warum richten wir uns nicht ein Dunkelzimmer ein? Der Satz blieb im Halbdunkel hängen, als ob wir alle ihn in der Schwebe hielten, indem wir den Mund aufmachten und weitere Stimmen hinzufügten, die ihn nicht fallen ließen, ein Luftballon, der immer wieder angetippt wird, damit er nicht den Boden berührt. Wir redeten alle durcheinander, wiederholten den Vorschlag, fassten übereinstimmend das Zimmer im Kellergeschoss ins Auge, den Abstellraum, als idealen Ort; wir besprachen, welches Material gebraucht würde, unterstrichen die Notwendigkeit einer umfassenden Abdichtung gegen Lichteinfall, ergänzten sie um die Bedeutung von Stille, dachten uns die Lösung mit den zwei Vorhängen aus, schlugen unterschiedliche Gebrauchsmöglichkeiten vor, so viele Alternativen, die sich in einem Dunkelzimmer eröffneten: Wir sprachen von Entspannung, Abschottung, Konzentration, Einsamkeit, Experimentieren, Meditation, Ruhe, Verschwinden, Gemeinschaft, Wahrnehmung und hätten die Liste der Möglichkeiten noch erweitern können, ohne das zu nennen, was zugegebenermaßen der Mehrheit vorschwebte, die Hauptfunktion des Dunkelzimmers in seiner Anfangszeit, das, was hinter dessen Erfindung stand und allen späteren Entwicklungen, aber es war, als ob ein Rest von Scham uns daran hinderte, es auszusprechen. Eine sinnlose Scham, denn, mitgerissen von der Aufregung, die der Vorschlag und unser Einverständnis ausgelöst hatten, schlossen wir schon wenige Minuten später die Augen, um die Dunkelheit zu verstärken und das Gefühl zu bekommen, wir seien bereits in einem Zimmer, für das wir bald darauf die ersten Vorkehrungen trafen: eben jenes, von dem wir uns heute verabschieden und das von diesem ersten Abend an, als wir den Plunder entsorgten, die Paneele an die Wände nagelten, das Lüftungsfensterchen abdichteten, die Vorhänge aufhängten und die Teppiche ausrollten, zu einem wöchentlichen Treffpunkt wurde, dem Moment, auf den man schon tagelang wartete, bis der Samstag endlich da war und wir zusammenkamen, am Dunkelzimmer-Abend. Heute müssten wir bei der Erinnerung lachen, wenn jetzt jemand das Schweigen bräche, um zu sagen: Wisst ihr noch, als wir den Samstagabend so nannten, den Dunkelzimmer-Abend? Wir würden in das halb nostalgische, halb verschämte Lachen ausbrechen, das die Erinnerung an die Naivität jener Jahre in uns auslöst, als wären wir ein geheimer Klub gewesen, eine Bruderschaft mit Parole und Satzung, die Woche für Woche, am Dunkelzimmer-Abend, im Erdgeschoss zusammenkam und Zeit verstreichen ließ, nun ohne ungeduldig auf das Ausschalten des Lichts zu warten, das Zimmer war ja da, eine verborgene Präsenz am Ende des Samstags, man brauchte es nicht anzukündigen oder eine Uhrzeit festzulegen, der Abend brach von selbst herein, wir konnten darauf zugleiten. Einige gingen von sich aus hinein, genauso wie wir heute. Der eine verschwand aus der Gruppe, und keiner fragte nach ihm, eine andere setzte sich auf die erste Treppenstufe, und wenn wir uns nach ihr umdrehten, war sie schon nicht mehr da, manche standen einfach auf und gingen die Treppe hinunter, bis nur noch wenige von uns oben waren, und dann sahen wir uns an, leerten die Gläser, drückten die Zigaretten aus, standen auf und marschierten der Reihe nach treppab, als würde nach uns geklingelt, ließen dann im Halbdunkel des Korridors die Schuhe stehen und traten ein. Bei diesen ersten Malen lastete auf uns noch eine gewisse Unentschlossenheit, als hemmte uns der sichtbare Weg über die Treppe und den Korridor, im Unterschied zur Leichtigkeit des Lichtschalters, der ohne Vorwarnung gedrückt worden war, und an einigen Samstagen machte uns das unbeholfen, wenn der Augenblick näher rückte: Dann standen wir länger im Erdgeschoss herum, das Gespräch brach ab, während zugleich die CD auslief, und wir untersuchten einige Sekunden lang den Boden unserer Gläser, wechselten Blicke, ein nervöses Grinsen, bis endlich jemand aufstand, wie um zu sagen: Na, kommt schon, verschwenden wir doch keine Zeit. Da lachten wir alle, um diesen Anflug von Schüchternheit zu vertreiben, standen auf und gingen in wildem Durcheinander nach unten, steckten uns gegenseitig mit unserem Gelächter an, wenn wir mit den Schuhen kämpften und dabei das Gleichgewicht verloren, ließen einander mit höflichen Gesten den Vortritt, wenn der erste Vorhang aufgezogen wurde, und noch nachdem wir im Inneren verschwunden waren, blubberte ein Lachen, als haftete es an der Kleidung, und erschöpfte sich dann bald. Bei den ersten Treffen ging es heftig los: Ohne dass jemand ein Startsignal gegeben hätte, fielen wir übereinander her, nun vollends unsichtbar, legten die Reste vorsichtiger Zurückhaltung ab, die noch geblieben waren, als wir uns im Erdgeschoss aufhielten und einander im Halbdunkel ausmachen konnten. Hier waren wir niemand mehr, wir gingen in der Menge unter, und das machte uns wagemutig, sodass wir zusammenrumpelten und miteinander rangen, ohne recht zu wissen, worauf wir es anlegten, ob es darum ging, den anderen zu Fall zu bringen oder selbst auf den Beinen zu bleiben, wir griffen nach Körperteilen, um sie zu erkennen, packten den erstbesten Kopf, den wir finden konnten, und stießen die Zunge hinein, anhand der weichen oder rauen Haut um die Lippen ließ sich feststellen, ob es sich um einen Mann oder eine Frau handelte, und manchmal kam es vor, dass ein Mund erschrocken zurückzuckte, wenn dieser andere Mund, in den er gebissen hatte, nicht seinen Wünschen entsprach; wir massierten Brüste und drückten zu fest zu, schoben mit hastigen Bewegungen Hände unter Kleidungsstücke, als spornte die Dunkelheit selbst uns dazu an, als wäre die Schwärze nur geliehen, ein Provisorium wie jener erste Stromausfall oder wie die Gelegenheiten, bei denen wir den Lichtschalter betätigt und gefürchtet hatten, jemand würde sich einen Witz erlauben und mitten im Schlachtgetümmel das Licht wieder einschalten. Jetzt gab es kein mögliches Licht mehr, auch keine Glühbirne an der Decke, und doch beeilten wir uns, als wäre das alles ein flüchtiger Moment der Grenzüberschreitung und maximal auszunutzen, eine Gesetzeslücke, die sich jeden Augenblick schließen würde. Bei den ersten Treffen taten wir uns weh, wir kamen zu Fall und stießen denen, die bereits lagen, das Knie in die Rippen, wir traten aufeinander, rollten über den Boden, verkeilten uns, blähten den

Tumult absichtlich auf, irgendwie schienen wir diese Grobheit zu brauchen, diese Energie, die sich im Lauf der Jahre erschöpfte und die unsere Erinnerung sicherlich hochspielt, aber so ist es uns geblieben: die Vermischung aller Körper zu einem einzigen ungeheuren Leib, der mit mehreren Armen masturbierte, sich selber leckte, ein einziger weitläufiger, tentakelhafter Körper, der all seine Arme und Beine verschob, wenn er sich wie ein riesiges Insekt bis ans hintere Ende des Zimmers schleppte und beim Erreichen der Wand davon abprallte, um sich dann bis zum anderen Ende zurückzuschleifen, in einem Rollen zusammengefügter Glieder. Die Erinnerung mag alles vergrößern, aber so ist es uns geblieben. Heute haben wir nicht mehr die Kraft, um uns in einen zügellosen, rasenden Einzelorganismus zu verwandeln, wie er sich damals in simultanen Zuckungen wand, um schließlich nach allen Seiten hin zu Knochen und Fleisch zu zerfallen, müden Kiefern, Fingern, die ihren Griff um Muskelstränge lockerten, die sich ihrerseits in der Dunkelheit entfernten wie von der Ebbe mitgezogen, und plötzlich weitete sich der Raum, wurde riesig, alle lagen über den Boden verstreut, am Morgen danach ist das Schlachtfeld von ausgerissenen Gliedern übersät, so auch wir im Dunkeln: in Bruchstücken, im Einklang atmend, während jeder Arm seinen Widerpart suchte, um den auseinandergenommenen Körper wieder zusammenzusetzen, die Köpfe umherrollten, bis sie einen passenden Rumpf fanden und sich ihm aufsetzten, und wir rekelten uns dazu gemächlich, warteten darauf, dass das Blut in seine Gefäße zurückströmen konnte, bis die Verwirrung, die stets der Erregung folgt, der Moment, in dem der eben noch vorhandene Elan Beklemmung und Verschmutzung weicht, uns schlagartig in unsere ursprünglichen Formen setzte, in der Stille hörte man, wie Hände den Boden nach Kleidungsstücken absuchten, um sich zu bedecken, als könnte gleich das Licht wieder angehen und uns den anderen enthüllen, schlaff und verklebt, noch einen lasziven Ausdruck im Gesicht; und erst wenn wir hinausgingen, geblendet vom kargen Licht, das über die Treppe nach unten drang, wechselten wir kurze Blicke und mussten herzhaft lachen, Clowns mit geliehenen Klamotten, in Hosen, die sich nicht zuknöpfen ließen, und mit Ärmeln, in denen die Hände verschwanden, wir lachten, um diesen trüben Moment zu vertreiben, in dem so etwas wie Reue mitschwang. So waren die ersten Male, so war es über Monate hinweg, Samstag für Samstag, bis wir lernten, die Zeit als einen weiteren Faktor mit einzubeziehen, neben der Dunkelheit und der Stille war das die dritte Säule des Dunkelzimmers: die Zeit, die hier eine andere Dichte hat, ein schwarzes Loch ohne Dauer. Wir lernten, sie mit einzubeziehen, weil wir allmählich unsere Ungeduld ablegten, und so erschlossen wir uns eine Langsamkeit, die viel angenehmer war. Nach einigen Wochen brauchten wir kaum noch zu trinken und zu rauchen, und es war auch nicht mehr nötig zu warten, bis die CD zu Ende ging und sich eine schwere Stille ausbreitete: Das Dunkelzimmer rief uns, aber es verlangte keine Trunkenheit und keine Täuschungsmanöver mehr, und ebenso wenig hatten wir es hinterher eilig, die Kleidung überzustreifen und ohne Abschied zu fliehen, sondern jeder tat das in seinem eigenen Rhythmus, wie es ihm eben passte. Häufig ging man nach oben, trank noch ein Glas oder teilte eine Zigarette mit denen, die bereits draußen standen, oder anderen, die nicht hatten hereinkommen wollen, und dann kehrte man nach einigen Minuten nach unten zurück, durchquerte noch einmal die Vorhänge für eine zweite Runde. Manchmal fuhr eine Hand den Teppich bis zu einer der Seitenwände ab und stieß dabei auf einen Fuß, ein ausgestrecktes Bein, einen Körper, der an der Wand lehnte und auf die Liebkosung nicht reagierte, jemand hatte beschlossen, abseits zu sitzen, und der Neuankömmling respektierte diese Entscheidung und ließ sich neben ihm nieder, separat, sodass beide still dasaßen, ihren Atem beruhigten und den anderen lauschten. Wir lernten, langsam zu werden, uns zurückzunehmen, die Zeit anzuhalten und andere Rhythmen zu schaffen, auch wenn uns gelegentlich, ohne dass es dazu einer Absprache bedurft hätte, mit dem instinktiven Einverständnis, das hier schon immer gewaltet hat, die Sehnsucht nach den ersten Malen überkam und wir plötzlich in gleichschwingendem Begehren versuchten, den Strudel wiederzubeleben, und ein weiteres Mal übereinander herfielen und die Drehzahl des Dunkelzimmers erhöhten, glücklich, zu jenem Knäuel aus Fleisch, Knochen und Zähnen zurückzufinden, das sich am Ende über den Boden verteilen würde.

Ohne dass jemand es festgelegt hätte, mit derselben intuitiven Übereinstimmung, von der wir uns in diesen Jahren leiten ließen und die uns auch heute hierhergeführt hat, ohne dass uns jemand zusammengerufen hätte, folgten wir im Dunkelzimmer einem Protokoll, nahmen Verhaltensweisen an, die Ablehnungen und Missverständnisse vermeiden sollten, da sie es möglich machten, die eigenen Absichten zu zeigen, ohne die Stille zu durchbrechen. Wer da war, weil er eine Begegnung suchte, wandte sich, sobald er den zweiten Vorhang hinter sich gelassen hatte, zur Mitte hin, die Arme ausgestreckt wie ein Blinder, bis er jemand Gleichgesinnten fand. Wer dagegen lieber allein sein wollte, begab sich auf die rechte Seite und hielt sich dabei eng an der Wand, und wenn er auf eine dort sitzende Statue traf, wich er ihr aus, vermied jede nicht zufällige Berührung und setzte seinen Weg drum herum fort, um sich einen eigenen Platz zu suchen, wie wir es auch heute bei unserer Ankunft gemacht haben. So einfach war das, man entschied sich schlichtweg für Wand oder Mitte. Als wir die Sache so angingen, hatten wir die Werktage im Sinn und auch diejenigen, die sich in dem samstäglichen Gedränge nicht wohlfühlten, das Dunkelzimmer aber für andere Zwecke nutzen wollten. In den ersten Wochen hielt sich der werktägliche Gebrauch noch in Grenzen, obwohl wir mitunter neugierig hineinschauten: Da kam einer ins Lokal, um zu lernen, und hatte Mühe, sich zu konzentrieren, weil er das Zimmer so nahe spürte, dringlich wie ein Summen, das ihn nötigte, aufzustehen, die Treppe hinunterzugehen und einen Blick hineinzuwerfen, nur einen Blick, und das Gesicht in die Dunkelheit zu halten. Oder ein anderer kam auf dem Heimweg von der Arbeit ins Lokal und konnte nicht umhin, hineinzugehen und hinunter in den Keller, die Schuhe auszuziehen und durch die Vorhänge zu treten, ein paar Schritte zu machen und mit dem

Rücken zur Wand innezuhalten, nur für eine Minute, aber lange genug, um die Erinnerung an diese laue Luft mitzunehmen. Im Laufe der Zeit nahm der Verkehr zu, das Kommen und Gehen. Man war zum Beispiel im Lokal bei der Arbeit und sah, wenn man aufblickte, jemanden die Treppe hochkommen, von dem man gar nicht gewusst hatte, dass er drinnen gewesen war, jetzt tauchte er auf wie von weit weg, wie nach langer Zeit zurückgekehrt. Für die unter uns, die sich dazu entschieden, in die Mitte zu treten, boten die Werktage reine Ungewissheit, und das trug weiter zur Anziehungskraft des Dunkelzimmers bei, vor allem, seit wir die Schachteln mit den Namensschildchen auf den Gang hinausgestellt hatten, um die Schuhe darin unterzubringen, sodass man nicht erkennen konnte, wer schon drinnen war. Wer an einem Dienstagnachmittag oder an einem Donnerstagabend kam, den erwartete immer eine Überraschung, nicht wie an Samstagen, an denen wir wussten, dass alle da sein würden. Unter der Woche konnte irgendwer da sein, einer, mehrere, eine unvorhergesehene Menge; oder auch niemand, und dann tappte man minutenlang durch den Raum, die Arme ausgestreckt, ohne sicher zu wissen, ob man allein war oder ob sich noch jemand im Zimmer befand, der ebenfalls mit vorgestreckten Händen umherstreifte, die Wege kreuzten sich in der Dunkelheit, ohne sich zu berühren, man war unschlüssig, ob man da schleppende Schritte gehört hatte oder nur das Echo der eigenen, man malte sich aus, was man für einen Anblick bot, als könnte einen jemand durch ein Nachtsichtgerät beobachten oder auf einmal ein Licht anknipsen, und da wäre man dann, im Schlepptau des eigenen Begehrens, alleine oder womöglich zu zweit, blinde Clowns, die einander unwissentlich verfolgen, unversehens ausweichen, sich um Zentimeter verfehlen, der eine geht in die Hocke, um auf dem Boden zu suchen, und der andere streckt die Arme über seinen Kopf hinweg, oder es dreht einer schlagartig bei, gerade vor dem Zusammenprall.

Unmöglich, die Geschichte unseres Lebens der letzten fünfzehn Jahre zu erzählen, ohne auf das Dunkelzimmer zu sprechen zu kommen. Wie viele Stunden haben wir hier drin verbracht. Wenn jeder von uns diese Stunden zusammenrechnete, die Samstagabende, die Dienstagnachmittage und Donnerstagmorgen, die flüchtigen Besuche oder langen Nächte, die Wochen der Abwesenheit und jene, in denen wir täglich herkamen, wenn wir all das zusammenzählten, wäre das Album unseres Lebens voller Seiten in Schwarz. Womit hätten wir all diese Stunden ohne das Dunkelzimmer zugebracht, womit hätten wir die Lücke gefüllt, die es auszufüllen schien, in Wirklichkeit aber nur weiter vergrößerte, vor allem in jenen ersten Zeiten, als seine Anziehungskraft unwiderstehlich war, ein Zauber, der uns den Rest des Tages begleitete, der beim Verlassen des Hörsaals oder Arbeitsplatzes unsere Schritte lenkte, sodass wir vom Nachhauseweg abwichen, um schließlich hier zu landen. Damals war das Dunkelzimmer noch beunruhigend, erlebten wir es nicht mit der Vertrautheit, die sich mit der Zeit einstellen sollte, es hatte noch etwas Bedrohliches, das alte Ängste an die Oberfläche brachte, die Dunkelheit, in der womöglich jemand wartet, mit dem du nicht gerechnet hast, in der etwas dein Gesicht streift, und du weißt nicht, ob es sich um ein Insekt handelt oder um Finger, in der du gegen ein unvorhergesehenes Hindernis stoßen oder in eine Spalte fallen kannst, sobald du den Fuß vorschiebst. Damals, als das Dunkelzimmer uns mit solcher Macht anzog, konnte es passieren, dass sich unverhofft – es war doch Mittwochnachmittag oder Freitagmorgen – eine zufällige Erregung im Raum ausbreitete, der zwar nicht so überlaufen war wie an Samstagen, aber doch so voll, dass man schon beim Durchqueren des zweiten Vorhangs die Hitze spürte und das hektische Treiben hörte, schon wenige Schritte in eine beliebige Richtung genügten, um ein Knäuel zu finden, in das man sich einfügen konnte. Es kam nicht selten vor, dass außerhalb der vorgesehenen Zeiten die Wünsche zusammentrafen, denn im Laufe der Monate blieben immer mehr Leute den Samstagstreffen fern, während sich im Gegenzug die Besucherfrequenz unter der Woche erhöhte. Einige setzten sich deshalb ab, weil sie sich nach den Wirren der ersten Begegnungen zunehmend unwohl fühlten, außerstande, die beiden Dimensionen ihres Lebens zu unterscheiden, Innen und Außen, Dunkelheit und Licht, sie konnten es nicht ertragen, mit jemandem Small Talk zu machen, der sie vielleicht geschickt mit der Hand befriedigt oder mit dem sie Oralsex gehabt hatten, und dann so zu tun, als wäre nichts vorgefallen, als wären sie andere Menschen als jene, die miteinander über den Teppich gerollt waren. Wenn so etwas eintrat, kamen sie lieber unter der Woche her, an Tagen, an denen die Ungewissheit vollkommen war und Einsamkeit möglich. In anderen Fällen desertierten sie, weil sie eine Paarbeziehung eingingen, und ob der Partner nun aus der Gruppe stammte oder es sich um einen Außenstehenden handelte, das Dunkelzimmer wurde letztlich zum Konfliktpunkt, ein Zwischenspiel, das Risse bekam und mit dem zu entrichtenden Preis aus Eifersucht, Angst und Ekel das gesamte Leben verseuchte. Sie zogen sich also von den Samstagstreffen zurück, kamen überhaupt nicht mehr oder blieben allenfalls im Erdgeschoss, wo sie tranken und Musik hörten, und dann sahen sie uns mit einem gewissen Neid die Treppe hinuntergehen, sahen uns später wiederkommen, mit zerzausten Haaren und durstiger Kehle. Außerdem entschieden sich immer mehr von uns an manchen Wochentagen für die rechte Seite, sie traten durch die Vorhänge und glitten die Wand entlang, so viele Schritte wie nötig weg von der Tür, um allein zu sein.

Wie lange ist das her, was ist von dieser Naivität und dieser Kraft bei denen geblieben, die wir heute da sind und unsere Atemzüge hören, mühsamer, weniger klar als damals. Wir wollen denken, dass die Verbindung, die wir hier drinnen stets herstellen konnten, auch jetzt wieder funktioniert, dass das Band uns ein weiteres Mal vereint und wir alle dasselbe im Sinn haben, wir widmen diese Minuten des Wartens einem begleiteten Erinnern, arbeiten an einem geteilten Gedenken, wie wenn jeder seinen Stein auf ein Häuflein wirft. Wir wären nicht überrascht, von einem Augenblick auf den nächsten ein Seufzen zu hören, das die Wehmut unterstreicht. Ja, die Wehmut nach jenen, die wir gewesen sind, einst haben sie sich dieses Dunkelzimmer ausgedacht, und wie weit weg sind sie jetzt: Sie sind andere, in diesem gemeinsamen Gedenken, das nun über uns leuchtet wie ein auf die Wand projiziertes Bild, sehen wir glücklich aus, sorglos oder von anderen Sorgen beherrscht, die uns heute lächerlich erscheinen. Wenn wir jene ersten Jahre in einem einzigen Moment zusammenfassen müssten, würden wir alle denselben wählen: das Lachen, den Tag des Lachens. Unwahrscheinlich, dass wir damals alle dabei waren, es war kein Samstag, aber wenn wir jetzt fragten, wer sich an den Tag des Lachens erinnert, würden sich alle melden, wir alle glauben, dabei gewesen zu sein, wir alle erinnern uns an jenes Lachen, oder vielleicht gab es auch mehrere davon, mehrere Tage des Lachens, sodass jeder seine Chance bekam. Das Lachen: Es lag schon beim Eintreten im Raum, traf einen ins Gesicht, sobald man den zweiten Vorhang durchquerte, ein kaum unterdrücktes Lachen, ein Glucksen, das gegen die Zähne drückte, um nach draußen zu gelangen, und wenn es nicht explodierte, dann nur aus Respekt vor der Stille, die hier immer die Norm gewesen ist. Das Lachen: Du kamst ins Grübeln, ob du etwa selbst der Auslöser der Heiterkeit wärst, als könnte dich jemand im Dunkeln sehen und hätte dich dabei ertappt, wie du hinter dem Vorhang hervortratst, im Gesicht diesen Ausdruck, den keiner von uns je sehen sollte: die Augen geöffnet, aber nutzlos, der Blick verloren, ein dümmliches Lächeln, wie um dich vorzustellen. Das Lachen: Du bliebst stehen, den Stoff noch fest gepackt, und trautest dich keinen weiteren Schritt vor, stattdessen lauschtest du aufmerksam diesem Gelächter, das du nicht zuordnen konntest, es war da, aber du wusstest nicht, wo. Anfangs hattest du es noch nicht einmal als Lachen interpretiert, es klang eher nach einer Klage, einem Knurren, weil es unterdrückt, weil die Lippen zusammengepresst wurden, um es nicht nach außen dringen zu lassen. Das Lachen: Bald schon blieb kein Zweifel mehr, ein Schwall rutschte zwischen den Zähnen hindurch und entlud sich trocken, heftig, fand ein Echo im leeren Raum. Eine mehrere Sekunden lange Stille folgte, bis die zweite Entladung kam, die scheinbar nie wieder enden wollte, anschwellend, immer klarer, immer mehr Lachen. Es zu unterdrücken und zu verbergen war nicht mehr möglich, wer auch immer da lachte, tat es frei, mit offenem Mund, ohne die Hand davorzuhalten oder die Kiefer zusammenzupressen, und sein Lachen hallte durch das gesamte Dunkelzimmer und schwoll bis zur Decke an; vervielfältigt durch die Isolierpaneele, kam es aus keiner einsamen Kehle mehr, sondern von einem dröhnenden Chor, du begannst dich zu fragen, ob das ein Klangeffekt war oder tatsächlich mehrere Stimmen, und dann schienen verschiedene Tonlagen hervorzutreten, überlappendes Gelächter, das nicht aus ein und derselben Brust stammen konnte. Das Lachen: Dein eigenes, das sich dem Chor anschloss, entsprang spontan aus deinem Mund, wie angesteckt, du fingst ebenfalls an zu lachen, grundlos oder mit dem einzigen Grund, in die allgemeine Heiterkeit einzustimmen, und ein paar Minuten lang lachtet ihr, lachten wir alle, wir wissen nicht, aus wie vielen dieses Alle bestand, wir konnten zwei oder drei sein, die da miteinander lachten, oder eine Menschenmenge, die sich einem einzigen Gelächter hingab, Ursprung und Anlass spielten keine Rolle mehr. Nach zwei Minuten legte sich der Lärm allmählich, das Auflachen wurde zusehends seltener, bis wir eine fragile Stille erreichten, in Abständen von wenigen Sekunden durchbrochen von einem pfeifenden Ausatmen, das uns aufforderte, die Party fortzusetzen, diesmal allerdings blieben wir still, als hätte jemand für Ordnung gesorgt, wir hielten die Hand vor den Mund und pressten die Lippen zusammen, bis die letzten schnaubenden Geräusche verstummten wie bei einem Tier im Todeskampf und wir die Stille zurückhatten, eine merkwürdige Stille wie von gepeitschter, aufgewühlter Luft, als schwebte darin das Gelächter, das einen Moment zuvor noch im Raum gewesen war, dieses Gelächter, das wir jetzt wieder hören, ohne dass jemand es von sich gäbe, Erinnerung, die ins Ohr dringt, wo sie die Membranen durchschüttelt, die Knöchelchen, den Nerv entlang ins Gehirn, und dort platzt sie in Form eines Lachens, jenes Lachens.

REC

Der Bildausschnitt zeigt den Oberkörper in einer Nahaufnahme, etwas weiter weg als bei dem, was Fotografen als *Großeinstellung* bezeichnen: Der untere Bildrand endet auf Brusthöhe, das Gesicht steht im Mittelpunkt, darüber ist Luft. Der Mann bewegt lediglich die Schultern oder den Kopf, ein leichtes Wackeln lässt erkennen, wann er die Hände vorstreckt, um etwas auf der Tastatur einzugeben oder die Maus zu bedienen.

Seine Hände, die langen, knochigen Finger und die Haut mit ihren gelblichen Altersflecken erscheinen nur auf dem Bildschirm, wenn er sie ans Gesicht führt: ein Finger, der an der Nase kratzt oder darin bohrt, die Handfläche, die über den Bartansatz streicht, zwei Finger, die das Kinn stützen, oder einer, der die Brille hochschiebt, der Nagel, der Schuppen aus der Kopfhaut klaubt oder zwischen zwei Zähnen herumstochert.

Sein Gesicht lässt Anzeichen von Müdigkeit erkennen: die glänzenden, geschwollenen Augen, das schon etwas fettige Haar am Ende des Tages, der Bartschatten nach all den Stunden, die seit der morgendlichen Rasur vergangen sind.

Er trägt ein kariertes Hemd, der Kragen sieht abgewetzt aus, ein Kleidungsstück, das man zu Hause trägt, bequem und mit von jahrelangem Gebrauch abgenutzten Nähten.

Hinter ihm sind die vier Borde eines Bücherregals zu erkennen. Zwei davon sind voll besetzt, die meisten Titel leicht zu lesen, wir brauchen nicht heranzuzoomen: großformatige, illustrierte Bände, Museumskataloge, Anthologien großer Fotografen, Prachtausgaben von Ausstellungen oder visuelle Rundgänge durch imposante Städte, das eine oder andere Werk auf Englisch, mehrere noch in Schutzfolie verpackt. Auf den anderen zwei Borden stehen dekorative Objekte: ein paar gerahmte Kinderporträts, eine rote, quadratische Kerze und ein Silberkästchen, das ein Zigarettenetui sein könnte oder eine Mundharmonika, genau können wir das nicht sehen.

Da die Kamera in den oberen Bildschirmrand eingelassen ist, erscheint uns sein Blick leicht nach unten gerichtet. Im Brillenglas spiegeln sich die Farben der besuchten Seiten, würden wir das Bild vergrößern, könnten wir den Inhalt erkennen. Seine Pupillen gleiten in Richtung der Lektüre von links nach rechts, dann wieder von oben nach unten, wenn sich die Inhalte bewegen, weil er weiterscrollt. Er runzelt die Stirn, zieht die Brauen hoch oder zusammen, presst die Kiefer aufeinander, dann wieder glätten sich seine Züge, je nachdem, was er gerade sieht. Manchmal vermittelt sein Blick Desinteresse, Überdruss, andere Male konzentriert er sich, setzt eine ernste Miene auf. Beim Schreiben senkt er den Blick auf die Tastatur, schaut alle paar Sekunden nach vorne, um das Geschriebene zu überprüfen. Immer wieder entspannt er seine Haltung, lässt die Schultern fallen und führt mit der Linken ein breites Glas zum Mund, darin Eiswürfel und eine farblose Flüssigkeit, in der eine Zitronenscheibe schwimmt. Als nur noch wenig davon übrig ist, neigt er das Glas noch weiter, und wir sehen seine Lippen, seine Zähne und die Nasenlöcher, geweitet durch die gläserne Lupe.

Es gibt auch Geräusche: Wir hören das monotone Klappern der Tastatur, das wiederholte Klicken der Maus, ein Husten, ein brüskes Hochziehen der Nase, ein Räuspern, jemanden, der aus einem gewissen Abstand spricht, sodass seine Worte nicht zu verstehen sind, eine Stimme, die den Mann dazu bringt, nach links zu schauen und zu nicken oder zu lächeln. Und die Musik, vor allem die Musik: Wir hören, was er beim Surfen im Internet laufen lässt, fröhliche, betörende Klavierklänge. Der Mann gähnt, greift zum Glas, leert es, steht auf und tritt zur linken Seite ab. Die Kamera bleibt fest auf die grüne Rückenlehne des Stuhls gerichtet, auf das Bücherregal dahinter. Zwei Minuten unbewegtes Bild, auf dem das Klavier für niemanden erklingt, bis der Mann zurückkommt, sich wieder hinsetzt, eine sprudelnde Flüssigkeit aus einem frisch gefüllten Glas trinkt. Die Hand geht zurück zur Maus, die andere hält einen Finger im Ohr, der Mann verdreht die Augen, starrt uns an. Er starrt uns an: als wäre er derjenige, der uns beobachtet.

Zwei

Das Lachen hat uns noch einige Jahre lang begleitet, ein dümmlicher Ausdruck stiehlt sich auf unsere Gesichter, wenn wir daran zurückdenken, dieses weiche Lächeln, das wir jetzt nicht sehen, aber bei unseren Nebenleuten erahnen. In den Jahren des Lachens blieb das Dunkelzimmer der Knotenpunkt, um den alle kreisten wie daran festgebunden, mit Schnüren, die uns zwar erlaubten, uns ein Stück weit zu entfernen, aber nicht, ganz fortzugehen: Sobald du das Band zu sehr strafftest, zog es sich zusammen, und du wurdest wieder zurückgezerrt. In der Tat ist die Erinnerung an jene Jahre von Hintergrundgelächter begleitet, als wäre das Dunkelzimmer der zentrale Schauplatz einer Sitcom, der Comedy-Sendung, in die sich unser Leben verwandelt hatte, als der dreißigste Geburtstag näher rückte. Die aus mehreren erfolgreichen Staffeln bestehende Serie wechselte immer wieder den Schauplatz: WGs, Mini-Apartments, das eine oder andere Jugendzimmer noch in der elterlichen Wohnung, diverse Arbeitsstätten, etliche Kneipen, es gab Außenaufnahmen in Stadtvierteln, einen U-Bahn-Waggon, Bilder aus dem Ausland mit der Anmutung von Postkarten. Aber der Mittelpunkt all dieser Orte, der rote Faden, der unseren Drehbuchautoren half, das Interesse der Zuschauer aufrechtzuerhalten, war über Jahre dieses dunkle Zimmer, dessen Tür sich mehrmals am Tag öffnete und schloss: Leute gingen ein und aus, liefen einander über den Weg, trafen sich, entfernten sich, kehrten wieder. Heute hat es die Erinnerung eilig, sie kann sich nicht lange aufhalten, unsere Zeit geht zur Neige, also werden alle Kapitel, alle Staffeln der Comedy, im Schnelldurchlauf abgespielt, in einem rasanten Tempo, bis nur noch eine Handvoll Einzelbilder pro Episode übrig ist, die in dieser beschleunigten Form wie ein Zeitraffer wirken: Die Abspielgeschwindigkeit erlaubt es, in wenigen Sekunden das Wachstum einer Pflanze vom Samenkorn bis zur ersten Frucht zu sehen, den Bau eines ganzen Gebäudes vom Fundament bis zum Setzen der Fenster in einer halben Minute, und dabei dreht der Himmel sich rasend schnell weiter, fliegen Wolken über den Bildschirm, die Sonne geht unablässig auf und wieder unter, und der gesamte Planet kreist wie wild, um Jahre zu Minuten zu kondensieren. Ebenso würde, wenn wir den Schnellvorlauf-Knopf betätigen, unser Leben in jener glücklichen Zeit vor uns vorüberziehen: Der Tag folgt auf die Nacht und die Nacht auf den Tag, der kaum ein paar Sekunden dauert, bevor er der folgenden Abenddämmerung erliegt, die Umgehungsstraße in der Nähe des Lokals ist ein endloser roter Strich, die Bäume verlieren schlagartig ihr Laub, um gleich wieder neu auszutreiben und zu erblühen, sich dann wieder gelb zu verfärben, die Kräne drehen sich wie Windmühlenflügel, setzen eines nach dem anderen die Stockwerke von Gebäuden, irgendwann sieht man nur noch ein rötliches Knäuel, der Wind weht so stark, dass keine Wolke länger als eine Sekunde im Bildausschnitt verbleibt, er fegt durch die Straßen und wechselt die Kleidung der Passanten, die in wenigen Wimpernschlägen kurze Ärmel durch Mäntel eintauschen; im Mittelpunkt des Ganzen steht das Dunkelzimmer, und darin friert die Zeit ein, die draußen verrückt gespielt hat, wobei wir uns dieselbe Raserei auch im Inneren der Körper ausmalen können, die kommen und gehen, sie wälzen sich über den Boden, rollen von einem Ende zum anderen und wieder zurück, ziehen sich an und aus, setzen sich an eine Seitenwand, um gleich wieder aufzustehen, stoßen zusammen, wenn einer hereinkommt und der andere geht, gruppieren sich und gehen auseinander, zwei, drei, fünfzehn, einer, keiner, zwei, einer, fünf, keiner; wir malen es uns nur aus, weil die massive Dunkelheit das Einzige ist, was unverändert bleibt, während draußen Züge ruckartig zwischen Bahnhöfen hin- und herfahren, Flugzeuge den Himmel in alle Richtungen durchbohren, die Nacht und der Tag Laternen und Neonlichter anzünden und wieder löschen, Rollläden und Markisen aufziehen und wieder herablassen, hinter denen Leute schlafen, aufwachen, schlafen, aufwachen; ohne den Finger vom Knopf zu nehmen, können wir jeden dieser dahinrauschenden Körper beobachten, die rund um das Dunkelzimmer kommen und gehen, können ihrer roboterhaften Spur durch die Stadt folgen, um zu erleben, wie ihnen in einer knappen, die Jahre kondensierenden Minute Haare und Bärte wachsen und kürzer werden, wie die Frisuren und Farben wechseln, wie sie, also wir, unseren eigenen Faden aufspulen, das Knäuel vergrößern, indem wir Jahr um Jahr älter werden: Wir gehen Beziehungen ein, trennen uns, beginnen neue Beziehungen; wir räumen Möbel in Wohnungen und wieder hinaus, Kartons voller Haushaltsgegenstände werden in Apartments und wieder heraus getragen, in Kleintransporter verladen und aus diesen in neue Heime; wir montieren dutzendweise billige Möbel, der Schnellvorlauf zeigt Schränke, Sofas, Tische und Regale, die sich Stück für Stück selbst aus der Verpackung heben und in wenigen Minuten ihren Lebenszyklus durchlaufen, um schließlich im Container zu landen; wir unterschreiben pausenlos Papiere, wenn wir alles, was in jenen Jahren unterschrieben wurde, auf wenige Sekunden Zeitrafferfilm eindampfen wollten, müssten wir an einem Tisch sitzen, mit sorgfältig gebügeltem Hemd und unserem Glückskugelschreiber in der Hand, in halsbrecherischem Tempo würden Dokumente vorgelegt und unterschrieben: Arbeitsverträge, Mietverträge, beglaubigte Papiere, Hypotheken, Stammbücher, Geburtsurkunden, Versicherungen, Policen, Kreditanträge, Rechnungen, Gehaltszettel, Abrechnungen, eidesstattliche Erklärungen, Anzeigen; unsere Unabhängigkeit hat Hunderte von Unterschriften erfordert, Berge von Dokumenten und Anhängen und Zusatzbögen und Allgemeinen Geschäftsbedingungen und Klauseln und Kleingedrucktem und Durchschlägen, das alles hat Ordner gefüllt, die wir bis heute in Rumpelkammern aufbewahren, in zugeklebten Schachteln. Wenn wir den flinken Insekten folgen, die ins Dunkelzimmer schwärmen und wieder hinaushuschen, ein Treiben wie in einem Ameisenhaufen, wenn wir sie in Krankenhäuser eilen und wieder herauskommen sehen, die einen in Begleitung von Babys, die anderen mit Särgen: Babys, die in einem irren Tempo wachsen, während sich gleichzeitig der Himmel weiterdreht, ohne den Tag oder die Nacht festhalten zu können, und dann werden ihre Knochen länger, verlieren sie Zähne und robben, krabbeln und laufen; und die Särge von Eltern, von einer Krebserkrankung hingerafft, in einem rasanten Trauerzug begleiten wir sie auf den Friedhof und laufen alle mit und umarmen uns flüchtig und küssen uns, bis Sarg und Leichnam sich in einem einzigen Aufflammen verzehren, und anschließend gehen wir mit der Asche an den Strand, wo sie in den Wind gestreut werden soll; in anderen Fällen schieben wir den Sarg in eine Nische, und der Zeitraffer zersetzt in wenigen Sekunden die Organe, das Fleisch und die Haut, bis nur noch eine Handvoll vergilbter Knochen übrig ist, die nicht einmal mehr das Leichentuch füllen, während draußen reihenweise Blumensträuße welken und Tausende von Trauergemeinden hastig vorüberziehen. Aber lassen wir uns nicht ablenken, verlassen wir den Friedhof, denn in einer anderen Szene dieser Folge sehen wir jetzt eine Hochzeit, alles geht so schnell, dass wir die Beteiligten kaum erkennen, die in ungewohnten Sakkos und Kleidern stecken, sie verschwinden in einem Standesamt, um gleich wieder daraus aufzutauchen, Hände voll Reis werfend, und dann weiter ins Restaurant, wo sie anstoßen, essen, trinken, essen, tanzen, trinken, Krawatten und Halstücher verlieren, sich übertrieben umarmen und küssen, was jeweils zwei oder drei Einzelbilder lang anhält, und von dort aus steigen sie jeweils zu viert in Autos, deren rasanter Fahrt man kaum folgen kann, sie parken auf der Freifläche vor dem Lokal, und wir steigen ein weiteres Mal aus, die Hemden weit aufgeknöpft, die Schuhe in den Händen, um Taillen und Schultern gefasst und torkelnd vor Trunkenheit, was das Tempo der Vorführung noch komischer macht, wie in einem Stummfilm, jemand braucht eine Reihe von Einzelbildern, um den Schlüssel ins Schloss zu stecken, dann treten wir der Reihe nach ein, gehen die Treppe hinunter, und der Vorhang öffnet sich, um uns einzusaugen und verschwinden zu lassen. Das Dunkelzimmer ist der Schacht, in den sämtliche Leben münden, wenn wir das Tempo aufrechterhalten und noch ein paar Jahre vergehen lassen, ihre Kette von Tagen und Nächten und ihre vorüberziehenden Jahreszeiten, dann sehen wir freilich, wie die Abstände zwischen den Besuchen größer werden und das Zimmer weniger voll besetzt: Mancher geht noch immer mehrmals pro Woche oder sogar täglich hin, am Samstagabend sind wir weiterhin beschlussfähig, aber einige Fäden ziehen sich in die Länge, straffen sich aufgrund der zunehmenden Entfernung, sodass der bis dahin dicht gesponnene Strang dünner wird. Es gibt Umzüge, bei denen sich der Lkw zu rasch entfernt, als dass unser Blick ihm folgen könnte, es gibt Paare, die beim Schließen der neuen Wohnungstür schlagartig den Faden abtrennen, es gibt Insekten, die weiterflattern, aber bei immer selteneren Besuchen, es gibt andere Samstagspläne, es gibt Theater, es gibt Konzerte, es gibt Restaurantempfehlungen, es gibt Billigflieger, die einen mit Lichtgeschwindigkeit in europäische Hauptstädte tragen, und es gibt bezaubernde Hotels, seit Jahren bewegen sich unsere Bankkonten im selben Tempo wie der Film, den wir heute in seinem irren Rhythmus vorführen: Zahlungsein- und -ausgänge, am Monatsanfang bezahlte Gehälter, von denen wir Zahlen abgerechnet sehen wie auf einer rasend heruntertickenden Uhr, Geldanlagen, Mitgliedsbeiträge, Rechnungen, Käufe, Kartenzahlungen, Abhebungen,

Überweisungen, Abonnements, die sich immer weiter drehende Anzeige, auf der keine Ziffer je stehen bleibt, zwingt uns den Rhythmus auf, in dem wir durch die Stadt ziehen, zwischen den üblichen Schauplätzen der Comedy-Show: das Zuhause, die Arbeit, die Kneipe, die Shoppingmall, einige Freizeitorte, aber auch andere sporadische Locations, an denen sich nur einzelne Episoden abspielen: die Pension in Berlin, die Ferienwohnung auf dem Land, das Restaurant in einer Bucht, in dem der Ausgabenzähler mit einem Schlag um mehrere Ziffern weiterspringt, das diskrete Apartment, das du mit mehreren Geldscheinen betrittst, die am Geldautomaten den Countdown beschleunigt haben, um eine Sekunde später mit mehreren Briefchen herauszukommen, die in den folgenden Szenen als Linien wiederauftauchen, auf Tischplatten, auf den Toiletten von Kneipen und Bürogebäuden, nachdem sie in unseren Nasen verschwunden sind, beschleunigen sie diesen Film noch weiter, lassen uns noch schneller rennen, noch stärker an den Fäden ziehen, während wir weitere Dokumente unterzeichnen, Umzugskisten füllen und leeren, Beziehungen eingehen und beenden, unsere Sachen vom Schreibtisch in einem Großraumbüro an einen anderen, größeren Tisch in einem Einzelbüro tragen, Häuser, Bars, Hotels und Flughäfen betreten und wieder verlassen, Geschäftsräume, in denen wir neue Papiere unterschreiben, während das Bankkonto sich so schnell dreht, dass manchmal die Anzeige umspringt und rote Zahlen schreibt, um gleich darauf wieder zu schwarzen zu wechseln, und zwar mehrstelligen, sodass ein neuer Monatszyklus möglich wird, das Kommen und Gehen, die Unterschriften, Käufe, Linien und Reisen, und unterdessen laufen wir wie emsige Ameisen weiter, schön in der Reihe auf der Suche nach Laub, Stängeln, organischen Resten oder Kleinaas, die ganze Stadt ist von den Tausenden von Rinnsalen derer durchzogen, die Nahrung zum Ameisenhaufen bringen, und wir könnten unsere Arbeit jener Jahre im selben Tempo betrachten, die Kurbel weiterdrehen, um die Ansammlung unserer Erzeugnisse zu sehen, Schaufeln voller Sand, die in eine Grube geworfen werden oder auf einen Scheiterhaufen, der gleich in Flammen aufgehen wird: Tausende von schriftlichen Berichten, programmierten Codezeilen, übersetzten Artikeln, an Tische gebrachten Drinks, erfolgreichen Verkäufen, gezeichneten Plänen, verschifften Gütern, geschnittenen Haaren, angenommenen Anrufen, unterzeichneten Verträgen, bewilligten Budgets, sanierten Wohnungen, gestalteten Websites, zugenähten Wunden, entschiedenen Operationen; Millionen von Waren, produziert, hergestellt, behandelt, verarbeitet, zusammengebaut, angestrichen, verschraubt, poliert, eingepackt, geordnet, gestapelt, gelagert, ausgeliefert, etikettiert, verkauft, beschädigt, repariert, erschöpft, weggeworfen, recycelt und gepresst; Millionen von Dienstleistungen, angeboten, beworben, bestellt, bezahlt, geleistet, beanstandet, erweitert und gestrichen; und bei jedem Schritt, auf jedem beschleunigten Einzelbild lösen sie Geldbewegungen aus, Ein- und Ausgänge, Käufe, Rechnungen, Fristen, Kredite, Gehaltszettel, Wertzuwächse, Gewinne, Dividenden, eine Bewegung von Millionen, Billionen und Trillionen, die, wenn wir sie mit der Greifbarkeit von Münzen ausstatteten, ebenfalls wie Insekten durch den Raum ziehen und alles überfluten würden, aus den Hosentaschen, aus Umschlägen, Köfferchen, Konten, Depots, Safes oder Panzerwagen, um durch die Straßen zu rollen als eine Reihe von Münzen, die in andere Lieferwagen gelangt, in Kassen, Konten, Taschen, und sich von dort vervielfältigt, um einmal mehr in eine neue Richtung zu rollen, weitere Ein- und Ausgänge zu bewirken, Verkäufe, Gehaltszettel, Wertzuwächse und Dividenden; unser Leben in diesen Jahren könnte verbucht, monetarisiert werden, an Orten, an denen wir vorbeigekommen sind, würde es eine Spur von knitterigen Geldscheinen und glanzlosen Münzen hinterlassen, einer Schleimspur gleich, das Fazit des Lebens in Form von Bankformularen, Einzahlungen, Abhebungen, Zahlungsvorgängen und Quittungen; ein hektisches Wimmeln von Ameisen ohne einen Moment der Rast, und jeden Morgen bliebe ein Unwohlsein in den Laken, angesammelt wie ein giftiger Bodensatz, wie ein nächtliches Sekret, und dann hieß es weiterrennen, hinzufügen, anhäufen, damit der blinkende Zähler nicht zum Stillstand käme, sondern seine Ziffern in Bewegung hielte wie ein unwiderstehliches Metronom, das unseren Rhythmus bestimmt hat, das Tempo, die Pausen, die Stunden des Schlafs, die Beschleunigungsvorgänge und Bremsmanöver.

Aber halten wir einen Augenblick lang inne, nehmen wir den Finger vom Knopf und lassen das Gedächtnis herunterbremsen, ein paar Sekunden lang seine Trägheit bewahren, um dann die Erinnerungen in größeren Abständen zu zeigen, immer langsamer, sodass das Ameisengewimmel zur Ruhe kommt, die Jahreszeiten wieder spürbar werden, Tag und Nacht ihre Dauer zurückgewinnen und der Zähler gemächlicher läuft. Das Dunkelzimmer senkt seine Drehzahl, passt den Umlauf dem ruhigen Rhythmus unserer Atemzüge an, und nun kann jeder einen Moment wählen, bei dem er verweilen möchte, ein Kapitel oder eine Sequenz, deren Hauptdarsteller er gewesen ist, als er hinter den Kulissen hervortrat, seinen Teil des Dialogs sprach und eine Szene gestaltete, die unsere heutige Erinnerung mit der Beleuchtung und den Kameraeinstellungen einer Fernsehkomödie zeigt, einen dieser Räume, in denen eine Wand fehlt, auf der offenen Seite sind ja die Techniker und das Publikum, das mit seinem Gelächter die Abenteuer und Missgeschicke einiger Heranwachsender untermalt. Eine Komödie mit den üblichen Klischees: Wohngemeinschaften, wechselnde Paarkonstellationen, gelungene und weniger gelungene Begegnungen, Freuden und Leiden, ohne dass einem je ganz das Lächeln vergeht. Wenn wir an jene Zeit zurückdenken, dann ist uns, als hörten wir noch die Lachkonserven, die die vom Glück am meisten begünstigten Momente begleiteten, als hätte das Gelächter, das aus dem Dunkelzimmer aufstieg, über Jahre nachgehallt, um die Gags zu feiern, die wir uns noch heute erzählen, die durch die Erinnerung ausgewählten Greatest Hits: die Silvesterparty, bei der die Polizei anrückte (Gelächter), das Besäufnis beim Abendessen mit der Firma (Gelächter), der Abend, an dem du mit deiner Ex angebandelt hast (Gelächter), der Tag, an dem deine Freundin dein Handy durchsucht und alles herausgefunden hat (Gelächter), das Konzert, bei dem es in einer Tour geregnet hat, bis wir uns am Ende im Schlamm suhlten (Gelächter), das EM-Endspiel (Gelächter), die Polizisten, die uns damals in Marokko angehalten haben (Gelächter), die Überraschungsparty zum Geburtstag (Gelächter), das Bewerbungsgespräch (Gelächter), die Wohnung, in der es so kalt war wie in einem Eisschrank (Gelächter), die Demo, bei der wir vor den Bullen weglaufen mussten (Gelächter), der Lover, der dich betrogen hat (Gelächter), der Krieg, den wir nicht aufhalten konnten (Gelächter), der Autounfall (Gelächter), die Abtreibung (Gelächter), der Krebs, der deine Mutter zerfressen hat (Gelächter), der Chef, der dich immer zum Weinen brachte (Gelächter), die Auswahlprüfung, bei der du nach zwei Jahren Büffeln durchgefallen bist (Gelächter), der Verwandte, den du nie wieder erwähnt hast (Gelächter), die Panikattacke (Gelächter), die Schwester, die gestorben ist (Gelächter), der Zug, in dem wir alle zusammen saßen (Gelächter). Jeder nahm die ihm zugeteilte Rolle an, und wie in jeder guten Sitcom blieb auch in der unseren keine der klassischen Positionen unbesetzt: der Spaßvogel, die Intellektuelle, der Gigolo, das dumme Blondchen, der zwanghafte Lügner, das Unschuldslamm, die Schlange, der Verführer, der schräge Typ, die Dauerverliebte, der Mistkerl; wenn wir das jetzt durchgehen würden, könnten wir uns vielleicht nicht auf die genaue Besetzung einigen, aber so waren wir und so war unser Verhalten, geprägt von einem ständigen Auf und Ab, bei dem jedoch ein glückliches Ende winkte, wobei Gefühlsfragen natürlich zentral waren: die Anfänge von Paarbeziehungen, Trennungen, Eifersüchteleien, Untreue, Freundschaften und Feindschaften, Rivalitäten, Distanzierungen und Wiederbegegnungen, und falls es andere Sorgen gab, Momente der Erschöpfung, des Verlusts, des Scheiterns, der Angst oder der Demütigung, so wirkten diese Erfahrungen als notwendige Kontrapunkte, die jede gute Geschichte braucht, die Rückschläge, nach denen der spätere Aufstieg und das Gelächter am Schluss jeder Episode erst richtig zur Geltung kommen. Geld zum Beispiel war, wie wir jetzt begreifen, von entscheidender Bedeutung, aber damals konnten wir das nicht sehen, wir sprachen nicht davon, weil es eine Selbstverständlichkeit war, es war die Luft, die wir atmeten. Ohne wären wir natürlich erstickt, aber es waren gut belüftete Jahre, die meisten von uns schwammen nicht in Geld, hatten aber doch genug, und was das Wichtigste war, es bestand glaubhafte Aussicht, dass es weiter bergauf gehen würde: Man würde in höhere Gehaltsgruppen aufsteigen, eine bessere Stelle finden, Zusatzleistungen und Alterszulagen sammeln, jedes Mal mehr verkaufen, mit immer neuen Verträgen den Kundenstamm erweitern, Wettbewerbe gewinnen, es nach oben schaffen, ein unabweisliches physikalisches Prinzip würde uns dazu verhelfen, abzuheben, aufzusteigen, ein Büro am Hauptsitz der Firma zu bekommen, einen eigenen Laden aufzumachen, die Führung im Familienbetrieb zu übernehmen, eine Computeranwendung zu entwickeln und sie teuer zu verkaufen, unsere Passion zum Beruf zu machen, eine hübsche Beamtenstelle zu erlangen und uns ein ausreichendes Gehalt und eine Menge Freizeit zu sichern; jeder hatte in jenen Jahren seine eigenen Zielsetzungen, jeder zeichnete sich seine Schatzkarte und stellte seine Milchmädchenrechnung an, weil es leicht aussah, weil wir es uns versprochen hatten, weil wir dazu geboren waren; das wäre jetzt spaßig, jene Berechnungen und Pläne wieder hervorzuholen und für eine Weile die Stille zu durchbrechen, damit ein jeder, ohne sich zu erkennen zu geben, die Stimme verloren in der Dunkelheit, erzählen könnte, was er sich damals erhofft und was er nach all den Jahren erreicht hat, was von all dem geblieben ist.

Und im Mittelpunkt dieser Komödie, einem Mittelpunkt, der unverrückbar war, wenn auch immer weniger fesselnd, stand das Dunkelzimmer. Das wirklich Packende an der Komödie, ihr Unterscheidungsmerkmal gegenüber den Serien, in denen andere Schauspieler unserer Generation die Hauptrollen spielten, deren Leben seine eigenen exakt bemessenen Freuden und Leiden kannte, seine Lieder mit ihren bewegenden Refrains und seine Lachkonserven, aber kein Schlupfloch, wo man sich suchen und finden konnte, sich verlieren, sich absondern, sich flüchten und heilen. Jedenfalls glauben wir das, wir alle haben ja irgendwann darüber spekuliert, ob es noch andere Dunkelzimmer gab, ob wir originell waren oder ob sich bereits andere, wie wir durch einen zufälligen Stromausfall inspiriert, so eine Höhle eingerichtet hatten; haben uns die Stadt voller Kellerräume mit Vorhängen und Klebeband vorgestellt, wo andere wie wir sich verstecken, eine ganze Stadt unter der Erde, die niemals ans Licht treten wird, aber mit ihrer Energie das Leben an der Oberfläche erst möglich macht. Jetzt können wir etwas länger verweilen, können warten, bis in diesem lichtlosen Saal ein Projektor anspringt und einige

Kapitel von damals aus der Erinnerung vorführt, um zu überprüfen, wie wir waren und welche Rolle das Dunkelzimmer in unserem glücklichen Leben gespielt hat.

María und Raúl zum Beispiel, die damals ein Paar waren, obwohl sie heute sicher getrennt gekommen sind und höchstens durch Zufall nebeneinandersitzen. Sie sind als Erste auf Abstand zu unseren Samstagabendtreffen gegangen: Sie kamen zwar weiter ins Lokal, waren beim ersten Teil mit dabei, aber wenn die Mehrheit die Treppe hinunterging, blieben sie oben oder verabschiedeten sich, um uns nicht herauskommen sehen zu müssen, mit einem dümmlichen Lächeln auf unseren Gesichtern. Sie lehnten es ab, daran teilzunehmen, nachdem sie es ausprobiert hatten, am ersten Abend, dem ersten Samstag, an dem wir nicht mehr auf einen Stromausfall hofften oder den Lichtschalter drückten, sondern diese Dunkelheit einweihten. Sie, die sich, als noch das Licht im Erdgeschoss ausgeknipst wurde, immer aus dem Getümmel entfernt und miteinander gevögelt hatten, die Exklusivität ihrer Beziehung respektierend, betraten bei diesem ersten Mal unruhig zusammen das Dunkelzimmer. Als sie den zweiten Vorhang durchquerten, lachten sie noch nervös, sie fassten sich an den Händen, konnten aber schon nicht mehr sicher sein, ob die Hand, die sie drückten, die des anderen war, wenn man nichts sehen kann, sind alle Hände dieselben, und so griffen sie pflichtschuldig stumm zu derjenigen, die ihnen am nächsten war, und drückten, und dann ließen sie sich mitreißen, einer der beiden zog oder wurde zur Seite gezogen, der andere in die entgegengesetzte Richtung, und da lösten sich ihre Finger voneinander, vielleicht suchten sie tastend nach der Hand, die ihnen vertraut schien, aber zu spät, sie stürzten in den Strudel, küssten und wurden geküsst, streichelten und wurden gestreichelt, er penetrierte jemanden, sie spürte sich mit einer Sanftheit gevögelt, in der sie ihren Partner zu identifizieren glaubte, bis sie ihn küsste und seinen Mund nicht erkannte; sie streckte den Arm aus und tastete auf dem Teppich nach einer anderen Hand, die ebenfalls blind nach ihr suchte, der des Mannes, der im selben Moment in einer anderen Person abspritzte, die sich rittlings auf ihn gesetzt und ihm die Handgelenke gegen den Boden gepresst hatte, wenigstens erzählte er das später María, als sie nach Hause kamen, und übertrieb dabei die Art, wie er festgehalten und gevögelt worden war. Er ging vor ihr nach draußen, zog sich die Schuhe wieder an, richtete seine Kleidung und ging die Treppe hoch, in der Erwartung, sie schon oben vorzufinden. Er wunderte sich, als er sie nicht sah, wie lange war er wohl drinnen gewesen, er rief sie auf dem Handy an, nicht dass sie schon viel früher den Raum verlassen hatte und schamerfüllt gegangen war, aber dann hörte er das Brummen ihres Telefons in der Handtasche, die sie auf der Couch hatte liegen lassen, also kippte er rasch irgendeinen Drink hinunter und ging wieder die Treppe hinab, mit weichen Knien, leicht flau von dem Orgasmus eben. Er erkannte ihre Schuhe in dem Haufen an der Tür, damals gab es noch keine Kisten. Als er schon im Begriff war, sich die seinen auszuziehen, hielt er inne, es hatte keinen Zweck, hineinzugehen und nach ihr zu suchen, er würde sie nicht finden, sondern sich nur vor den anderen lächerlich machen, oder vielleicht würde er sie doch finden, die Form ihrer Schultern und ihrer Brüste erkennen, das Schlüsselbein oder die Haarlänge, würde sie unter einem anderen Körper wiedererkennen, unter irgendeinem von uns, der nicht er war, und dieser Gedanke machte ihn so wütend, dass er den ersten Vorhang aufriss, just in dem Augenblick, als eine, die nicht María war, aus dem Zimmer trat, die Bluse noch nicht wieder zugeknöpft, und dem Wütenden mit einer klebrigen Hand über den Nacken strich, um ihm ein amüsiertes Lächeln zu schenken: Na, gehst du noch mal rein? Aber Raúl lächelte bloß angewidert zurück und sackte auf eine Treppenstufe, und dort blieb er eine endlose Zeit sitzen, verabschiedete mit einem Hochziehen der Brauen die Glücklichen, die herauskamen und wieder eintraten, bis der Vorhang in Bewegung geriet, um ihm María zurückzubringen, sie knöpfte sich gerade die Hose zu und konnte die Scham in ihrem Blick nicht unterdrücken, als sie ihn auf der Treppe vorfand. Sie stritten sich an Ort und Stelle, ohne die Stimmen zu senken, wenn jemand hineinging oder herauskam: Warum hast du so lange gebraucht, wann bist du denn rausgekommen, ich habe dich gesucht, was hast du gemacht, was hast du denn gemacht, und mit wem; dann kehrten sie nach Hause zurück, um sich im Bett zu umarmen, in einer so anderen Dunkelheit, und versprachen einander, an keinem weiteren Samstag mehr dort hineinzugehen.

Auch andere legten ein Versprechen ab und brauchten nicht lange, um es zu brechen. Da sind etwa Sergio und

Olga, die sicherlich nebeneinandersitzen, und sie sehr wohl Hand in Hand. Nicht einmal diesen ersten Versuch haben sie sich gestattet, lieber machten sie keine Experimente, gingen keine Risiken ein. Falls sie einander tatsächlich ein solches Versprechen gegeben haben, dann hat es jeder auf seine Weise gebrochen. Sergio war untreu, er hatte ein Verhältnis mit einer Arbeitskollegin, flirtende Blicke von Tisch zu Tisch, hastige Küsse auf der Firmentoilette, Verabredungen in Kneipen in einem weit entfernten Viertel, das auf einer Brache geparkte Auto, eine Pension. Er sprach mit seiner Geliebten über das Dunkelzimmer, verstieß gegen die Vereinbarung, die Sache nicht herumzuerzählen, ging sogar noch einen Schritt weiter: Er lud sie dorthin ein, wo sollten sie es besser haben als so unsichtbar wie hier. Mehrmals pro Woche zog Sergio gegen zehn Uhr abends Shorts und Laufschuhe an und verabschiedete sich von Olga: Ich gehe eine Runde joggen. Sie blieb auf dem Sofa liegen, schläfrig vor dem Fernseher. Rhythmischer Trott beim Verlassen des Hauses, leichter Lauf beim Um-die-Ecke-Biegen, dann lange Schritte, um rasch das Lokal zu erreichen, die Treppe hinunterzugehen, die Sportschuhe zu verstecken und ungeduldig einzutreten, um nach ihr zu suchen, der Frau, die wenige Minuten zuvor ihre Wohnung mit ähnlich sportlicher Kleidung und Ausrede verlassen hatte, um ins Lokal zu laufen, sich mit dem nachgemachten Schlüssel, den Sergio ihr heimlich gegeben hatte, Zutritt zu verschaffen, die Treppe hinunterzugehen und sich nervös auf ein Territorium zu wagen, das für sie noch heimlicher war als für ihn. Das Liebespaar verabredete eine bestimmte Vorgehensweise, um sich zu erkennen: Wer zuerst eintraf, wandte sich nach links, ging sechs Schritte weit und wartete; wenn der andere auftauchte, lautete die Parole: dreimal den Arm des Neuankömmlings drücken. Sie vögelten begierig, die Kunststofffasern ihrer Sportklamotten knisterten von der Reibung, die beiden dachten erregt daran, dass sie womöglich nicht alleine waren, und dann konnte es ja auch Irrtümer geben, vielleicht wurde man verwechselt, versuchte irgendein Eindringling, sich ihnen anzuschließen. Nach dem Höhepunkt blieb ihnen noch etwas Zeit, um erschöpft liegen zu bleiben, Arm in Arm, zu einer Stille genötigt, die sie in einem Hotel nie gefunden hätten, wo die üblichen Sätze auf ihnen lasten würden, die voreiligen Liebesschwüre und halbherzigen Versprechungen. Sie standen auf, gingen zusammen hinaus, womit sie gegen eine weitere Regel verstießen, hielten sich noch auf dem Korridor in den Armen, küssten sich, schon ohne die Intensität von drinnen, und dann lief jeder zurück nach Hause. Wenn Sergio heimkam, lag Olga schon nicht mehr auf dem Sofa, er fand sie unter der Dusche, manchmal war er von der gerade erlebten Dunkelheit noch so erregt, dass er, ohne zu fragen, mit in die Wanne stieg und sie unter der Dusche vögelten, so wurde er mit einem Schlag den fremden Geruch und die Gewissensbisse los, während er zugleich das Sexleben in der Partnerschaft am Leben hielt. Ach, aber Olga: Die Betrogene hinterging auch ihn, suchte ebenfalls das Dunkelzimmer auf. Angefangen hatte sie damit viel früher als Sergio: Frühmorgens verließ sie vor ihm das Haus und kam hierher. Um diese Stunde fand sie niemanden vor, hatte den ganzen Raum für sich allein, da konnte sie diese beruhigende Luft einatmen, die sie schläfrig machte und ihr die nötige Energie gab, um den Tag in der Schule auszuhalten, die Schüler und die Müdigkeit. Sie hätte Sergio davon erzählen können, schließlich tat sie nichts, womit man hinter dem Berg halten müsste, sie entspannte sich nur, aber trotzdem behielt sie das Geheimnis lieber für sich, als etwas Eigenes, das sie nicht teilen wollte. Bald kam der Wunsch in ihr auf, die andere Seite kennenzulernen, es auch mal abends zu probieren, wenn mehr los war. Also beschloss sie, die Zeit zu nutzen, in der Sergio joggen ging. Sie spielte also Theater, gab vor, auf dem Sofa eingeschlafen zu sein, während er sich die Laufschuhe anzog, und eine Minute später schlüpfte sie in ihren Mantel und trat auf die Straße hinaus, das Licht im Wohnzimmer ließ sie an. Mit raschen Schritten erreichte sie das Lokal, ging die Treppe hinunter, zog sich die Schuhe aus, versteckte sie und durchquerte die Vorhänge; noch immer wandte sie sich nach dem Eintreten zur rechten Seite, aus Gewohnheit, jetzt setzte sie sich aber nicht hin wie an den Vormittagen: Nach ein paar Schritten löste sie sich von der Wand und tauchte ins Zentrum des Raumes ein, die Arme vorgestreckt, auf der Suche nach einem Halt, und um diese Stunde war da fast immer jemand, der ihn bot. Sie ließ sich die Brüste kneten, öffnete den Mund für eine andere Zunge, erkannte tastend Formen, legte sich auf den Boden und hob die Hüften, um das Eindringen zu erleichtern, manchmal stieß sie auch auf eine Frau, und keine der beiden wies die Begegnung zurück. Danach rückte sie beiseite, strich sich die Bluse glatt, knöpfte die Hose zu, verließ das Zimmer, zog sich die Schuhe wieder an und machte sich zügig auf den Heimweg, um vor Sergio dort anzukommen. Sie duschte, um sich den getrockneten Samen und den fremden Geruch abzuwaschen, und dort wurde sie dann von Sergio überrascht, wenn er von seiner Sporteinheit wiederkam, manchmal schlüpfte er zu ihr unter die Dusche, und sie vögelten unter dem heißen Wasser, schlossen beide ganz fest die Augen. Olga wählte immer die rechte Seitenwand, nur einmal wandte sie sich nach links, um etwas Neues auszuprobieren: Sie ging mehrere Schritte, fünf oder sechs, stieß mit jemandem zusammen, der an der Wand lehnte, hielt inne, und da fasste eine Hand sie am Arm und drückte drei Mal, sie tat dasselbe, um ihr Einverständnis zu zeigen, der andere umarmte sie, das Kinn kratzte beim Küssen, es war also ein Mann; sie ließ sich auf eine Matratze drücken und wurde mit einer Langsamkeit penetriert und mit einer Hingabe geküsst, die etwas Verliebtes hatten, und das störte sie, die Art, wie der andere ihr die Brüste massierte oder die Pobacken drückte, eine Vertrautheit, die ihr unangenehm war, die Berührung einer Kunstfaser, der Geruch der Haare. Sie wartete, bis er gekommen war, löste sich dann eilig von ihm und kroch nach draußen, auf der Treppe begegnete sie einer Frau, die sie noch nie gesehen hatte, im Gehen schwor sie sich, nie wieder die linke Seite zu nehmen.

Kommen wir zu zwei weiteren Protagonisten, die in den ersten Staffeln der Serie eine zentrale Rolle spielten, und das gleich in mehreren Folgen: Jesús und Pablo. Am Anfang gingen wir Männer uns im Dunkelzimmer aus dem

Weg, wiesen einander zurück, wenn wir uns begegneten und beim ersten Abtasten das raue Gesicht oder die flache Brust berührten. Wir Frauen waren weniger vorurteilsbehaftet, wir mieden einen Mund wie den eigenen nicht, wenn die Dunkelheit beschloss, uns zusammenzuführen. Aber bei den Männern gab es ein vorsichtiges Sondieren, wenn wir jemandem begegneten und rasch nach Gesicht und Brust fassten, um die Person zuordnen zu können, wenn es nicht das war, wonach uns gelüstete, fuhren wir instinktiv auseinander, obwohl die Trunkenheit oder das Begehren die Befürchtungen bisweilen beiseiteschob und zwei zusammenführte, die einander ruppig befriedigten, wobei sie so weit auf Abstand blieben, wie es mit ausgestrecktem Arm möglich war. Und dann waren da noch Jesús und Pablo: Eines Abends entdeckten sie einander blind und wollten dann eine Zeit lang nichts anderes mehr. Tagsüber, außerhalb des Dunkelzimmers, verhielten sie sich wie Heteros ohne Fehl und Tadel, sie hatten schon mehrere feste Freundinnen gehabt, machten Witze über Schwule. Doch an Samstagabenden und immer häufiger auch unter der Woche trafen sie sich in einer Ecke des Dunkelzimmers, die sie als ihre eigene markierten, ein Sofa hinten links, das ihnen vorbehalten blieb, wir Übrigen hielten respektvoll Distanz, seit wir irgendwann dorthin gekommen waren und tastend festgestellt hatten, dass zwei Männer ineinander verkeilt waren, Kopf an Kopf, die Körper eng aneinandergepresst, gleichgültig gegenüber Neuankömmlingen. Um nicht umsonst warten zu müssen, gingen sie schließlich dazu über, sich zu verabreden, arrangierten regelmäßige Treffen durch Anrufe, bei denen sie keine Nachricht hinterließen, was ihrer Vereinbarung nach bedeutete: Ich mache mich auf den Weg, ich erwarte dich am üblichen Ort. Sie erhöhten die Frequenz, suchten Vorwände, um aus ihrem Alltagsleben zu verschwinden und im Dunkeln ein Begehren aufzubauen, das bei Tageslicht nur noch unsichtbarer und stummer wurde, nicht einmal unter vier Augen wagten sie es, davon zu sprechen. Mehr als ein Jahr lang hielten sie an einer Beziehung fest, die weder Bilder noch Worte kannte und von der niemand etwas ahnte, wenn wir alle zusammensaßen und sie miteinander redeten, ohne dass ihre Blicke etwas hätten erkennen lassen. Das Ende kam, als Jesús eine Stelle in einer anderen Stadt antrat und beide das zwischenzeitliche Aussetzen ihrer Heterosexualität für abgeschlossen erklärten: Sie trafen sich nicht wieder und suchten auch nicht nach Ersatz. Aber eine Zeit lang hörte Pablo auf, samstags mit nach unten zu kommen, er blieb im Erdgeschoss, wenn wir anderen alle nacheinander aufbrachen, an einigen Abenden kam er zwar mit, setzte sich aber allein auf das Sofa in der Ecke. Eines Abends jedoch, wenige Wochen nach Jesús' Weggang, schlenderte Pablo durch die Stadt, und der Kompass seiner Lust führte ihn in eine Straße mit Bars, vor denen Männer mit studiogestählten Muskeln standen und ihn aufforderten, auf einen Drink hereinzukommen. Er schlug alle Einladungen aus, warf dann aber doch einen Blick in einen Klub, dessen Slogan ihn anbeißen ließ: Trau dich in unseren Darkroom. Er trat also ein, trank an der Bar, bis er es sattbekam, von Männern angemacht zu werden, die nicht Jesús waren und in deren Gesichtern er eine Lüsternheit sah, die ihn abstieß. Da stand er auf und ging die Treppe hinunter, als suchte er die Toiletten, durchquerte eine Tür und einen Vorhang, und damit endeten die Ähnlichkeiten dann auch: Drinnen war es gar nicht dunkel, sondern nur düster, es herrschte ein bläuliches Schimmern, das die Anwesenden und ihre Bewegungen erkennen ließ, während sie Schwänze lutschten oder eng an eine Wand gedrückt in Hintern eindrangen; der Typ, der nach ihm eintrat, schob ihn weiter, und so durchquerte er den Raum, der eher ein Gang mit Nischen auf beiden Seiten war, ziegelgemauerten Einbuchtungen, in denen sich Paare mit einer Leidenschaft küssten, die aufgesetzt wirkte, so heftig verdrehten sie die Köpfe oder bewegten die Hände unter den T-Shirts. Es roch nach einer Mischung aus Samen und Reinigungsmittel, das Gestöhne wurde von eintöniger Musik überdeckt, am Ende des Ganges stieß er auf einen leeren Platz, den er eine Weile lang anstarrte, wie auf der Suche nach einem Ausgang, um nicht noch einmal den ganzen Gang durchqueren zu müssen, doch diese Unentschlossenheit fasste der Mann, der hinter ihm eingetreten war, anders auf, er drängte ihn gegen die Wand und presste sich an seinen Rücken, hielt ihn gegen die Mauer gedrückt, ohne dass er recht Widerstand geleistet hätte, er spürte, wie ihm eine Zunge speicheltriefend über Ohr und Hals fuhr, ließ sich von dem anderen umdrehen, der daraufhin in die Hocke ging, ihm den Reißverschluss aufzog und ihm einen blies, mit einer Vehemenz wie aus einem Pornofilm. Pablo schloss die Augen und dachte an Jesús, aber er hatte von ihm keine Bilder, da waren nur die Musik, der üble Geruch, die Brüskheit, mit der dieser Mann, der nicht Jesús war, sich abmühte, ihn noch weiter in den

Mund zu bekommen, und ihm dabei mit der anderen Hand obsessiv über die Eier strich, bis er schließlich kam, und da stieß er den anderen von sich, ohne auch nur den Schwanz zurück in die Hose zu schieben, und verließ hastig den Darkroom.

Würde jetzt irgendeiner von uns aufstehen und den Kreis abgehen, Gesichter berühren, Schultern und Haare, um die Einzelteile zu einer imaginären Phantomzeichnung zusammenzuführen, es fiele ihm schwer, unsere Namen zu nennen. Ein seltsames Gefühl nach all den Jahren, in denen wir einander mit den Fingern betrachtet, in der Erinnerung Formen, Größen und Proportionen abgelegt haben, auch Gerüche und sogar Geschmäcker; ein seltsames Gefühl, dass wir nach all den Jahren, in denen wir Daten gesammelt und verarbeitet haben, noch immer nicht imstande sind, einander im Dunkeln zu erkennen. Nicht einmal diejenigen, die einander am besten kannten und denen sich die jeweiligen Merkmale am tiefsten eingeprägt hatten: Als Raúl und María sich bei jenem ersten Mal losließen, hätten sie sich nicht wiedergefunden, und wenn sie noch so sehr gesucht hätten; Sergio brauchte mit seiner Geliebten einen Code; Olga bekam letztlich keine Gewissheit, wer der andere war; Jesús und Pablo verabredeten sich an einer bestimmten Stelle zu festen Zeiten, um Irrtümer auszuschließen, so ist es uns allen gegangen und würde es uns auch heute gehen, und wenn wir unsere Nebenleute nennen wollten, würden wir uns der Aufgabe im Ausschlussverfahren nähern, nach dem Geschlecht, der Haarlänge, dem etwaigen Bart, der Halskette oder irgendeinem anderen Attribut, das sich klar zuordnen ließe, aber sicher wären wir uns nie. Eigentlich haben wir einander immer erkannt, aber nur im Dunkelzimmer selbst: Sämtliche Informationen, die man hier mit den Sinnen erfassen konnte, verloren außerhalb ihren Nutzen. Wenn wir im Dunkeln eine wachsende Vertrautheit mit den Formen, Gerüchen und Verhaltensweisen der anderen entwickelten, so wurden wir beim Verlassen des Raums erneut zu Unbekannten oder zu einer anderen Art von Bekannten, bei Licht veränderten sich die relevanten Merkmale, da waren wir dieselben wie immer, erkannten einander anhand anderer Informationen, nun waren die Augen und Ohren wesentlich, während alles, was wir hier drin über die anderen Sinne erfuhren, keinen Bestand hatte; um unseren Anblick und unser Sprechen mit einem der Körper von drinnen zu verknüpfen, hätten wir einander berühren, die Hände reichen müssen, uns riechen, schmecken und küssen, und das mit geschlossenen Augen, um das Bild richtig zu zeichnen. Solange wir das nicht taten, blieben wir andere, bewahrten im Dunkeln eine Anonymität, die eigentlich eine andere Art zu sein war und uns gleichmachte, denn hier gibt es weder Hässlichkeit noch Vorlieben oder Ablehnung, wir sind alle derselbe Leib. Diejenigen, die es dennoch versuchten, sind gescheitert. Zum Beispiel Víctor und Susana, die Hauptdarsteller einer Folge, die mit das lauteste Konservenlachen eingeheimst hatte. Susana gehörte fest zur Gruppe, sie war ein Gründungsmitglied des Dunkelzimmers. Víctor hatte sie in ihrem letzten Jahr an der Universität kennengelernt, ein Jahr später wohnten sie schon zusammen, und zu diesem Zeitpunkt wollte Susana aufrichtig sein und vertraute ihm das mit dem Dunkelzimmer an. Sie erzählte ihm alles, von Anfang an: der erste Stromausfall, der glückliche Samstagstumult, die ungewissen Begegnungen unter der Woche, die alternativen Nutzungen des Zimmers, die Energie, die man hier drinnen fand. Seit sie mit ihm zusammen sei, sagte sie, gehe sie immer seltener hin, und dann suche sie sich einen Platz auf der rechten Seite, nur für sich. Um den Vorwürfen zu begegnen, die Víctors fassungsloser Blick ahnen ließ, versprach sie, den Raum nie wieder zu betreten; es gehe hier um viel mehr als nur um Sex, aber sie werde darauf verzichten, ihre Freunde zwar weiterhin sehen, aber sich von dem Dunkelzimmer fernhalten, um Missverständnisse zu vermeiden und ihn nicht zu verletzen. In dieser Nacht lagen sie wach, eng aneinandergeschmiegt, während er sie bedrängte, noch mehr zu erzählen, alles; Susana versuchte, ihn davon abzubringen, wozu sollte sie ihn mit all dem quälen, sie bitte ihn doch auch nicht, davon zu berichten, wie er es mit seinen früheren Freundinnen getrieben habe. Aber er bestand darauf, dass sie weiterredete, ihm seine Fragen beantwortete, in denen er alle möglichen Einzelheiten verlangte, und da ließ sie sich darauf ein und erzählte stundenlang, bis sie, schon im Morgengrauen, halb schlafend, von Víctors Ansturm überrascht wurde, der sie zwischen den Beinen leckte und mit einer Wildheit in sie eindrang, die sie als Erregung von der langen nächtlichen Erzählung interpretierte, aber in Wirklichkeit war es etwas anderes. Das Weitere kann man sich leicht ausmalen, den Weg, den Víctor nun einschlug: Gereiztheit, Kontrollwahn, Besitzansprüche, Angst, wo kommst du her, wo bist du gewesen, warum hast du dich so angezogen; Anrufe zu jeder Tages- und Nachtzeit, Ausspähen ihrer persönlichen Mails, Verhöre mitten in der Nacht, im Flüsterton, in der Hoffnung, ihr in ihrem Halbschlaf die Wahrheit entlocken zu können; manchmal wartete er auch nach der Arbeit auf sie. Eines Nachmittags, just an einem Samstag, erklärte Susana, sie sei mit einer alten Freundin im Café verabredet, und Víctor beschloss, ihr zu vertrauen, ihr nicht hinterherzugehen, er musste diesem Wahnsinn ein Ende bereiten. Also blieb er zu Hause, im Fernsehen lief ein interessantes Fußballspiel. Zwei Stunden waren mehr als genug Zeit, um einen Kaffee trinken zu gehen, sogar wenn man Hin- und Rückfahrt mit einrechnete. Drei Stunden waren schon nicht mehr dasselbe, und nach vier Stunden begann der schlecht vernähte Riss wieder aufzureißen: Er schloss die Augen und stellte sich Susana in einer Dunkelheit vor, die für ihn jedoch Helligkeit war, stellte sich vor, wie sie einen Schwanz lutschte und dabei lachte; das Dunkelzimmer füllte sich in seiner Vorstellung mit immer mehr Männern, deren Gesichter im Zwielicht blieben, nicht aber der Rest des Körpers, ihre Erektionen, die Susana glücklich aufnahm, einer drang in sie ein, während ihr der andere seinen Penis vor den Mund hielt, und da hatte sie immer noch eine Hand frei, um einen dritten zu befriedigen, sie hatte ihm dergleichen nie erzählt, aber er war überzeugt, dass sie die für ihn schmerzhaftesten Aspekte ausgespart hätte. Jetzt war da auch eine Frau, die ihr zärtlich in die Brüste biss, während der erste Mann weiter in sie stieß und die anderen zwei über ihr abspritzten, auf ihr Gesicht, ihre Haare, ihm wurde bewusst, dass er Susana zur Protagonistin einer Szene machte, die er Tausende von Malen gesehen hatte, in dem Porno, der manchmal spätnachts auf seinem Computer lief. Er sah auf die Uhr: schon fünf Stunden, seit Susana gegangen war. Also schnappte er sich Mantel und Autoschlüssel und fuhr zu dem Lokal, er kannte den Ort, auch danach hatte er sie in jener Nacht gefragt. Er schaltete die Scheinwerfer aus und zog den Zündschlüssel ab, blieb im Wagen sitzen, zurückgelehnt, um dem Lichtkegel der nahen Laterne auszuweichen, der wie ein Flicken über der Windschutzscheibe lag. Er wartete über eine halbe Stunde, bis sich die Tür des Lokals öffnete. Dann kam eine Frau heraus, nicht Susana, irgendeine von uns, die sich mit den Fingern durchs Haar fuhr. Kurz darauf erschien ein Mann, dann ein zweiter. Als die Tür ein weiteres Mal aufging, klingelte Víctors Handy: Wo bist du, ich bin jetzt daheim, ich wusste gar nicht, dass du weggehen wolltest. Auf der Rückfahrt sagte er sich, du Idiot, wie konntest du ihr so misstrauen, aber beim Abendessen fand er sie übertrieben gesprächig, allzu erpicht darauf, ihm haarklein zu erzählen, was sie mit ihrer Freundin getan und geredet hatte, und da spürte er von Neuem den Riss über seine Brust kriechen: Es war ihm vorher nicht in den Sinn gekommen, aber sie konnte das Dunkelzimmer ja auch vor seiner Ankunft verlassen haben, dann wären sie aneinander vorbeigefahren, und jetzt redete sie hier ohne Punkt und Komma, warum hatte sie eigentlich gleich geduscht, als sie nach Hause gekommen war? So kehrte er zu der Gewohnheit zurück, sie zu überwachen, ihr zu folgen, wenn sie die Wohnung verließ, spionierte ihre Mails aus, stellte im Geist Szenen nach, in denen Susana die

Hauptrolle spielte, aber eine Susana, die nicht dieselbe war wie die Frau, die an seine Schulter gelehnt auf dem Sofa einnickte, sondern eine lüsterne, unersättliche Susana, die es ebenso stundenlang mit einem einzigen Mann treiben konnte, wie sie bei anderen Gelegenheiten für eine Reihe von Besuchern die Beine breit machte. Bei ihrer nächsten Abwesenheit, an einem Freitagnachmittag, als sie angeblich shoppen gehen wollte, wartete Víctor nicht auf sie: Kurz nachdem Susana gegangen war, stieg er ins Auto und fuhr hierher, parkte wieder an demselben Platz und ging dann, ohne weiter zu überlegen, zur Eingangstür. Unter der Woche hatte er Susanas Schreibtischschubladen durchsucht, hatte Kisten geleert, die seit ihrem Einzug bei ihm in der Rumpelkammer standen, hatte Briefe von Jugendlieben quergelesen, sie interessierten ihn nicht, das war nicht, was er suchte. Stattdessen fand er vier einzelne Schlüssel und ließ sie sich eilends beim Schlüsseldienst nachmachen. Die hatte er jetzt in der Hand, während er das Ohr an die Tür presste. Den ersten probierte er ohne Erfolg, den zweiten ebenso, aber der dritte drehte sich im Schloss. Im Inneren des Lokals empfingen ihn elektrisches Licht und Stimmen, rasch zog er die Tür zu und lief zum Wagen, startete den Motor und fuhr los. Am nächsten Tag, einem Samstag, sagte er zu Susana, er sei mit ein paar Freunden zum Fußballgucken verabredet. Ich bleibe zu Hause, antwortete sie, vielleicht gehe ich auch ins Kino. Ja, ermunterte er sie mit Nachdruck, mach das doch, nicht dass du an einem Samstag daheim versauerst. Später wartete er im Auto, bis eine halbe Stunde vergangen war, seit der Letzte das Lokal betreten hatte. Dann öffnete er vorsichtig die Tür, steckte den Kopf hinein, um sicherzugehen, dass niemand im Erdgeschoss war; auf den Tischen standen Gläser und Aschenbecher. Als er die Treppe hinunterging, kam ihm der Gedanke, dass er keinerlei Ausrede parat hatte, aber egal, niemand dort wusste, wer er war, und der einzige Mensch, der ihn kannte, hätte mehr Gründe als er, sich zu schämen. Weder der Korridor noch der erste Vorhang war, wie er sie sich aufgrund von Susanas ausführlicher Beschreibung vorgestellt hatte. Er ließ die Schuhe an, niemand würde sich beschweren, und er wollte nicht riskieren, barfuß weglaufen zu müssen. Hinter dem Vorhang, die Tür, danach kam, wie er wusste, der zweite Vorhang, nur hatte er nicht behalten, dass es sich um eine einzige Stoffbahn handelte, und so zerrte er heftig daran. Im Inneren angekommen, hielt er sich seitlich, mit dem Rücken zur Wand, das Herz schlug ihm bis zum Hals, pochte ihm in den Schläfen, im Magen. Er konzentrierte sich darauf zu lauschen, glaubte Atemzüge zu hören, Berührungen, knisternde Geräusche. Wenn er so weit gegangen war, hatte es keinen Sinn, jetzt haltzumachen, vor allem, wenn ihn die Dunkelheit schützte, niemand würde ihn als Eindringling beschuldigen. Er versuchte sich zu erinnern, ob Susana erzählt hatte, wo sie sich am liebsten aufhielt, auf den Sofas hinten, an der linken Seitenwand, in der Mitte, wo so viel los war. Jeder Schritt, den er tat, war wie eine Last, der Boden schien sich ihm zu widersetzen, er streckte die Hände vor, doch es war sein Fuß, der zuerst auf etwas stieß, auf jemanden. Er schob das Hindernis beiseite, blieb wie gelähmt stehen. Ein paar Sekunden vergingen, bevor er sich bückte und den Boden abtastete. Seine Hände berührten etwas, er zog die Finger zurück und fasste wieder hin, hielt den Kontakt, obwohl sich sein Puls beschleunigte. Das war ein Stoff, Baumwolle, der Fläche nach war das ein Rücken, über den seine Fingerspitzen strichen, ein spürbarer Schauder überlief die andere Person, er begriff allerdings sofort, dass diese Erregung nicht von seinen Fingern erzeugt wurde, da war noch jemand Drittes. Er erreichte den Hals, berührte die Haarwurzeln, ein Ohr, als er die Rauheit der Wange spürte, zog er die Hand weg. Nun versuchte er sich an der Position dieses männlichen Rückens zu orientieren, kroch auf allen vieren um ihn herum und suchte nach dessen Gegenüber. Am Boden berührte er ein Stück Fleisch, der Länge und Dicke nach ein Arm, er drang bis zur Hand vor, die sich um die seine schloss, hielt sie ein paar Sekunden lang fest, vielleicht konnte er etwas daran erkennen, einen Ring trug sie nicht, aber den konnte er oder sie vor dem Eintreten abgenommen haben. Er machte sich los und fuhr mit dem Finger den Arm hoch, fand einen kurzen Ärmel, den höchsten Punkt der Schulter, schweifte zur Brust ab, die das hochgeschobene T-Shirt frei gelassen hatte, umrundete die Brustwarze, er versuchte, sich an Susanas Brüste zu erinnern, an ihre Größe, ihre Festigkeit, konnte aber an keine andere Brust als an diese mehr denken, die er zwischen den Fingern hatte. Er tastete oben weiter, Hals, Gesicht, die Haarlänge, wohl etwas kürzer als bei Susana, er versuchte sich zu vergewissern, indem er über eine Stupsnase fuhr, blieb am Mund hängen, da schnappten die Zähne seine Finger, ohne allzu stark zuzufassen. Er ließ sich fallen, versuchte, auf dem Teppich sitzend, in Bilder zu fassen, was seine Finger gerade nachgezeichnet hatten, ein Mann und eine Frau, die einen halben Meter von ihm entfernt vögelten, nun begriff er Susanas Faszination für das Dunkelzimmer, fühlte sich sogar in der Lage, ihr zu verzeihen, falls er sie hier entdecken sollte, wie sollte man so etwas widerstehen. Auf allen vieren setzte er seine Suche fort, bis er auf ein weiteres Paar stieß. Diesmal verhielt er sich weniger vorsichtig, fuhr mit der Hand über den liegenden Torso, ebenfalls der einer Frau, wanderte weiter zum Kopf, und die Finger verwickelten sich in Locken, die Susana nicht hatte, als er schon im Begriff war, sich zurückzuziehen, kam ihm der Gedanke, dass er vielleicht auch den anderen Körper erkunden sollte, es konnten ja auch zwei Frauen sein, Susana hatte ihm erzählt, dass es zu allen möglichen Verbindungen käme, sie hatte nicht gesagt, dass sie das selbst ausprobiert hätte, aber er malte sie sich in den Armen einer anderen aus, ihm ging sogar durch den Sinn, dass er sie jetzt vor sich hatte, Susana, die ihre Zunge in den Mund dieser anderen Frau schob, und dabei streichelten sie sich gegenseitig die Muschis, einmal mehr wurde ihm klar, dass sein Repertoire von Bildern aus denkbar gängigen Pornos stammte; er spürte seine Erektion unter der Hose. Er streckte eine Hand aus, um nach dem anderen Körper zu tasten, wusste aber nicht, wohin, er tappte ins Leere, bis er den Arm senkte und einen Kopf zwischen den Beinen der Frau fand, als er sich einen Reim auf diese Position machte, tat ihm die Erektion allmählich weh, so gefangen in der Hose, einige Sekunden lang strich er wie hypnotisiert über das Haar, dann besann er sich auf sein Vorhaben und bewegte sich vom Ohr abwärts zu einer dichten Kotelette und einem raspeligen Gesicht. Er wich zurück und setzte sich an eine Wand, schwitzend. Ihm kam der Gedanke, dass er weiter durch den Raum streifen und Körper abtasten könnte, ohne Susana zu finden, und was sollte er eigentlich tun, wenn er sie fand, was könnte er anderes tun, als sich ihr anzuschließen; ihm kam der Gedanke, sich direkt jetzt selbst zu befriedigen, niemand würde ihn sehen, aber mit der Erregung verspürte er zugleich etwas, das er gerne für Ekel halten wollte. Er stand auf und ging die Wand entlang zurück zum Vorhang, dann verließ er den Raum und fuhr nach Hause, bei der Ankunft keine Susana, auf einem Zettel stand, sie sei im Kino. Er befriedigte sich im Badezimmer, sein Gesicht zerbrochen im Spiegel.

So ging es über mehrere Staffeln hinweg, die wir erneut im Schnelldurchlauf abspielen können, wir drehen also die Kurbel, damit der Himmel wieder schnellere Kreise zieht und das Dunkelzimmer zum Ameisenhaufen wird, den wir unablässig betreten und verlassen, unsere Ströme kreuzen und verteilen sich über die ganze Stadt, manche kommen täglich, manche entfernen sich, ziehen das Band in die Länge und kehren nicht mehr zurück, bis die Sonne so oft über dieses instabile Firmament gezogen ist, dass wir die Tage nicht mehr zählen können, bei manchen samstäglichen Häufungen kommt es zu Zusammenstößen zwischen den Ameisen, weil alle gleichzeitig hineinwollen, aber durch den Schnellvorlauf sehen wir, wie die Samstage im Laufe der Monate und Jahre immer weniger Zulauf bekommen, manche Insekten sind treu, andere wiederum streifen durch ferne Löcher, probieren es gar in anderen Ameisenhäufen, ähnlich, aber nie ganz gleich: ein Klub im Untergeschoss eines Bürogebäudes, von Pärchen besucht, die Eintritt bezahlen, Augenmasken aufsetzen, Kokain schnupfen, Korridore und Winkel durchqueren und einander in einem Halbdunkel umschlingen, das mit unserer Dunkelheit nichts zu tun hat, aber einige von uns wollten das eben ausprobieren, zu einer Zeit, in der wir anderen zu Hause blieben und Kleinkinder hüteten oder uns in einer ehelichen Routine einrichteten, die keine Samstage im Dunkeln mehr zuließ, oder wir hatten etwas anderes vor, verbrachten die Wochenenden außerhalb der Stadt, schließlich hatten wir uns von Montag bis Freitag so abgestrampelt und verdienten jetzt eine Belohnung, die wir hier nicht fanden. Das Rennen der Ameisen setzt sich fort, der Vorhang bleibt nie unbewegt, aber wir sehen samstags immer weniger Zusammenstöße an der Tür, die Besucherzahl lässt nach, bis ein Samstag erreicht ist, an dem dank einer etwas verlangsamten Abspielgeschwindigkeit so wenige Insekten zu erkennen sind, dass plötzlich der Mut fehlt, die Treppe hinunterzugehen, allzu leicht würden wir einander erkennen, und so ziehen wir das Beisammensein im Erdgeschoss in die Länge, gönnen uns noch einen Drink, reden über alles Mögliche, lassen keine Stille aufkommen, und wenn wir uns dann verabschieden, braucht niemand den nächsten Samstagtermin abzusagen, da kommt sowieso keiner mehr.

REC

Ein Hotelzimmer. Um das zu erkennen, genügt der Bildausschnitt, der auf dem Display erscheint, sooft sie aufsteht: das Kingsize-Bett, nur die rechte Seite aufgedeckt, auf der anderen Seite aufgetürmt große Kissen, die Lampen mit ihrem schummerigen Licht, die unpersönliche gerahmte Grafik am Kopfende, der Nachttisch, das graue Telefon und der dünne Notizzettelblock mit Plastikkugelschreiber. Auf der linken Seite zeigt der halbe Spiegel in der Schranktür das Bild eines großen Fensters, vor das ein dunkler Vorhang gezogen ist, bis ihn die Frau auf einem ihrer Wege durchs Zimmer zurückzieht, sodass frühes, durch eine Gardine geschwächtes Licht hereinfällt, zu wenig, als dass man die Lampen ausschalten könnte.

Die Frau: bedeckt mit einem langärmeligen Pyjamaoberteil, darunter nur ein weißer Slip. Das Gesicht ungeschminkt, die Lider geschwollen. Das Haar im Nacken geklammert, ungekämmt und mit einem schmutzigen Glanz. Sie setzt sich vor uns, tippt, ohne aufs Display zu blicken, rückt zum Lesen ganz nahe heran, mit kurzsichtigen Augen, bis sie schließlich eine randlose Brille aufsetzt, deren Gläser die Farben einer Website reflektieren. Im Hintergrund hören wir den Fernseher laufen, einen Nachrichtensender.

In kurzen Abständen steht sie auf und schlendert durchs Zimmer, öffnet den Schrank, zieht eine Hose heraus, die sie auf dem Bett ausbreitet, verschwindet links aus dem Bild und kommt gleich wieder, um noch etwas einzutippen, ohne sich dabei hinzusetzen. Ihr Telefon klingelt, und sie nimmt den Anruf außerhalb des Bildes an, wir hören ihre einsilbigen Antworten, dann kommt sie zurück und setzt sich wieder, greift mit der Rechten nach etwas, vermutlich der Maus, in der anderen Hand hält sie das Telefon, sie nickt, beißt sich auf die Unterlippe und verdreht die Augen, wie um uns wissen zu lassen, dass ihr Gesprächspartner unerträglich ist.

Einer ihrer Ausflüge außerhalb des Bildausschnitts dauert länger als die vorangegangenen, acht Minuten, in denen wir Wasser laufen hören. Danach kommt sie in ein Handtuch gehüllt zurück, das sie von den Achseln bis zum Oberschenkelansatz bedeckt, und mit einem kleineren Handtuch als Turban. Sie setzt sich wieder an den Computer, wir sehen ihre Schultern, mit glänzenden Tropfen besprengt, Rinnsale fließen aus ihrem Haar.

Dann steht sie auf und legt wie eigens für uns das Handtuch ab. Wir sehen ihre dunkle Scham, die schlaffen Brüste, den sehr weißen Hintern, als sie sich umdreht, um einen Slip aus dem Schrank zu nehmen, dazu einen BH, die Hose vom Bett, Kleidungsstücke, die sie ohne Eile anzieht, während sie ihre Wahl im Spiegel prüft und gutheißt.

Sie setzt sich wieder hin, wickelt den Turban auf und rubbelt sich mit dem Handtuch die Haare, geht dann hinaus, um kurz darauf mit einer Bürste zurückzukehren. Sie bürstet sich, ohne uns aus dem Blick zu lassen, und zieht dabei die Nase kraus, sooft ein Haarknäuel sich nicht auflösen will.

Drei

Wann genau hat die Comedy-Show aufgehört, witzig zu sein? Wir könnten das jetzt diskutieren, und jeder hätte eine Antwort parat, einen Tag, an dem er beim Aufsagen seines Sätzleins aus dem Drehbuch plötzlich spürte, wie ihm das Lächeln auf dem Gesicht zu Beton gerann und es ihm schwerfiel, den Dialog zu Ende zu führen. Jeder würde sich einen Moment aussuchen, obwohl es kein Datum gibt, keinen Tag, den wir als letzte Folge vorweisen könnten: Es war ein ganz allmählicher Prozess, eine langsame Auflösung, von Staffel zu Staffel machte sich die Müdigkeit immer stärker bemerkbar, und die Lachkonserven verloren an Kraft, bis wir sie irgendwann gar nicht mehr hörten. Nein, wir waren nicht mehr die schönen, glücklichen Hauptdarsteller unserer eigenen Comedy, aber ebenso wenig konnten wir uns mit der Epik des Tragischen schmücken, allenfalls mit dem rußigen Schmierfilm kleiner Dramen, die das Hintergrundlachen wieder aufleben zu lassen drohten, aber diesmal als grausames Gelächter, das sich über uns mokierte, in unserer Orientierungslosigkeit unfreiwillig komische Gestalten. Kleine Dramen, geben wir es zu: eine Scheidung, die sich zum Sorgerechtsstreit um das gemeinsame Kind auswuchs; ein Vater, der es eines Morgens nicht mehr über sich brachte, nach Hause zurückzukehren; die Weggabelung, an der du hättest fliehen können, wenn du nicht zu feige gewesen wärst; der Bruch einer Liebesbeziehung, in denkbar konventionellen Szenen dargeboten; das Warten auf einem Krankenhausflur; und anderes, noch Geringfügigeres, kleinere Kratzer, soll jeder sich daran erinnern, wann er das Geräusch gehört hat, als etwas zerriss: an einem Montag, an dem du Mühe hattest, aus dem Bett zu kommen, oder als dir aus einem Schaufenster dein entnervtes Gesicht entgegensah, an einem Herbstnachmittag, als dich die Lust überkam, in allem eine Metapher zu entdecken, die Spuren der Zeit beim Anblick deines Gesichts im Spiegel; Augenblicke, in denen wir es knirschen hörten, es tat noch nicht weh, da war nur ein leichtes Stechen als Vorwarnung. Wobei es wahrscheinlicher ist, dass wir uns das alles im Nachhinein zurechtgelegt haben, dass uns das Gedächtnis die Erinnerung an jene Jahre erst heute so eingibt, denn während wir sie durchlebten, war das Knirschen kaum zu vernehmen, und wenn doch mal, dann hielten wir uns eben an die klischeehafte Aufzählung der Dinge, die wir nicht mehr erleben würden, unwiderrufliche Entscheidungen, die dunklen Schwalben und all das *ubi-sunt*-Gerede, das wie der Refrain eines Popsongs klang. Noch ließen wir uns ohne größere Schreckmomente von der Trägheit der Masse mitziehen, was vergangen war, würde nicht wiederkehren, aber es lag ja noch vieles vor uns, und nichts wies darauf hin, dass die Wundermaschine, die uns der Zukunft entgegentrug, irgendwann stehen bleiben würde. Es waren Jahre des Ansammelns, der Anhäufung eines Vermögens, das wir beanspruchten wie eine Ernte, die ausgesät lag und darauf wartete, eingebracht zu werden, der blinkende Zähler setzte seine Umdrehungen fort, den nervösen Lauf, der sich mit unserem Pulsschlag vermischte. Wenn wir heute an jene Zeit zurückdenken, sehen wir sie als einen gewaltigen Schrotthaufen, eine Müllhalde, über deren Hänge alles Angesammelte gerollt ist, das Erworbene und hinterher Ausrangierte, durch Neuerwerbungen verdrängt, die bald ihrerseits hangabwärts rollen würden: Dort in der Grube liegt das Wrack des vom ersten Gehalt gekauften Kleinwagens, später abgelöst von einem sportlicheren Modell oder einem in Raten bezahlten Kombi; dort auch die zerborstenen Sperrholzmöbel, selbst aufgebaut und nach Ablauf ihres Haltbarkeitsdatums durch neue Möbelstücke ersetzt, häufig weiterhin aus Sperrholz und zum Selbstaufbauen, aber nicht mehr ganz so billig; daneben Haushaltsgeräte, Fernseher, Computer und Telefone, allesamt zur künstlichen Obsoleszenz verurteilt oder durch neue Bedürfnisse beiseitegeschoben; Berge von Kleidung, vorzeitig gealtert, aus der Mode gekommen, langweilig, als Spende in den Container geworfen, um von alten Leuten in Afrika aufgetragen zu werden; Reste von Fertiggerichten, Essen vom Lieferservice, Essen vom Japaner, Essen vom Mexikaner, aus Restaurants, wo ein Abendessen einen halben Monatsmindestlohn kostet, aber einmal im Leben sollte sich das jeder mal gönnen; Bierflaschen mit ausländischen Etiketten, Weine, die auf irgendeiner Website hohe Bewertungen erzielten, Gläser mit Resten von exotischem Gin und Tonicwater, natürlich importiert, ein paar Gurkenscheiben und Mineraleis; vergilbte Eintrittskarten von Kino- und Theaterbesuchen, Konzerten, Ausstellungen, Musicals, sonnigen Zirkuskompanien, Themenparks; besondere Geschenke, romantische Wochenenden, Kreuzfahrten durch

Fjorde, Seebäder, Wellnesshotels, Massagen und Fangopackungen, Schokoladenschachteln, Wein, Vulkangestein, Spielzeug aus Sexshops, Schmuckstücke zum Hochzeitstag, nummerierte Kunstdrucke; Kinderwagen und Wiegen und nach Größen sortierte Kleiderberge und verdreckte Spielsachen und Bilderbücher, aus denen sämtliche Laschen gerissen wurden. Ein gewaltiger Haufen Müll, dessen Betrachtung uns in sentimentale Klischees verfallen ließe, und zwischen all dem Abfall würden wir, verstümmelten und kahl gewordenen Puppen gleich, die Freunde sehen, die nicht mehr da sind, die verlorenen Lieben und entgangenen Gelegenheiten, die begrabenen Illusionen und andere Gemeinplätze der Nostalgie. Auf der Müllhalde läge das, was man ausrangiert hat, aber auch das, was kaputtgegangen ist: Späne, Splitter und Tonscherben, unmöglich wieder zusammenzusetzen, denn trotz der Spurenelemente von Glück war es für einige auch die Zeit der ersten zugeschlagenen Türen, der Tritte gegen Wände und Faustschläge gegen den Schrank, des zerdepperten Geschirrs und des Herumbrüllens; ebenso müsste man die Zerstörungen jener Jahre zählen, nicht immer so sichtbar wie zerbrochenes Glas: Hiebe auf die Tastatur, Schläge aufs Lenkrad, die Wut, mit der du eine Schublade zuwarfst, dazu die Tritte und Faustschläge, die wir am Ende doch nicht austeilten, sodass ihre Energie nach innen wirkte und in uns splittern ließ, was man nicht sieht; man müsste auch die Zellen und Neuronen und das organische Gewebe auflisten, die sich irgendwann als Geschwür manifestierten oder als juckende Haut oder Zahnfleischbluten; man müsste Arztberichte mit aufnehmen, leere Schmerzmittelschachteln, die ersten Beruhigungspillen und die Schmerzen in der Brust, die du für einen Infarkt hieltest und die sich dann als Panikattacke herausstellten. Ohne viel Federlesens wurden wir aus unserer eigenen Comedy entlassen, auf üble Weise durch andere Schauspieler ersetzt, die jünger waren, besser aussahen, glücklicher wirkten, mehr Leben vor sich hatten als wir, sie verdienten ein großes Publikum und kräftige Lachkonserven, dazu verdammt, vor denselben Weggabelungen zu stehen, dieselben Brüche zu wiederholen, die Verliebtheiten, Eifersuchtsdramen, Spannungen, Missverständnisse, Enttäuschungen, Feste, Träume und Abstürze. Nein, es war keine Comedy mehr, aber auch kein Melodrama, noch blieben viele gute Momente. Wenn heute einer die Stimme erheben und fragen wollte: Wie sah unser Leben aus in jenen Jahren am Ausgang der Jugend, bei den ersten Schritten ins Erwachsenendasein?, dann wären wir sicherlich einer Meinung. Es sah so aus wie die Werbung, die uns begleitet hat. Wenn wir davor eine Sitcom waren, so wären wir jetzt ein langer Werbespot, eine endlose Unterbrechung, in der sich ein Raum an den anderen reihte, mit uns als Protagonisten. Projiziert auf die Camera obscura, in der wir uns heute alle wieder befinden, erinnern wir uns an das Leben von damals als eine Abfolge strahlender, musikalischer Szenen, in denen wir die Hand aus dem Fenster streckten, weil wir so gerne Auto fuhren, wir hatten mehrere bunte Brillen, zeigten lachend die Zähne, wenn wir auf die Freundschaft anstießen, und verbanden jemandem die Augen, der gleich ein Geschenk bekommen sollte, wir tänzelten leichtfüßig über die Straße, obwohl wir mehrere Tüten in jeder Hand trugen, und atmeten mit der Nase im Glas, bevor wir den Wein verkosteten, und betrachteten nach dem Duschen die Form unserer Arme und Brustmuskeln im Spiegel, und wenn wir uns auf dem Sofa küssten, strichen wir mit den Fingerspitzen über Schenkel, und wir schlossen die Augen beim ersten Schluck Morgenkaffee und bestrichen dick den Toast und stellten Teelichter auf den Badewannenrand und eckige Kerzen ins Wohnzimmer und flache auf die Stufen, um den Weg zu weisen, und Dutzende von Kerzen in den Garten und Kerzen auf die Fensterbank und Kerzen ins Schlafzimmer am Hochzeitstag. Ja, es ist wieder ein Zerrbild, die Erinnerung ist wie benommen bei diesem letzten Treffen, und wir sind eine Karikatur unserer selbst, doch wenn wir das Dunkelzimmer verlassen, wenn es uns heute gelingt, hier herauszukommen, werden einige von uns bei der Ankunft zu Hause feststellen, dass unsere Wohn- und Schlaf- und Badezimmer und Terrassen und Küchen, wiewohl nicht mehr im besten Zustand, noch immer wie die Bilder aus der Sonntagsbeilage anmuten, die uns zu ihrer Zeit inspirierten, die Wände in einem ungewöhnlichen Farbton zu streichen und indirektes Licht einzubauen und schlichte weiße Möbel und dunkle Küchen mit Haushaltsgeräten ohne Knöpfe oder Griffe und Duschen mit gläserner Trennwand und Thermostatarmatur und Vintage-Lampen und alte Schreibmaschinen und großformatige Fotografien von Brooklyn und eine restaurierte Truhe und eine Säule mit CDs und einen Tisch aus einem Dreschbrett, einer Kabeltrommel oder bemalten Paletten und Kakteen und Räucherstäbchen und rostige Schlüssel und Messerblöcke und Kühlschrankmagneten, die Ansichtskarten fixieren, und Nachbauten von Philippe Starcks Saftpresse und stapelbare Flaschenhalter und Tischsets und verchromte Toaster und asiatische Gewürze und Fleur de Sel. Aber um Platz für das Angesammelte zu schaffen, musste unser Heim, mussten die Studios, Apartments, WGs und Jugendzimmer erst wachsen und sich ausdehnen, wie es ja auch geschah: Die von einem bescheidenen Gehalt bestimmten Behausungen der frühen Jahre schoben ihre Wände schrittweise nach außen, bekamen höhere Decken, verdreifachten die Zahl ihrer Zimmer, erweiterten ihre Terrassen, in manchem Fall so weit, dass sie sich zu einer Veranda und einem rechteckigen Stück Rasen auswuchsen, sie bekamen Panoramafenster, vergrößerten ihre Küchen und versteckten dabei alles hinter Schiebeelementen, in unauffälligen Schubladen, verdoppelten und erweiterten ihre Badezimmer, rollten sich zu Wendeltreppen, die ins nächste Stockwerk oder in Mansarden führten, legten ihre Böden mit Klickparkett aus, ersetzten alte, knarzende Türen aus dunklem Holz und mit goldenen Knäufen durch glatte weiße Flächen, die beim Schließen nur noch leise surrten. Nicht alle im selben Maß, denn unsere Einkünfte waren nicht gleich hoch: Nicht jeder von uns bekam die Gelegenheit, mit dem Finger über einen Grundriss zu fahren, um zu zeigen, wo alles hinkommen sollte, nicht alle durften Sonntag für Sonntag die Baustelle besichtigen; mancher gab sich auch mit einer alten Wohnung mit niedrigen Decken und einem feuchten Innenhof zufrieden oder mit einem schmalen Reihenhaus im Schatten der Schallschutzwand einer Autobahn oder mit dem alten Häuschen der verstorbenen Großmutter, aber wir alle fanden Möglichkeiten, Wände herauszureißen und Lichtschalter auszuwechseln und Kostenvoranschläge einzuholen und billige Möbel in einer anderen Farbe zu streichen und aus Zeitschriften ausgeschnittene Vorschläge anzupassen, um nicht abgehängt zu werden, schließlich fühlten wir uns als Teil einer Maschine, die nicht stehen bleiben durfte: Ihr immer schnellerer Lauf musste aufrechterhalten werden, denn das war die einzige Art, vorwärtszukommen und dorthin zu gelangen, wo wir hingehörten, die Anhäufung würde niemals enden, das war der Pakt, das war das Gesetz, mit der Zeit, hofften wir, würde unser Besitz weiterwachsen und sich vervielfachen, rein durch natürliche Reproduktion. Die Wohnungen würden größer und lichter werden, die Häuser an Höhe gewinnen und ihre Gärten sich ausdehnen, um irgendwann den Boden aufzureißen und einen Swimmingpool darin zu finden, dessen Beleuchtung wir von der Veranda aus betrachten und dabei einen Wein entkorken würden, in dem wir mittlerweile Vanille und Pfeffer und Waldbeeren zu erkennen wüssten und die mineralische Note einer Bleistiftspitze; unser Auto würde sich Stück für Stück zerlegen, um neu zusammengebaut zu werden, mit mehr Platz, mehr Leistung, mehr PS, es würde sich die Garage mit einigen Wochenendfahrrädern teilen und vielleicht mit einem glänzenden Motorrad, auf dem man an sonnigen Tagen spazieren fahren oder durch die Provinz rollen könnte, und dabei würde man den Wind durchs Visier spüren und irgendwann auf das kleine Restaurant stoßen, das da für uns bereitstand; man musste die Maschine am Laufen halten, kräftiger treten, die Kolben stampfen lassen und den Kessel heizen, damit das Wunder nicht zum Stillstand käme, damit alle Versprechungen Wirklichkeit würden, alles, was man sich verdient hatte, die Reisen, die eines Tages auf einen anderen Kontinent überspringen würden, die endlosen Straßen New Yorks, die uns erwarteten, die Route 66, die fernöstliche Spiritualität; die meisten von uns hatten noch Jahre vor sich, um die Welt kennenzulernen, bevor die Kinder kämen und uns andere Urlaubsformen aufnötigten, Reisen mit dem Wohnwagen durch Südfrankreich, so viele Ecken in der Provinz, die man mit Kindern entdecken konnte, und nichts würde dem Zweitwohnsitz im Wege stehen, dem Apartment mit Seeblick, dem restaurierten und auf den Kamm eines Hügels versetzten alten Bauernhof mit dem Meer in der Ferne oder der Berghütte mit Kamin und eingebauter Bar und einem sternenübersäten Himmel, wo wir ohne Bitterkeit älter werden würden, die ersten grauen Haare und Falten wären Orden, mit denen wir uns einem neuen Leben stellen könnten, das wäre immer eine Möglichkeit, wenn wir nach vollzogener Scheidung eine neue Partnerschaft mit jemand Jüngerem eingingen, um die letzte Etappe ausreichend frisch anzupacken, denn es wäre nicht das Ende, noch blieben Reisen zu unternehmen und Restaurants zu besuchen und Flaschen zu entkorken und Körper zu verführen und kurvige Landstraßen abzufahren.

Das alles hatte natürlich seinen Preis. Das schon Erreichte und das viele, was uns noch zu erreichen blieb, hatte einen Preis, da hieß es ohne Unterlass Münzen in die Maschine werfen, und um vorwärtszukommen, mussten einige von uns eine weitere Latte von Dokumenten unterzeichnen, verbindliche Angebote einholen und Schätzungen beauftragen und Fristen und Risikoprämien verhandeln und beglaubigte Kopien ausfertigen lassen und Bürgschaften von Verwandten aufbringen und Vorschüsse aufgrund künftiger Gehaltszahlungen erbitten und metaphorische Sparschweine schlachten; aber die Rechnung war ganz einfach, und sie ging immer auf: Die kleine Wohnung diente als Samenkorn für die größere Wohnung, und diese wiederum keimte zum Einfamilienhaus, Geld generierte weiteres Geld, im Geist multiplizierten wir die Quadratmeter mit dem aktuellen Verkaufswert und kalkulierten neue Fristen, Abschreibungen, Tilgungen, Jahre, Wertsteigerungen, Milchkannen, Küken und Kälber. Der Preis verpflichtete zu mehr: Um nicht an Tempo zu verlieren, um den angezeigten Weg bis zum Ende gehen zu können, hieß es auch, sich Beförderungen sichern und öffentliche Stellenausschreibungen gewinnen und Umsätze steigern und viele Visitenkarten verteilen und erst spätabends von der Arbeit kommen und was trinken gehen und Mappen mit nach Hause nehmen und sich den Schlüssel geben lassen, damit man auch samstags im Büro vorbeischauen konnte, und sich bei den Vorgesetzten Liebkind machen und mit Gleichrangigen wetteifern und den Aufstieg von Untergebenen bremsen und Schmerz-, Beruhigungs- und Schlafmittel nehmen und Amphetamine und Kokain und schnell wieder aufstehen, wenn man einmal stolperte, und nicht weinen und Lebensläufe herumschicken und bei Bewerbungsgesprächen schwindeln und immer wieder von vorne anfangen, um erneut aufzusteigen, den Widerstand der

Vorgesetzten überwinden, die uns bremsten, und Gleichrangige überrollen und Hügel zurückerobern, und das alles war nicht kostenlos und auch nicht leicht, aber am Ausgang stand schon das Auto, aus dessen Fenster man die Hand strecken konnte, und das ausländische Bier, wenn man den Kühlschrank öffnete, und die Kerzen auf dem Badewannenrand und das romantische Wochenende und die weiße Tür, die surrend über den Holzboden glitt. Und trotz allem, trotz der Unvermeidlichkeit des eingeschlagenen Weges, trotz der Leichtigkeit, mit der wir Etappen zurückzulegen schienen, als würden wir auf einem Rollband befördert, gab es Momente, in denen die Gegengewichte ins Wanken kamen, das Geräusch von etwas, das zerreißt, wurde zum anhaltenden Summton, zur um die Brust geschlossenen Klammer, zu schlaflosen Nächten und Anspannung und Angst, und so war das Leben nun mal und dazu die Müdigkeit angesichts dessen, was noch vor uns lag, immer in die Pedale treten und immer wieder aufstehen und nicht weinen und weiter aufsteigen und die Ellbogen einsetzen und nicht in die Knie gehen, auch wenn man sie selbst zu spüren kriegte, und Montage und Kinder und kurzlebige Belohnungen und die Fantasie, das alles hinter sich zu lassen und ein anderes Leben anzufangen, jetzt, da noch Zeit dafür war, und in eine andere Stadt zu gehen, in ein anderes Land, in eine andere Sprache, und die Waldbeeren aufgeben und den Wind auf dem Visier und die Hütte und ihren unerträglichen Himmel voller fauler Sterne.

Das Dunkelzimmer war immer noch da, wurde aber nie so wenig frequentiert wie in jenen Jahren. Wir behielten das Lokal, obwohl wir es nicht mehr brauchten, wir wollten diesen Raum hinter den Vorhängen einfach erhalten und leisteten daher weiter unseren monatlichen Beitrag zu den Mietkosten, denn die Wirkung des Dunkelzimmers erreichte uns sogar dann, als wir kaum noch hingingen: das Wissen, dass es hier war, als Möglichkeit. Die gemeinsamen Samstage gehörten der Vergangenheit an, abgesagt und zu nostalgischen Zwecken recycelt, und auch unter der Woche war es nicht leicht, jemanden anzutreffen, der in der Mitte des Zimmers wartete. Wer von uns weiterhin herkam, hielt sich an die Seitenwände: Rechts blieb man allein, auf der Linken trafen sich diejenigen, die diesen Winkel für ihre heimlichen Begegnungen beibehielten, aber wenn man ein paar Schritte nach vorne tat, wartete in der Mitte niemand mehr. Wir hatten Partner, mit denen wir einmal pro Woche vögeln konnten, die ersten Kinder kamen zur Welt, und wir Mütter verloren unseren sexuellen Appetit, während wir Väter zu Internetpornos masturbierten, wenn der Rest der Familie schlief, sodass es uns beim Durchqueren des Vorhangs unglaublich schien, jemals Teil einer erstaunlichen Maschinerie gewesen zu sein, die durch dieses Zimmer gerollt war; jetzt fühlten wir uns unfähig, im Fall einer Begegnung, wenn wir aus Neugier und Sehnsucht durch die Mitte pirschten, unfähig, uns auf diesen Körper zu stürzen und ihn zu Fall zu bringen und ihm die Hände unter das Hemd zu schieben und zuzulassen, dass man uns die Hose herunterzog; wir waren nicht mehr dieselben Leute, andere hatten sich da geküsst und befriedigt und penetriert, ihr saurer Geruch lag noch in der Luft, waren nicht mehr jene, die wir einmal gewesen waren, wir hatten sie abgestreift, wie Tiere sich beim Wachsen häuten und eine verdrehte Schale zurücklassen, die beim Drauftreten knirscht und zerfällt: Unsere hohle Rinde war hier drin geblieben, verstreut über den Boden, verlassen bei Umarmungen und Paarungen, so reglos wie Asche in Pompeji.

In diesen ausgehenden Jugend- und ersten Erwachsenenjahren stellte sich ein anderer, länger andauernder und lohnenderer Gebrauch des Dunkelzimmers ein, mit dem wir nicht gerechnet hatten: Es diente als Zuflucht, als Ort außerhalb der Welt für einige Stunden. Da wäre zum Beispiel Andrés, der in jener Zeit täglich hierherkam. Heute wird er beim Betreten des Raums die eigene Haut vorgefunden haben, die abzustreifen sich damals so lange hinzog, dass er schon glaubte, er würde sie niemals los und sein Körper würde in einer engen Hülle dahinsiechen, die sich nur hier drinnen weitete und ihn atmen ließ. Wenn er heute aufstehen und sich in die Mitte stellen wollte, um etwas zu sagen, dann könnte er erzählen, was er aus jener Zeit noch weiß: wie das Geräusch des Zerreißens in ihm anschwoll, bis es ihm in den Ohren dröhnte, und wie er glaubte, es zum Schweigen bringen zu können, indem er bei laufender Fahrt aus seinem Leben absprang. Der Schreck, der uns alle irgendwann überkommt, der Augenblick, in dem man sich plötzlich ein anderes Leben wünschte, das man greifbar nahe wähnte, man bräuchte doch nur einen Schritt zu tun, eine Tür aufzustoßen, aufs

Nebengleis zu springen, aber der hohe Preis, den man dafür bezahlen müsste, ließ einen zögern; dieser Schreck traf auch Andrés und riss ihn mit, er wollte sich in diesem Moment an nichts festhalten, nicht einmal an seinem einjährigen Sohn, sondern entschied sich, mit allem zu brechen, indem er auf den ersten Zug aufsprang, der seinen Weg kreuzte: eine Studentin aus dem ersten Semester, er war fast doppelt so alt wie sie, die ihm einige Monate voller Unschuld, Verführung und sexueller Wagnisse schenkte, ihn letztlich aber verließ, weil sie nicht wusste, wie sie einen Mann trösten sollte, der nach dem Geschlechtsverkehr weinte, überhaupt war sie überfordert von der Katastrophe, die sie im Leben ihres Dozenten ungewollt ausgelöst hatte: ein Zusammenbruch, bei dem es Schutt und scharfkantige Trümmer regnete, eine Trennung, bei der spät in der Nacht herumgeschrien und Dekorationsobjekte gegen weiße Türen gepfeffert wurden, ein brutaler Rechtsstreit um die Aufteilung gemeinsamer Güter einschließlich des Sohnes, mit Anwälten, Anzeigen, Übergangsregelungen, Besuchsarrangements, dann das Urteil, die zweite Instanz, Schreie im Saal vor dem Richter, Schreie vor dem Gerichtsgebäude, Schreie am Telefon, Schreie auf der Straße, Schreie auf dem Treppenabsatz, dann Schläge gegen die Tür, bis die Polizei kam, Näherungsverbot, Begegnungen an einem neutralen Ort und Besuchszeiten mittwochs von vier bis sieben, ohne die Einrichtung zu verlassen, außerdem konnte der Vater den Sohn jedes zweite Wochenende zu sich nehmen, aber ohne Übernachtung, solange das Kind nicht drei Jahre alt war. Als die Schreie nachließen und die Schriftsätze der Anwälte bezahlt waren und die Urteile mehrmals gelesen und die Unterhaltszahlungen eingerichtet und der Umzug absolviert, betrachtete Andrés die Prellungen, die der Sprung vom fahrenden Zug hinterlassen hatte: Er fand sich alleine in einer Zweizimmerwohnung wieder, zwischen geliehenen Möbelstücken und braunen Türen mit Knäufen aus falschem Messing, er schlief auf dem Sofa im Wohnzimmer, weil er das andere Zimmer für seinen Sohn eingerichtet hatte, mit Bett, Deko und Spielzeugen, die wochenlang unangetastet blieben, bis zu dem Nachmittag, an dem er ihn an neutraler Stelle abholte und mit in die Wohnung nahm, aber der Junge wollte nicht in ein Zimmer gehen, das nicht seines war, und spähte von der Tür aus hinein oder schnappte sich rasch ein Spielzeug und kam wieder ins Wohnzimmer. Am Ende schaltete Andrés ihm eben den Fernseher an und setzte sich dazu, um Zeichentrickfilme zu gucken, bis es Zeit wurde, ihn zum Übergabeort zu bringen, wo eine Psychologin das Kind evaluierte, während er zurück in die Wohnung fuhr. Und wie zuvor sein Sohn, so spähte auch er jetzt durch die angelehnte Tür, auf die Bettdecke mit Motiven aus dessen Lieblingsfilm, das spärliche Spielzeug im Regal, die Kommode mit den leeren Schubladen. Da ging er hinaus auf die Straße und zügig ins Lokal, dann die Treppe hinunter, durch den Vorhang und ins Dunkelzimmer, wo er sich an die Wand setzte und die enge Rinde spürte, die ihm die Luft abdrückte, bis er mehrmals tief durchatmete und allmählich die Fäuste locker ließ, an manchen Abenden blieb er zum Schlafen lieber hier, als in eine Wohnung zurückzukehren, die nichts war als der leere Raum um ein einziges Zimmer.

Andrés kam herein, ohne jemanden zu suchen, und wenn er auf seiner üblichen Runde an der rechten Wand entlang gegen einen Fuß stieß, wich er ihm aus und ging weiter, bis er einen Platz für sich gefunden hatte. Vielleicht gehörte dieser Fuß, auf den er an so manchem Abend trat und um den er dann einen Bogen machte, Lola, noch so eine, die wohl heute bei der Ankunft auf ihre abgestreifte alte Haut gestoßen ist und bei der Berührung mit diesem knisternden Etwas in die Zeit zurückversetzt wurde, in der auch sie fast jeden Abend hierherkam und an mehr als einem Morgen hier aufwachte, zusammengerollt auf einer Matratze weiter hinten. Ihr Zusammenbruch war ein anderer, sie hatte kein Kinderzimmer, obwohl auch sie von der Tür aus in einen Raum spähte: das Zimmer, in dem ihr Vater schlief, dessen geräuschvollen Schlaf sie überwachte, während sie ihm in ihrer Fantasie ein Kissen aufs Gesicht drückte. Und auch wenn sie in der einen oder anderen Nacht tatsächlich ein Sofakissen zwischen den Händen knetete, verließ sie letztlich doch immer das Haus und ging ins Dunkelzimmer, wo sie den Geruch nach Alter loszuwerden glaubte, den ihr Vater mit sich herumtrug, einen Uringestank, der nie verschwand, mochte sie ihm noch so oft die Windel wechseln und ihn jeden Morgen unter die Dusche stellen und seine Genitalien mit einem Waschlappen abreiben, bis sich die Eichel rötete, ohne dass er sich beschwert hätte, die Augen weit offen und Rinnsale von Schaum auf der Stirn. Sie sahen sich an, ohne einander zu erkennen, der Vater, weil er tatsächlich den Namen seiner Tochter vergaß, obwohl er sein Befremden mit einem dümmlichen Lächeln kaschierte; sie, weil sie den Namen zwar aussprach, ihn aber unpassend fand, vielleicht, dachte sie, sollte sie ihm einen anderen geben, er würde den Unterschied nicht bemerken, und sie würde ihn nicht mehr mit jenem energischen Mann verwechseln, den sie unter der brüchigen Fassade kaum noch sehen konnte, die sie abrubbelte und anzog und kämmte, auch wenn sie ihn dann nicht nach draußen brachte, sondern wie jeden Morgen vor den Fernseher aufs Sofa setzte. Ihrem Vater blieb nur die Körperkraft, seine Arme waren weiterhin muskulös, die Schultern breit, wenn sie eines Nachts tatsächlich versuchen sollte, ihm das Kissen aufs Gesicht zu pressen, könnten diese Arme den Körper hochstemmen und sich gegen den Druck wehren und sie schlagen oder gar erdrosseln, die Demenz machte ihn zwar harmlos, aber jedes Lebewesen wehrt sich gegen das Ersticken mit aller Energie, die ihm zur Verfügung steht, und in seinem Fall war noch immer einiges an Kraft da, die er auch einsetzte, wenn sie miteinander rangen, etwa weil die Tochter ihn daran hindern wollte, das Fenster aufzureißen und in den Lichtschacht zu spucken, und dann versuchte er sich loszureißen und schlug nach ihr, und wenn es ihr dann endlich gelang, ihn festzuhalten und aufs Sofa zu setzen und den Fernseher einzuschalten, damit er sich beruhigte, fragte sie sich, wie viele Jahre so ein kräftiger, gesunder Körper mit tadellosen Laborwerten und eingestelltem Blutdruck wohl durchhalten mochte; wie lange konnte ein Körper durchhalten, der eigentlich gar nicht so alt war und nie über die Stränge geschlagen hatte, wie lange konnte er durchhalten, während ihm die Würmer das Hirn zerfraßen; wie viele Jahre konnte er sich noch bepissen und zuscheißen und beim Trinken Milch verschütten und beim Kauen das Essen aus dem Mund fallen lassen und überall herumspucken, in den Hof, auf den Wohnzimmerboden, auf den Teller, ins Glas, immer dabei, sich zu räuspern, bis er genug Schleim zusammenbekam; wie viele Jahre würde es dauern, bis Lola ihr Leben wieder an der Stelle aufnehmen könnte, an der sie es unterbrochen hatte, als ein Polizist anrief und sagte, ihr Vater sei orientierungslos aufgefunden worden, er wisse nicht mehr, wo er wohne; wann würde sie dieses Zwischenreich verlassen und zu dem Leben zurückkehren können, das sie verdient hatte, das hier war es nicht: Wo stand geschrieben, dass sie ihr Leben für einen Vater opfern musste, den sie nicht mochte, sie hätte sogar von Hass sprechen können, auch wenn ein solches Gefühl jetzt an dem friedlichen Lächeln abglitt. Obwohl er sich an nichts mehr erinnerte, vergaß sie ihn nicht, sah unter seinem blödäugigen Ausdruck denselben Mistkerl wie immer. Wie viele Nächte lang würde sie ihn noch durch die offene Tür schnarchen sehen und von dem Kissen fantasieren, das gegen sein Gesicht gepresst wurde, bevor sie wieder ins Dunkelzimmer kam, um sich mit angewinkelten Beinen hinzusetzen, den Kopf zwischen den Knien, oder sich auf einer Matratze einzurollen und zu schlafen, ohne Schnarchlaute im Hintergrund.

Pablo war gerade hereingekommen, er saß wohl noch keine fünf Minuten lang an einer der Seiten, als er das Stechen spürte. Ein Krampf fuhr ihm in den Unterleib und stieg hoch bis zur Brust, die sich blähte, als drückte etwas von innen gegen den Brustkasten, um nach draußen zu gelangen. Seit Wochen schon hatte er plötzliches Herzrasen und einen leichten Druck im Brustbereich verspürt, anhaltend zwar, aber letztlich hatte er sich keine Sorgen gemacht, sich das Ganze mit dem Stress erklärt. Jetzt aber zog sich der Schmerz schon über den gesamten Rumpf und strahlte bis in die Arme aus. Er hatte Probleme zu atmen, versuchte, tief Luft zu holen, doch ohne Erfolg: Der Luftstrom gelangte nicht bis in die Lunge, die in der überdehnten Brust zu wenig Platz zu haben schien. Sein Mund fühlte sich plötzlich trocken an, und auch die Kehle wurde immer enger. Mühsam rappelte er sich auf, die Brustschmerzen hinderten ihn daran, sich aufzurichten, ihn schwindelte, er musste sich an der Wand abstützen, um nicht hinzufallen. Er schwitzte, der Rücken klebte an den Schallschutzpaneelen, er streckte die Arme nach oben, um sich Luft zu verschaffen, aber etwas lastete schwer auf seinen Rippen. Er öffnete den Mund, um etwas zu sagen, heraus kam nur ein schmatzendes Geräusch, die Stimmbänder verklebt in der ausgedörrten Kehle. Ich sterbe, kam ihm in den Sinn. Ich sterbe, aber nicht hier, nicht hier. Gelegentlich hatte er schon an die Möglichkeit eines Infarkts gedacht, wenn er in der Filiale über drei oder vier Stunden das Zwicken spürte, das ihm den Magen verschloss und sein Herz in einem unerträglichen Tempo wummern ließ. Sein Vater hatte seit vier Jahren einen Bypass, sein Onkel war an plötzlichem Herzstillstand gestorben, er konnte also erblich vorbelastet sein, und außerdem hatte er es mit seinem Stress und dem sporadischen Kokainkonsum geradezu darauf angelegt. Aber nicht hier, nicht hier, wiederholte er in Gedanken und schleppte sich seitlich die Wand entlang. Die Beklemmung störte seinen Orientierungssinn, er wusste nicht mehr, in welche Richtung er sich bewegt hatte, als er eingetreten war. Jetzt gelang ihm endlich, einen Schwall Luft auszustoßen, und er ersetzte sie durch ein tiefes Einatmen, aber die Brust schien sich davon nur noch weiter zu verstopfen. Er kam zu langsam an der Wand voran, wie viele Meter mochte er schon zurückgelegt haben, möglicherweise in der entgegengesetzten Richtung zur Tür, einmal um das Zimmer herum, in diesem Tempo würde er den Vorhang nicht rechtzeitig erreichen, würde vorher die Besinnung verlieren, keine Luft, viel länger würde das Herz nicht mitmachen. Da sah er sich schon tot, bewusstlos zu Boden gesunken und im Dunkeln zuckend, bis der Herzmuskel stehen blieb. Dort würde er liegen bleiben, es war schon spät, möglicherweise würde bis zum Morgen niemand mehr kommen, und bis dahin wäre er schon starr und kalt, wie viele Tage könnten verstreichen, bevor ihn jemand anfasste und nicht fälschlich für einen hielt, der sich ein einsames Plätzchen gesucht hatte und nicht gestört werden wollte, seine Leiche würde anfangen zu verwesen, ohne gefunden worden zu sein, auch wenn seine Familie nach ihm suchen, Zettel mit seinem Foto an Laternenpfähle hängen würde. Erschöpft hielt er inne, gefangen in der Verengung der Brust, die ihn kaum vorankommen ließ, bis sein vorderer Fuß gegen etwas stieß, einen anderen Fuß, jemanden, der um diese Uhrzeit allein an der Wand lehnte. Jesús fiel ihm wieder ein, als wartete er dort auf ihn, mehrere Jahre nach ihren Treffen auf dem Sofa in der Ecke. Pablo stürzte sich auf den Körper des Unbekannten, teils, weil er ins Stolpern kam und zu schwach war, um der Schwerkraft etwas entgegenzusetzen, teils, weil es ihn drängte, sich an diesem unerwarteten Bewohner festzuhalten, den er nun abtastete und der natürlich nicht Jesús war. Er spürte, dass der andere sich sträubte, die Berührung zurückwies, sein anonymes Gegenüber hatte die Seitenwand gewählt, um allein zu sein, und wollte nichts von diesem Mann wissen, der sich auf ihn geworfen hatte und ihn mit seinen Händen bedrängte. Er versuchte, den Angreifer wegzustoßen, und wandte sich zum Gehen, doch Pablo klammerte sich an ihn, griff nach seinem Hals, nach seinem Arm, und dann flehte er mit dünner Stimme: Lass mich hier nicht verrecken wie ein Hund, hilf mir. Der andere, der sich im Hellen als Andrés herausstellen sollte, half ihm auf die Beine und fasste ihn am Arm, um ihn nach draußen zu führen, auf den Korridor, wo er Pablos verzerrtes Gesicht sah, die aufgerissenen Augen und geweiteten Pupillen, mit fiebrigem Blick betrachtete er alles, den Gang, die Glühbirne, die Treppe im Hintergrund. Dann sank er auf die Knie, die Last auf seiner Brust wog schon so schwer wie Zement. Andrés griff ihm unter die Achseln, um ihn aufzurichten, half ihm die Stufen hoch und redete ihm gut zu: Ganz ruhig, du wirst nicht sterben. Im Auto, unterwegs ins Krankenhaus, sah Pablo durchs Fenster die Laternen wie ein endloses Leuchtband, und die Scheinwerfer der Autos kamen ihm so entflammt und nahe vor, als bräuchte er nur den Arm auszustrecken, um ihren greifbaren Nimbus zu berühren. Wie fühlst du dich?, fragte Andrés, den Fuß schwer auf dem Gaspedal. Pablo bewegte die Lippen, aber es kam nichts, nur sein zäher Atem, dann ließ er den Kopf wieder hängen, eingesunken auf seinem Sitz. Minuten später gab ihm eine Internistin in der Notaufnahme eine beschwichtigende Diagnose: Panikattacke, akute Angstgefühle, kein Infarkt, das Herz sei in Ordnung und schlage schon wieder in seinem üblichen Rhythmus, sie empfahl ihm, am nächsten Tag den Hausarzt aufzusuchen und sich Beruhigungsmittel verschreiben zu lassen.

Der Körper, den Pablo auf seinem Abwärtstaumel fand, war der von Andrés, aber es hätte auch ein anderer sein können, so viele von uns haben in jenen Jahren hier irgendwann spätabends Zuflucht gesucht: Wir könnten jetzt einer nach dem anderen aufstehen, uns in die Mitte stellen und erzählen, wie wir die Abende in Erinnerung haben, an denen wir die Dunkelheit einsogen wie saubere Luft, die Nächte, in denen wir hier geschlafen haben, ohne zu wissen, dass wir nicht allein waren, oder vielleicht wussten wir es doch und empfanden den Atem der Schlafenden als Teil unseres Behütetseins; und andere, viele andere von uns kamen weniger oft her und haben auch nie hier geschlafen, aber auch wir hatten Phasen, in denen wir das unerträgliche Knirschen nur hier vergessen konnten. Pablo hätte an jenem Abend zum Beispiel auf María treffen können, und in dem Fall hätte er sie kräftig schütteln und um Hilfe anbetteln müssen, sonst wäre sie so reglos verharrt wie sonst. Der Ablauf, der sie ein paar Nächte pro Woche ins Dunkelzimmer führte, war immer derselbe: Raúl kam spät nach Hause, die Müdigkeit und Gereiztheit auf dem Buckel, die er von der Arbeit mitbrachte; und María war den ganzen Tag allein gewesen, hatte Bücher für ihre Staatsprüfung gewälzt. Ohne zu wissen, wie, was der Auslöser war, was der eine oder die andere als Erstes gesagt hatte, gingen die Streitereien schon los. Die Nachbarn in ihren Küchen konnten die jeweiligen Antworten schon voraussagen, den Augenblick, in dem Raúl den alten Vorwurf auspacken würde, und nachher würde María schreien, sie halte es nicht mehr aus, und von da an verstummen, nur ihn würde man immer lauter brüllen hören, bis schließlich das Zuschlagen der Tür durch den Lichtschacht hallte. Dann ging María durch die Straßen, an der frischen Luft, die sie den ganzen Tag nicht geatmet hatte, und reagierte sich mit schnellen Schritten ab, anstatt zu schreien, was sie noch immer am liebsten getan hätte, sie wählte denselben Weg wie an so vielen Abenden, und die Zigarette, deren Rauch sie tief einsog, verbrannte den Filter in eben dem Augenblick, in dem sie die Tür des Lokals erreichte. Sie tastete sich an der Seitenwand entlang, wich einem Körper aus, der sich um diese Stunde schon dort eingeschlossen hatte, und setzte sich so weit weg von der Tür, wie sie konnte. Ihr Atem hatte sich beruhigt, wenn sie schließlich ihn hereinkommen hörte, sein Schlurfen unverwechselbar: Das war er. Sie stellte sich vor, wie er vor jedem Körper innehielt, die Gesichter berührte, ohne Antwort zu finden, oder wie er die Zurückweisung von Andrés oder Lola oder wem auch immer entgegennahm, den Raúl auf seinem Weg an der Wand entlang vorfand und betastete, bis er sich vergewissert hatte, dass das nicht María war. Endlich kam er bei ihr an. Da war der heisere Atem, der Fuß, der gegen ihr Bein stieß, und anschließend die Hände, die ins Leere griffen, bis sie den Kopf fanden und mit den Fingern das Gesicht abfuhren, die Form der Nase, den Kiefer, die langen Haare. Bei den ersten Malen hatte sie auf seine Berührung reagiert, ihn bei der Hand gefasst und sie als Zeichen des Wiedererkennens gedrückt: Ja, ich bin's. Worauf er sich fallen ließ und den Kopf an ihre Schulter legte, und sie strich ihm über den Nacken, später umarmten sie sich, zu einer Stille gezwungen, die hier sicherstellte, dass sie sich nicht anschreien konnten, nicht einmal miteinander reden, und Schweigen schien zu jener Zeit die einzige Möglichkeit, den Ausbruch zu verhindern. Aber an immer mehr Abenden blieb sie starr, wenn er sie fand, reagierte nicht auf seine Finger, die zu wissen glaubten, dass sie das war, bis ihn das Ausbleiben einer Antwort davon überzeugte, dass es doch nicht María war, sondern irgendeine andere von uns, die ihm mit ihrer statuenhaften Beharrlichkeit zu verstehen gab, dass sie allein sein wollte, dass sie sich dort hingesetzt hatte, weil sie keine Begegnung suchte, und so blieb sie reglos sitzen, bis Raúl endlich aufstand, um sie herumging und seinen Weg an der Wand entlang fortsetzte, auf der Suche nach einem anderen Körper, der María wäre.

Wir könnten noch weitere derartige Geschichten erzählen, von denen, die in jenen Jahren versuchten, im Dunkelzimmer zu verschwinden. Sonia, die heute zweifellos lächerlich finden würde, wie sie damals unter ihrer Trennung litt, kam damals an mehr als nur einem Abend hierher, um im Dunkeln in der Erinnerung an die gemeinsamen Jahre zu schwelgen, es war wie ein Kitschfilm, den sie sich so oft ansah, dass sie ihn irgendwann verabscheute. Eva erholte sich hier nach der Arbeit, rieb sich die geschwollenen Beine und die steife Nackenmuskulatur und streifte so die unnütze Haut ab, als wären es durchsichtige Schuppen, den über neun Stunden im Stehen angesammelten Schmutz aus einem Gang im Einkaufszentrum, wie mit einer Kette an den Verkaufstresen gefesselt, von wo aus sie jeden ansprang, der in ihre Reichweite kam, den Knopf an der Bluse geöffnet, wie es ihr Bereichsleiter verlangte, der jeden Abend nach Dienstschluss bei ihr vorbeischaute, um sie auf einen Drink einzuladen und zu versprechen, dass er ihr etwas Besseres besorgen würde, einen Job beim Telefonmarketing in der Zentrale, so ein hübsches Mädchen wie sie hätte doch viel mehr verdient. Andere, viele andere von uns kamen weniger oft her und nie zum Übernachten, aber auch wir hatten Phasen, in denen wir das immer wieder hörbare Zerreißen nur hier vergessen konnten: Olga, die ihre Kopfschmerzen linderte und den rauen Hals zur Ruhe kommen ließ, nachdem sie den ganzen Tag im Klassenzimmer herumgeschrien hatte; Sergio, im ständigen Ringen mit sich selbst, ob er sich trennen sollte oder nicht, ins Dunkel projizierte mögliche Lebenswege, und er musste sich für eine der Richtungen entscheiden; Susana, die das vibrierende Telefon in ihrer Handtasche spürte, die beharrlichen Anrufe Víctors, der wissen wollte, wo sie war, mit wem; so viele von uns erinnern sich jetzt an die verschiedenen Male, bei denen wir hierhergekommen sind und in diesen Minuten oder Stunden der Stille und Blindheit die nötige Kraft gefunden haben, um wieder aufzustehen.

Und eines Abends nahm jemand deine Hand. Du warst hereingekommen, hattest die seitliche Wand gesucht, warst zusammengesackt, als hätten sich deine Arme und Beine ruckartig vom Körper gelöst und rollten davon, weit weg vom Rumpf, du hattest tief ein- und ausgeatmet, bis zu den Fußspitzen, und auf einmal nahm jemand deine Hand. Jemand ist eigentlich zu viel gesagt, vom Rest des Körpers hast du nichts erfahren, es war, als tauchte eine einzelne Hand auf, sie kam und griff zu, packte deine linke. Dem ging keine Erkundung voraus, weder eine zufällige Berührung noch ein suchendes Tasten, es war, als könnte der andere dich erraten, ein Raubtier auf der Lauer: Es kam und griff zu, erst sanft, deine Hand mit seinem warmen Fleisch umschließend, dann erhöhte sich der Druck, um sie nicht entwischen zu lassen. Du brauchtest ein wenig, um zu reagieren, die tiefen Atemzüge hatten dich schläfrig gemacht, die Berührung dich nicht erschreckt, als dir klar wurde, was mit deinen Fingern geschah, konnten sie sich schon nicht mehr regen. Am Anfang gabst du nichts zurück, deine Hand blieb schlaff, Handfläche gegen Handfläche, bis dann auch du zudrücktest wie zur Begrüßung. Das Ganze kam dir nicht wie ein Annäherungsversuch vor, bei dem es um mehr ginge, du warst ja nicht in der Mitte des Zimmers, und es wirkte auch nicht so, als hätte diese Hand etwas anderes vor, als die deine zu nehmen und zwischen ihren Fingern zu halten, deshalb erwidertest du den Druck, hieltst die Hand fest, brachtest Hitze in den gemeinsamen Raum. Wie lange seid ihr so verharrt, Hand in Hand in der Dunkelheit, wobei keine Rolle spielte, was oberhalb der Gelenke lag, ein bloßes Festhalten, bei dem die Finger nicht über den Handrücken strichen, keine Reibung, die den Brand noch weiter geschürt hätte als der Kontakt von Fleisch zu Fleisch, die Glut, die dir über Arm und Hals lief, bis die Wangen und Ohren brannten, eine Verwirrung, wie du sie nicht einmal in der Zeit verspürt hattest, als sich dieselbe Hand unter dein T-Shirt schieben und dich hätte befriedigen können. Und dennoch genügte es jetzt, diese langen Finger mit ihren harten Sehnen zu spüren, damit unbeherrschte Wellen über dich hinwegrollten, die von der anderen Hand auf dich übersprangen wie ein Strom geteiltes Blut. Du hattest auf einmal ein wohliges Gefühl, deine Augen juckten vor Müdigkeit, du fuhrst deinen Atem auf das Nötigste herunter und lauschtest, konntest aber nichts von dem Körper hören, der jenseits der anderen Hand lag, die Atemzüge hatten sich angeglichen, bis sie ineinandergriffen, wie zwei Spaziergänger unwillkürlich in denselben Schritt fallen. Du machtest die Augen zu, du sagst, du hast die Augen zugemacht, obwohl wir da nie sicher sind. Eingeschlafen bist du nicht, aber du wurdest auf eine Weise ruhig, die dem Schlaf nahe war, du konntest jene Hand als etwas Größeres spüren, ein riesiges friedliches Tier, das nicht nur deine Finger umfasste, sondern deinen gesamten Körper einhüllte. Bis sie dich losließ: Sie rückte zart von dir ab, streckte erst die Finger, um sie zu befreien, löste dann die verschwitzte Handfläche und zog sich zurück. Du verharrtest still in derselben Position, die Hand eingefroren in der Form, die ihr Widerpart zurückgelassen hatte. Auf einmal war neben dir ein Luftzug, eine Verschiebung, wohl dadurch ausgelöst, dass der andere Körper aufstand und sich entfernte, aber du ließest trotzdem die Hand an ihrem Platz, falls es nur eine Atempause war und er zurückkommen wollte. So saßest du einige Minuten lang da, dein Muskeltonus stieg, und die Körperfunktionen, die bis dahin geschlummert hatten, kamen wieder in Gang, aber die Hand verweilte an demselben Punkt am Boden, während der warme Schweiß auf der Handfläche allmählich abkühlte und an Hitze verlor wie ein absterbendes Glied, bis du einsehen musstest, dass er nicht zurückkommen würde, und da richtetest du dich auf und gingst nach draußen. Als du die Treppe hinaufstiegst, als du zurück ins Licht kamst, warfst du einen Blick auf deine Hand, auf der Suche nach einem Abdruck, einer Rötung, einer Spur, die von der anderen Hand geblieben wäre. Eine Zeit lang zähltest du deine Schritte, sooft du ins Dunkelzimmer tratst, so ab, dass du am selben Ort zu sitzen kamst, und legtest die Hand auf den Boden, in Wartehaltung für eine Wiederbegegnung, die ausblieb, als wäre das Ganze nie passiert, als hätte es sich lediglich in einer Fantasie deines überlüfteten Gehirns abgespielt oder als versagtest du wieder und wieder dabei, die Hand auf die exakt gleiche Stelle zu legen, und die andere Hand käme zwar zu der Verabredung, ohne dich jedoch zu finden. Und jetzt fragen wir uns, wie viele von uns diese Hand noch gefunden haben, wie viele von uns irgendwann diese Hand gewesen sind.

REC

Es ist ein kleiner Laptop, und er hat ihn auf dem Schoß, sodass der Bildausschnitt eingeschränkt ist: Einen Großteil des Gesichts bekommen wir nicht zu sehen, das Bild schneidet den Kopf auf halber Höhe ab. Am oberen Ende ist der halb offene Mund, dann das rasierte Kinn, der Hals mit dem spitzen Adamsapfel. Nach unten ein Teil des Brustkorbs, ein gestreiftes Hemd, das Ganze gerahmt von den eng am Körper angelegten Armen, der leichten Bewegung beim Tippen oder Scrollen mit dem Touchpad. Bis auf eine Hand, die gelegentlich an den Teil des Kopfes geht, der außerhalb des Bildausschnitts liegt, verändert sich das Bild minutenlang nicht. Im Hintergrund sind neben dem Tippen auf der Tastatur unverständliche Stimmen und Musik zu hören, vielleicht aus einem Fernseher im selben Raum.

Später schiebt er den Laptop von sich weg und stellt ihn vor sich hin, vermutlich auf einen niedrigen Tisch, und dadurch öffnet sich das Blickfeld, sodass wir mehr zu sehen bekommen: das weinrote Ledersofa, an der Wand dahinter ein paar gerahmte Radierungen mit orientalisch anmutenden Motiven, und in der Bildmitte er, nunmehr mit dem ganzen Gesicht: der bläulichen Hornbrille, der vor lauter Konzentration auf den Bildschirm gerunzelten Stirn, dem ungekämmten Haar.

Er streckt den Arm aus, klickt auf das Touchpad, steht

auf und verlässt den von der Kamera erfassten Bereich. Wir schauen nun auf das leere Sofa mit dem tiefen Abdruck seiner Umrisse im Leder, hören im Hintergrund die bekannte Melodie eines Werbespots im Fernsehen.

Endlich kommt er zurück, lässt sich auf seinen Platz fallen. In der Hand hat er ein langes Stück Toilettenpapier, das er mehrfach faltet und neben sich aufs Sofa legt. Dann beugt er sich nach vorne, und wir hören, wie sein Finger mehrmals das Touchpad betätigt. Er lehnt sich entspannt zurück, zieht sein Hemd aus der Hose, sitzt breitbeinig da, doch als bereits alle Muskeln ihre Spannung zu lösen scheinen, rafft er sich noch einmal auf, um sich vorzubeugen, und wir sehen ihn auf dem Rand des Sofas sitzen, vor ihm die vergrößerte Hand, die sich dem Display nähert, zwischen den Fingern ein kleines gelbes Rechteck: ein Post-it. Nachdem er die Kamera damit überklebt hat, sehen wir ihn nicht mehr, die Welt wird durch einen goldenen Schleier verhüllt, der das gesamte Blickfeld verdeckt, fünf Minuten und zweiundvierzig Sekunden lang.

Als fünf Minuten und zweiundvierzig Sekunden verstrichen sind, wird das Post-it ruckartig abgerissen, und der Schleier hebt sich. Wir sehen ihn von Neuem auf dem Rand des Sofas sitzen und auf dem Touchpad herumklicken. Später lässt er sich zurücksinken, streicht sich durch die Ponyfrisur, das Hemd hängt ihm über die aufgeknöpfte Hose, rechts neben ihm liegt das Toilettenpapier, zur Kugel zusammengeknüllt.

Vier

Habt ihr das gehört? Ja, wir haben es alle gehört und einen Moment lang den Atem angehalten. Im Erdgeschoss wurde die Tür zur Straße so heftig zugeschlagen, wie es keiner von uns beim Eintreten machen würde, laut genug, dass es die Blase der Taubheit durchstoßen hat, in der wir uns befinden, und deshalb halten wir den Atem an, um nach Schritten auf der Treppe zu horchen, einige rutschen unruhig auf ihren Plätzen hin und her, man hört das nervöse Rascheln unserer Kleidung. Vielleicht sind sie schon da, sie kommen uns holen, und wir haben noch nicht entschieden, was wir tun sollen. Wir haben darüber nicht gesprochen, bevor wir reingegangen sind, haben nicht einmal vor dem Aufbruch hierher darüber nachgedacht: Was machen wir, wenn sie kommen? Einstweilen ist unsere einzige Antwort Stille, Reglosigkeit, gefügiges Dasitzen. Nach einigen Sekunden der Ungewissheit spüren wir die Schwingungen in der Luft, als sich der Vorhang bewegt, und jetzt beruhigen uns die gedämpften Schritte über den Teppich: Das sind sie nicht, das ist einer von uns, der jetzt verspätet dazustößt, wir stellen uns vor, wie er an der Wand entlangrückt, wird nicht einfach, eine Lücke zu finden, denn wir sind viele, vermutlich sind alle schon da, niemand fehlt, nur diejenigen, die schuld sind an dem heutigen Treffen und die kaum kommen werden, mit ihnen rechnen wir nicht, außer, sie wären diese Nachzügler, die wir jetzt an der Seitenwand nach unten sinken hören, aber das kann nicht sein. Und wenn sie es doch wären, was würden wir dann tun, auch das wissen wir nicht. Die Atemzüge werden regelmäßiger, wir können uns entspannen, sollen unsere Gehirne also noch mal den Projektor anwerfen: An der nur vage erahnten Wand erscheint wieder das leuchtende Rechteck der Erinnerung, und da sind ein weiteres Mal wir, aus Sicht eines weiteren Zeitsprungs von wenigen Jahren. Niemand hat an der Kurbel gedreht, aber der Film erscheint irgendwie beschleunigt, man sieht uns wieder wie Ameisen durch die Stadt laufen, auf immer denselben Pfaden, die durch die ständige Wiederholung wie ausweglose Gleise wirken, auf denen wir uns zwischen einigen festen Punkten bewegen, und obwohl unsere Wege sich kreuzen und manchmal überlagern, bleibt jeder auf seiner Bahn. Nicht einmal hier im Dunkelzimmer, das für einige von uns noch ein zentraler Knotenpunkt ist, aber für andere schon seit Längerem ein totes Gleis: Man sieht uns kommen und gehen, einer nach dem anderen und fast immer gezielt an der Seitenwand entlang, um wie eine Kanonenkugel von hier zu verschwinden, denn stehen zu bleiben, auch nur das Tempo zu verlangsamen, würde bedeuten, aus dem Tritt zu kommen, abgehängt zu werden, niedergetrampelt von denen, die schon dahinter angerannt kommen, es nicht ins Ziel schaffen, fallen. Die Vorführung wirkt beschleunigt, aber diesmal werden die Bilder nicht mit Absicht schneller gezeigt, es ist kein weiterer Zeitraffer, sondern der reale Rhythmus dieser Tage, die noch gar nicht lange her sind, obwohl es für uns so scheint, eine Zeit, in der wir wütender in die Pedale traten denn je, weil wir vorausahnten, was dann tatsächlich geschah: Die Wundermaschine begann mit einem Mal, ihre Geschwindigkeit zu reduzieren, sosehr wir uns auch mühten, die Triebstangen am Laufen zu halten, anzuschieben, schaufelweise Brennmaterial nachzulegen, der Motor kam doch ins Stocken, wir verloren an Fahrt, unsere Bewegungen waren noch immer zwanghaft ungestüm, es galt, die Illusion des Schwindelerregenden aufrechtzuerhalten, doch ringsum wurde alles langsamer, die Kräne, die ein Gebäude ans andere reihten, drehten sich immer schwerfälliger, bis sie eines Tages anhielten; der Mechanismus der Glastüren, die sich wie zwinkernde Augenlider öffneten und schlossen, lief immer starrer, bis er schließlich ins Stocken kam; die riesengroßen, leuchtenden Hinweisschilder zum Horizont blinkten nur noch schwach, nicht lange, und einige brannten durch; auf der Strecke kam es zu Holperern, Entgleisungen, Zusammenstößen, ungeordnete Elemente bewegten sich rückwärts; das phänomenale Netz aus Lichtstrahlen, die sich in sämtlichen Punkten kreuzten, erlitt Kurzschlüsse, verlor an Kraft, immer mehr Stränge schalteten ab; und der Zähler, dessen Anzeige unseren unaufhaltsamen Fortschritt verbuchte, fuhr die Zahl seiner Umdrehungen herunter, bis er am Ende nicht nur stehen blieb, vielmehr verursachte der Schwung der letzten, unvollständigen Runde, das Stocken der letzten Ziffer, die nicht mehr angezeigt wurde, eine Gegenbewegung und wurde zur Rückwärtsfahrt, zum Abschlag, zur Drehung in die Gegenrichtung, die nun auch ihrerseits den Rhythmus unseres Lebens bestimmte, diesen neuen Rhythmus, der auch wieder Tempo aufnehmen würde wie früher, nur eben in der umgekehrten Richtung, und so machte er Geschehenes ungeschehen, Gewinne zu Verlusten, das Angehäufte zu Luft; als hätte der Planet begonnen, zur entgegengesetzten Seite zu rotieren, und würde auf seinem Weg alles Feste einschmelzen, Geschriebenes löschen, unsere Häuserwände, von denen wir geglaubt hatten, sie weiteten sich für immer, wieder enger zusammenrücken lassen, unsere Gehälter und Einkünfte schrumpften, obwohl wir doch erwartet hatten, dass sie endlos steigen würden, und Gerätschaften landeten frühzeitig auf dem Schrott, obwohl für sie noch kein Ersatz gefunden war. Auf einmal fingen einige von uns wieder von vorn an und sahen bald, wie der Sturm uns rückwärtswehte, uns von dem zweistöckigen Haus entfernte, vom Loft oder der Maisonettewohnung, die wir nie gehabt hatten, aber von der wir glaubten, sie käme als Nächstes dran; er zwang uns in unsere Behausungen, die es in aller Eile zu verstärken galt, bevor sie von dem Wind, der da blies, mitgerissen würden; einige ließ er am Ende in kleineren Wohnungen aufschlagen, wenn nicht gleich in WGs, ein paar reisten sogar in der Zeit zurück und fanden sich mit einem unerwarteten Sprung in dem Jugendzimmer wieder, das ihre Eltern nie aufgelöst hatten, als ahnten sie das Ende des Ausflugs schon voraus. Die Druckwelle ließ uns benommen zurück, orientierungslos taumelten wir über Gehsteige, die beim Auftreten Risse bekamen, während die Simse stückweise herunterbröckelten, wir glichen den Überlebenden eines Erdbebens, die mit einem einzelnen Schuh herumlaufen und auf etwas warten, auf was.

Nein, so war es nicht. Zumindest nicht am Anfang. Jeder von uns könnte jetzt aufstehen und dieses heroische Bild hinterfragen, auf dem die Überlebenden eines Erdbebens fassungslos zwischen Ruinen umherstreifen. Mag sein, dass wir das so in Erinnerung haben, aber es handelt sich einmal mehr um eine Fälschung: Wir bauen uns die Erzählung auf diese Weise zusammen, weil sie uns heute zu den Ereignissen zu passen scheint, die später kamen, zu dem Faden, dem wir bis hierher gefolgt sind und für den wir einen dramatischen Anfang brauchen, den es so nicht gab. In den ersten Momenten löste das Beben bei uns keine Angst aus, nicht einmal die besagte Benommenheit. Nennen wir es ruhig beim Namen: Erregung. Wenn das hier ein Erdbeben war, dann haben wir es nicht als Opfer erlebt und auch nicht als verschreckte Überlebende, sondern als etwas ganz anderes: als Touristen. Niemand hat sich unter dem Bett versteckt, wir stiegen alle auf die Dachterrasse, um die Katastrophe besser sehen zu können, wir waren furchtlose Touristen, die sich inmitten der Erdstöße damit vergnügen, die in die Knie gesunkenen Gebäude zu fotografieren, die Risse im Beton, die unter Balken zerquetschten, von aschgrauem Erdreich bedeckten Leichen, die Schönheit der eingestürzten Brücken. Das waren wir in jenen turbulenten ersten Augenblicken: Zuschauer des Untergangs, ein vom Schauspiel der Apokalypse gefesseltes Publikum. Faszinierte Touristen, die nicht nur keine Angst vor der Zerstörung haben, sie wünschen sie sich sogar, im tiefsten Inneren wünschen sie sich das alles, gebannt von diesem Abgrund, über den man sich scheinbar noch beugen kann, ohne einen Sturz zu riskieren, es ist der kurzzeitig befreiende Anblick eines fallenden Kolosses, wie in diesen Filmen, in denen die Freiheitsstatue von einem Seebeben verschlungen wird, Wolkenkratzer zusammenstürzen, die Schaltstellen der Macht in Stücke fliegen. Der Lauf der Geschichte schüttelte seine jahrzehntelange Müdigkeit ab und setzte sich wieder in Gang, die Zahnräder knirschten, und das gab uns die Gelegenheit, einen Epochenwechsel aus der ersten Reihe mitzuerleben, wie sollte man für ein solches Schauspiel nicht dankbar sein. Deshalb liefen wir weniger mit einem einzelnen Schuh durch die verwüstete Landschaft, als wir durch die ersten Ruinen spazierten, mit einer Sorglosigkeit, die wir heute zu leugnen versuchen, indem wir uns an jenes andere dramatische Bild klammern. Um uns herum sahen wir die großen Banken und Immobilienfirmen einstürzen, die Zwillingstürme des Kapitalismus, wie Silvia sie in ihrer üblichen hochtrabenden Art nannte; aber wir dachten nicht, dass sie uns eines Tages auf den Kopf fallen würden, rechneten noch nicht einmal mit einem Schuttbrocken oder einem Glassplitter, und auch nicht damit, dass sich die Risse im Boden verbreitern würden, bis sie uns verschluckten. Und wenn man in jenen ersten Momenten ein Bruchstück abbekam, machte man sich nicht allzu viele Gedanken, ein anekdotischer Vorfall, das riskierte man eben, wenn man den Abbruch aus einer solchen Nähe erlebte, ein Kratzer, den man stolz vorzeigen konnte. Selbst wenn wir die Erdbeben-Metapher ablehnten, wie Silvia das verlangte, und eine andere nahmen, die mehr nach ihrem Geschmack war: ein Krieg, wenn also das, was wir da miterlebten, der Anfang eines Krieges war, dann gingen wir nicht möglichst schnell in Deckung, sondern liefen hinaus auf die Straßen, um den herrlichen Schweif der Raketen nicht zu verpassen, die da so niedrig flogen, das Dröhnen der Einschläge in die Gebäude und die Wolke aus Feuer und Staub, die pilzförmig zum Himmel aufstieg. Silvia warnte uns in gewohnt dramatischem Ton: Der Kapitalismus komme ins Taumeln, das sei das Ende einer Epoche, wir müssten uns auf eine lange Zeit der Zerstörung und des Schmerzes vorbereiten, es werde zahllose Opfer geben. Aber ihre Worte machten auf uns keinen Eindruck, nicht nur, weil sie seit so vielen Jahren schreckliche Vorhersagen machte, die sich später in Luft auflösten: der stets bevorstehende Kollaps der Energieversorgung, eine von den Machenschaften der Pharmaunternehmen oder durch eine Unachtsamkeit der nicht minder bösartigen Nahrungsmittelindustrie verursachte Pandemie, das Erwachen des asiatischen Drachen oder der Dritte Weltkrieg, der am Horizont erschien, sooft unsere Flugzeuge irgendeinen Zwergstaat bombardierten. Wir nahmen ihre Mahnungen nicht ernst, aber es gab noch einen anderen, gewichtigeren Grund dafür, keine Angst zu haben: Wir waren unsterblich. Nichts von alledem konnte uns treffen, weil wir unsterblich waren, deshalb ergötzten wir uns sogar an der Betrachtung der Ereignisse und füllten unsere Gespräche mit düsteren Prophezeiungen: die große Depression, die Verarmung von Millionen von Menschen, Jahrzehnte des Elends, der Zusammenbruch des Wohlfahrtsstaats, wir wiederholten dieselben Gemeinplätze wie Silvia und jeder andere Stammtischredner. Wenn heute jemand unsere Unterhaltungen von damals hörte, würde er glauben, uns sei bewusst gewesen, was auf uns zukam, mehr noch, wir hätten Angst davor gehabt; aber wenn er durchs Guckloch der Zeit lugen, wenn er uns sehen könnte, wie wir an einem jener Samstage erregt diskutierten, dann würde der Beobachter merken, dass Bild und Ton nicht zusammenpassten, abgekoppelt wie übereinanderliegende Spuren, die aber unterschiedlichen Zeitpunkten angehörten, die Unnachgiebigkeit der Rede passt nicht zum Lächeln im Gesicht, zu der Sanftheit im Blick, der fehlenden Körperspannung, nichts von all dem würde uns widerfahren, andere würde es treffen, nicht uns. Wir waren unsterblich. Was konnte uns schon geschehen. Wir waren so oft hingefallen, unser Leben war eine Abfolge von Ausrutschern, nach denen wir uns immer wieder hochgerappelt hatten, wie Kinder, die trotz ihrer aufgeschlagenen Knie nicht aufhören zu rennen, warum sollte das nicht jetzt genauso sein. Schon immer war der Boden unter unseren Füßen in Bewegung gewesen, wir hatten gelernt, über eine unsichere Oberfläche zu gehen, unsere Schritte dem Wanken anzupassen. Schon möglich, dass die gegenwärtige Erschütterung heftiger war, aber das hieß nur, dass man noch schneller rennen und aufpassen musste, wo man beim nächsten langen Satz den Fuß hinsetzte, aber wir kannten es ja im Leben nicht anders: fallen und wieder hochkommen, sich kurz die Knie abstreifen und weiterrennen, den Körper unter Spannung halten für den bevorstehenden Sturz, wissen, wie man sich abrollt und den Schwung dazu nutzt, wieder auf die Beine zu kommen. Unsere Biografien ließen sich im Stil eines Lebenslaufs zusammenfassen: zwei dicht beschriebene Seiten, die kurze Episoden auflisteten, die Brüche, die Male, bei denen wir hingefallen und wieder aufgestanden waren, um bei null anzufangen, das Unternehmen zu wechseln, die Arbeitsstelle, die Tätigkeit, die Ausbildung, die Wegbegleiter, die Wohnung, die Stadt, den Partner, die Freunde. Wir konnten das alles mit unseren Eltern vergleichen, die nur zwei Absätze brauchten, um eine einzige Neigung von Jugend an zu schildern, einen geradlinigen Berufsweg mit wenigen Stationen, sie hatten Jahrzehnte im selben Unternehmen verbracht, dem sie so loyal verpflichtet blieben wie einer Familie, hatten Tag für Tag dieselbe Arbeit verrichtet, dieselben Kollegen gesehen, mit denen sie irgendwann auch an den Wochenenden ausgingen, zu gemeinsamen Abendessen mit den jeweiligen Partnern, die sich ebenfalls anfreundeten und häufig ebenso unveränderlich blieben von der Jugend bis zur Rente. Möglicherweise wollten wir selbst so ein Leben, möglicherweise hatten wir nicht gelernt, dass jedes Hinfallen auch eine Chance war, sich zu verändern, ein anderer zu werden, neu anzufangen. Warum sollte jetzt etwas anders sein. So eine Seelenruhe hatten wir, dass wir in jenen ersten Zeiten, wenn uns eine Explosion erschütterte und auf einmal ein Bein zwischen Schuttbrocken klemmte, sodass wir nicht so schnell wieder hochkamen, noch immer keinen Grund zur Sorge sahen: Ein paar Monate Arbeitslosigkeit waren im Endeffekt ein wohlverdienter Urlaub.

Etwas in der Art ging Raúl durch den Sinn, als das verglaste Gebäude über ihm zusammenbrach, in dem er damals arbeitete: unerwarteter Urlaub, eine Zeit zum Ausspannen, bis die Arbeitslosenversicherung nicht mehr griff; ja, sie würden den Gürtel ein wenig enger schnallen müssen, aber davon ging die Welt nicht unter. Er war als Vertreter für einen Reiseveranstalter tätig, und sein Gehalt war zwar niedrig, aber er bekam Prämien für seine Verkaufsabschlüsse, verdiente sogar genug, dass María nicht zu arbeiten brauchte und sich auf ihre Staatsprüfung konzentrieren konnte. Außerdem glich das Unternehmen die knauserige Gehaltspolitik dadurch aus, dass es den Mitarbeitern kostenlos Flugtickets zur Verfügung stellte, die nicht vergeben wurden, und Hotelbetten in der Nebensaison, unverkaufte Pauschalangebote, die es Raúl und María jahrelang ermöglichten, den halben Planeten zu bereisen. Eine Eigentumswohnung konnten sie sich nicht leisten, das Geld reichte nur für die Miete eines kleinen Apartments, auch in Sachen Kinder hatten sie es nicht eilig, dafür lernten sie die wichtigsten europäischen Hauptstädte kennen, flogen in die Türkei, nach Ägypten und Vietnam. So hätten sie noch ein paar Jahre weitermachen und in den Tag hineinleben können, ohne je groß zu sparen, stattdessen reisten sie nach Herzenslust, worum wir sie regelmäßig beneideten, wenn ihre Postkarten im Briefkasten lagen. Bis eine Gehaltszahlung zwei Wochen verspätet eintraf, die folgende verzögerte sich noch länger und kam dann nicht vollständig, und im dritten Monat gab es gar kein Gehalt mehr, eine Bestätigung des Gerüchts, dass die Firma Liquiditätsprobleme habe. Sechs Monate später, in denen keine einzige Gehaltszahlung einging, war die Firma insolvent, und allen Mitarbeitern wurde fristlos gekündigt. Die fast einhundert Angestellten bekamen keinerlei Abfindung, standen wegen des geringen Gehalts mit einem kümmerlichen Arbeitslosengeld da und hatten wenig Hoffnung, im Insolvenzverfahren einen Teil der ausstehenden Zahlungen zu erhalten. Raúl und María überschlugen, dass sie, wenn sie sorgsam wirtschafteten, mit dem Arbeitslosengeld und ihren wenigen Ersparnissen neun oder zehn Monate überbrücken könnten, Zeit genug, damit sich etwas Neues ergab, und María setzte darauf, dass die Stadt zwischenzeitlich Stellen ausschreiben würde, wie sie sie mit ihrer Staatsprüfung anstrebte. Um den Schlag ins Kontor irgendwie auszugleichen, bot der Inhaber der Firma den Angestellten an, das letzte Reisepaket zu genießen, das er im Voraus gekauft hatte und nun wohl nicht mehr verkaufen würde. Das alles geschah hinter dem Rücken des Insolvenzverwalters, aber nur die jüngsten Mitarbeiter nahmen das Geschenk an, Grünschnäbel, die noch bei ihren Eltern wohnten und darin ihre auf absehbare Zeit letzte Gelegenheit sahen, zu verreisen. Die Älteren lehnten misstrauisch ab, weil sie befürchteten, dass ein mieser Trick dahintersteckte, vermutlich sollten die Reisen als Sachleistung durchgehen, die man ihnen bei der Abwicklung der Firma von den ausstehenden Gehältern abziehen könnte. Alle lehnten also ab, bis auf Raúl, der eines Abends nach Hause kam und María wissen ließ, dass sie in der Woche darauf eine Kreuzfahrt durchs Mittelmeer antreten würden: Sizilien, Neapel, Rom, Pisa und Florenz. An jenem Abend hörten die Nachbarn aus ihren Küchen ein weiteres Mal Marías Geschrei, vielleicht lauter als sonst. Der Streit endete, wie in alten Zeiten, mit einer zugeschlagenen Tür. Aber zwei Tage später gab María Raúls Überredungsversuchen nach: Jetzt komm schon, nimm's als Abschied von den guten Zeiten, wer weiß, wann wir wieder auf Reisen gehen können, und außerdem ist das all-inclusive, wir werden keinen Cent ausgeben, da kommt es uns teurer, daheimzubleiben, irgendetwas zu essen müssen wir ja kaufen. Wir werden in dieser Woche leben wie die Könige, Kajüte, All-you-can-eat-Büffet, Swimmingpool und Feste an Bord: Das haben wir uns verdient, wir lassen's noch mal richtig krachen. Um seinem Argument Nachdruck zu verleihen, schlug er vor, die Kreditkarten zu Hause zu lassen und dadurch sicherzustellen, dass sie nichts ausgeben würden, was María zur Bedingung ihrer Zustimmung gemacht hatte, bis auf fünfzig Euro in der Brieftasche, für Notfälle. Von dieser Reise bekamen wir keine Postkarte. María sperrte sich am zweiten Tag in der Kajüte ein und kam nur zum Essen heraus, sofern es ihr die Übelkeit erlaubte. Wie sich herausstellte, waren Exkursionen in die Städte, in deren Häfen sie anlegten, nicht Teil des All-inclusive-Pakets, und María ließ sich nicht davon abbringen, dass keine Unkosten entstehen durften, sie war nicht bereit, auch nur eine Busfahrkarte zu lösen, um vom Hafen ins Zentrum zu gelangen. Am ersten Abend entdeckte sie außerdem, dass ihr Tarif nur die Getränke umfasste, die zu den Mahlzeiten serviert wurden: Wasser und Fruchtsaftkonzentrat, für alles andere musste bezahlt werden. Nach dem ersten Abendessen schlenderten sie über das Hauptdeck, ein riesiges Einkaufszentrum, geschmückt mit falschem Marmor und Themenbars, aus denen die Musik so laut schepperte, dass man schreien musste, um sich zu unterhalten, und alle amüsierten sich außer ihnen, die zwischen den Bars herumliefen wie Bettler, den Blick auf die Tische mit den Biergläsern, Cocktails und Eisbechern gerichtet. Auch Wasser war nicht im Preis inbegriffen, nur die Halbliterflasche, die zu den Mahlzeiten auf dem Tisch stand, den Rest des Tages musste man zu unverschämten Preisen Mineralwasser kaufen, und so tranken sie letztlich aus dem Hahn, dem warnenden Aufkleber zum Trotz: Das sagen die bloß, damit wir ihre Flaschen kaufen, sagte Raúl, während er aus dem Zahnputzbecher trank, María aber weigerte sich, Wasser zu schlucken, von dessen abgestandenem Geschmack ihr nur noch übler wurde. Ab dem dritten Tag verließ sie die Kabine gar nicht mehr, noch nicht einmal zu den Mahlzeiten, was sie damit entschuldigte, dass ihr ständig schlecht war, doch mehr noch als von dem schaukelnden Schiff wurde ihr von dem schrillen Glück der Passagiere schlecht, der Gier, mit der sie über das Büffet herfielen, dem Geruch nach Sonnencreme, der pflichtschuldig guten Laune der Animateure, die einen zu jeder Tageszeit mit ihren Vorschlägen behelligten, Spaß garantiert, beim Salsakurs, beim Sprungwettbewerb am Swimmingpool, beim Maskenball. Sie verbrachte den Tag im Bett liegend, zappte sich von Kanal zu Kanal und aß lediglich das, was Raúl ihr vom Büffet mitbrachte. Nur bei den Landgängen, wenn die meisten Passagiere auf Erkundungstour waren, kam sie heraus und ging durch die verlassenen Korridore, über vom vorabendlichen Fest klebrige Decks, blickte in die Schaufenster der Läden und auf die Tafeln der Bars, die mit exotischen Drinks und Importbieren warben, ohne Leute, ohne Musik und stimmungsvolle Beleuchtung hatte die falsche Fassade eine noch durchschlagendere Wirkung.

Während Raúl spätabends die Decks und Galerien nach einem unbeaufsichtigten Bier abschritt, vermisste María das Dunkelzimmer, in das sie so häufig gegangen war, nachdem sie den ganzen Tag Verwaltungsrecht gebüffelt hatte. Also richtete sie sich auf dem Schiff eines ein, eine Dunkelheit zum Mitnehmen: Sie schloss die Vorhänge und dichtete mit einem Handtuch die Ritzen ab, durch die das Licht drang, das von dem fahrenden Schiff abstrahlte. So gelang es ihr, für einige Minuten die Reise zu vergessen, aber auch die Übelkeit ertrug sie dadurch besser. Ohne optische Anhaltspunkte, die den Seegang noch deutlicher spürbar machten, legte sie sich ins Bett und spürte das Schaukeln zwar stärker, aber es drehte ihr nicht den Magen um. Sie ließ sich wiegen, wurde ganz leicht, ein Körper mitten auf dem Meer, unter den dahinziehenden Sternen, eingelullt von den Wellen, die das Kielwasser des Schiffs zurückließ, während es von ihr wegfuhr.

Das Bild eines Zählers, der rückwärtsläuft, stammt von Pablo, und er wollte damit keine billige Metapher schmieden: Den Zähler gab es wirklich, er saß bei der Arbeit davor und konnte ihn Tag für Tag heruntertícken sehen, Einzahlungen und Ersparnisse, die versickerten wie in einer Sanduhr, in einem unaufhaltsamen Abfließen. Anders verhielt es sich mit seinem persönlichen Zähler, auf dem es damals noch vorwärts ging: Seine Tage am Schalter, das Ausstellen von Quittungen und Erledigen von Überweisungen, lagen hinter ihm, er war gerade zum stellvertretenden Filialleiter aufgestiegen, eine Beförderung, die seinen Zähler um siebenhundert Euro pro Monat weiterspringen ließ, zuzüglich einer erfolgsabhängigen Prämie. Es war der vorläufige Höhepunkt einer Karriere, die durchaus mühevoll verlaufen war, jede Stufe hatte etliche Schachteln Beruhigungspillen gefordert. Er hatte als Praktikant begonnen, war anschließend als Springer in verschiedenen Zweigstellen in der Provinz gewesen, hatte als Kassierer in einer gerade eröffneten Filiale in einem Neubauviertel gearbeitet, bis er seinen eigenen Tisch als Sachbearbeiter bekam. Die letzte Stufe, die zum stellvertretenden Filialleiter, war am schwersten zu erklimmen gewesen, die Posten waren in den letzten Jahren knapp geworden, seit immer mehr Zweigstellen geschlossen wurden, und sicherlich hätte er die neue Stelle niemals bekommen, wäre nicht der bisherige stellvertretende Filialleiter unerwartet entlassen worden, wegen Diebstahls vertraulicher Informationen. Kein anderer als Pablo hatte ihn angezeigt, und er war dafür mit dem Büro des Geschassten belohnt worden, was ihm allerdings die Feindseligkeit seiner Kollegen eingetragen hatte, die in ihm einen Denunzianten sahen. Von nun an würde jede Stufe steiler sein als die zuvor, aber er gab die Hoffnung nicht auf, eines Tages Filialleiter zu werden, erst in einer kleinen Zweigstelle, vielleicht in irgendeinem Städtchen, wo er sich bewähren und durch gute Ergebnisse dafür qualifizieren konnte, zurück in die Hauptstadt versetzt zu werden. Der Aufstieg würde dort nicht enden, er konnte immer darauf hinarbeiten, eine bessere Filiale zu übernehmen, in einem Viertel, dessen Klientel eine höhere Sparquote aufwies als die Paare, die aktuell an seinen Tisch traten, um einen Zahlungsaufschub für ihre Hypothek zu beantragen, vielleicht würde er auch eine Filiale im Finanzdistrikt leiten, mit starken Unternehmen und interessanteren Transaktionen, als sie die kleinen Firmeninhaber zu bieten hatten, die ihm jetzt gegenübersaßen und eine Refinanzierung aushandelten, um den Kopf aus der Schlinge zu ziehen. Wenn sich das Paar oder der kleine Unternehmer in Nöten dann verabschiedete, öffnete Pablo auf seinem Computer den Account des Kunden, der sich soeben vom Stuhl erhoben hatte, und da war schon der Zähler, der rückwärtslief: Er ließ sich die Kontobewegungen des Vorjahrs auflisten, die Frequenz und Höhe von Eingängen und Ausgaben, den Saldo, der Monat für Monat daraus hervorging, und da gab es keinerlei Zweifel: Er sah mit mathematischer Exaktheit, wie der Zähler, der immer nach vorne gelaufen war, ab einem bestimmten Zeitpunkt stockte und fortan rückwärts zählte, sodass jeden Monat ein Teil des Guthabens verschwand, das nun unablässig dahinschmolz. Wenn er die einzelnen Bewegungen auf dem Konto betrachtete, war er in der Lage, das Leben des gestressten Paars zu rekonstruieren, das ihn vor einer Minute um einen Zahlungsaufschub angebettelt hatte: Er schaute auf die Gehaltszahlungen, die monatelang konstant verliefen, bis sie irgendwann durch das Arbeitslosengeld ersetzt wurden, während das Muster der Abhebungen und Kartenzahlungen in Häufigkeit und Höhe schrumpfte. Bis dann in einem bestimmten Monat gar keine Zahlungen mehr eingingen, und dann beschleunigte der Zähler seinen Rücklauf, obwohl nur noch das Unvermeidliche abgebucht wurde, die Strom- und die Telefonrechnung, das Hausgeld, die Tilgung der Hypothek, dazu kleine Abhebungen am Geldautomaten, bescheidene Beträge, mit gezwungenem Geiz verwaltet, wie er sich vorstellte, bis zur nächsten Transaktion. Der Zähler lief weiter rasant herunter und erreichte den negativen Bereich, aber auf einmal ging eine Überweisung auf dem Konto ein, die es den Betreffenden erlaubte, noch einmal für wenige Wochen aus den Miesen zu kommen. Er warf einen Blick auf den Nachnamen der Person, die die Überweisung getätigt hatte, sah, dass er mit dem des Kontoinhabers übereinstimmte, offensichtlich handelte es sich um einen Hilfeakt aus der Familie, Eltern, die ihren Kindern einen Rettungsring zuwerfen, wenn ihnen das Wasser bis zum Hals steht. Ebenso verfuhr er mit den kleinen Firmen, las die Erzählung, die sich hinter den Kontobewegungen verbarg, das Verhältnis zwischen den Eingängen durch Verkäufe und den Überweisungen an die Lieferanten, die vielen Stunden, in denen kein einziger Euro hereinkam, ganze Vormittage, an denen wohl niemand über die Ladenschwelle trat, und wie die Bilanz sich immer weiter verschlechterte, bis die ersten Lastschriften nicht mehr ausgeführt wurden, womit sich der Tag ankündigte, an dem die Ladentür zum letzten Mal ins Schloss fallen würde. Er machte es sich zum Hobby, anhand der Kontobewegungen fremde Leben zu rekonstruieren, ihn faszinierte, wie jede Entscheidung eine Spur in Zahlen hinterließ. Einige seiner Nachbarn zum Beispiel waren Kunden der Filiale, und der Bildschirm erlaubte einen Blick auf die Intimität ihrer Zahlungsflüsse: Wie viel sie verdienten, welche Dienstleistungen sie regelmäßig in Anspruch nahmen, in welchen Restaurants sie an Wochenenden essen gingen, die Höhe der Telefonrechnung, ein mögliches

Zeichen für Einsamkeit, die sich nur durch Gespräche mit Menschen in der Ferne lindern ließ, er sah, wer ein Kind aus einer anderen Beziehung hatte und pünktlich Unterhalt zahlte, wer in Finanzprodukte investierte und wie viel sie abwarfen, wer in solcher Angst lebte, dass er monatliche Zahlungen für ein Alarmsystem leistete, mit 24-Stunden-Dienst; und wenn er ihnen im Aufzug begegnete und sich an ihren aktuellen Kontostand erinnerte, verspürte er einen Stich Scham, wie wenn jemand durch ein Schlüsselloch späht und fürchtet, entdeckt zu werden. Er warf auch gern einen Blick auf andere Konten, die jener besonderen Kunden, die nie an seinem Tisch Platz nahmen, sondern geradewegs ins Büro des Filialleiters marschierten, der sie wiederum mit der geschäftsmäßigen Herzlichkeit begrüßte, die auch Pablo dabei war zu erlernen. Ihn faszinierte es, ihre Konten aufzurufen, um die Buchungen zu betrachten, ihren Zähler, der sich in einem anderen Tempo und mit mehr Stellen drehte, Hunderttausende von Euros in anhaltender Bewegung, Ursprung und Ziel hinter Nummerncodes verborgen, auf die nicht einmal ein stellvertretender Filialleiter wie er zugreifen konnte. Einige von uns waren ebenfalls Kunden bei seiner Bank, anzunehmen, dass er manchmal auch unsere Zähler in Augenschein nahm. Womöglich könnte er jetzt erzählen, wie sich das Leben jedes Einzelnen von uns in jenen ersten Momenten der Ungewissheit darstellte: wer den Lohn von einem Monat auf den anderen durch Verschwinden von Boni und Überstunden dahinschwinden sah, bei wem die Gehaltszahlung durch das Arbeitslosengeld ersetzt wurde, welche Zahlungen sich verzögerten und wie unsere Ausgaben zurückgingen und seltener wurden, wie die Supermarktausgaben im Vergleich zum Durchschnitt der Vorjahre schrumpften oder wie Abos gekündigt wurden, und trotz alledem ergab sich jeden Monat ein niedrigerer Kontostand als in dem davor, die Ersparnisse schmolzen dahin. Wenn er einen Blick auf das Datum werfen wollte, speziell auf die Abbuchungen an Wochenenden, könnte er feststellen, wie deren Frequenz nachließ, bis die Kartenzahlungen in Restaurants und bei Low-Cost-Airlines schließlich ganz ausblieben. Dann würde Pablo an seinen eigenen Zähler denken, der weiterhin vorwärtsschritt und an jedem Monatsende einen höheren Saldo aufwies, aber eines Tages würde selbst sein Fortschritt ins Stocken geraten: Der Filialleiter hatte ihn schon gewarnt, dass die guten Zeiten ihrem Ende entgegengingen, auch für sie.

Da kehrten wir zurück ins Dunkelzimmer. Einige von uns hatten nie damit aufgehört, aber jetzt kamen alle wieder, wir ließen sogar die samstäglichen Treffen im Lokal wieder aufleben, wobei sie sich von den ursprünglichen Samstagen stark unterschieden. An Werktagen begegneten wir einander manchmal draußen im Gang, wenn wir gerade die Schuhe an- oder auszogen, die Zeit schien auch hier rückwärts zu laufen, denn plötzlich kam man an einem Mittwochmorgen oder Donnerstagnachmittag herein und spürte nicht mehr die Einsamkeit, die die Dunkelheit noch tiefer und den Abstand zwischen den Wänden noch größer werden ließ; jetzt registrierte man beim Ankommen die Anwesenheit anderer, erkannte sie an der zähen Luft, den Gerüchen, die wieder da waren, den nahen Atemzügen. Einige von uns, die diese Rückkehr ernst nahmen, entschlossen sich an manchen Nachmittagen sogar, sich von der Wand zu lösen, mit kurzen Schritten, die Arme zur Mitte gestreckt wie in alten Zeiten, und wenn wir eine andere Hand streiften, die wie die unsere nach etwas suchte, dann war die erste Regung, uns zurückzuziehen, ihr auszuweichen, wir hatten die Selbstverständlichkeit verloren, mit der wir uns früher angenähert hatten, das Protokoll war in Vergessenheit geraten, wir fürchteten eine Zurückweisung, die wir hier doch nie erlitten hatten, fürchteten wie niemals zuvor den Augenblick des Abschieds, die Rückkehr ans Licht, was, wenn diese Begegnung zur Last wurde, sich in eine weitere Turbulenz verwandelte, und so gingen nur ein paar Wagemutige unter uns einen Schritt weiter und zogen an dieser anderen Hand, bis wir ein Gesicht fanden, das wir packen konnten, es an das unsere ziehen und die Münder zusammenführen, ohne zu wissen, wie es dann weitergehen sollte, wohin mit den Händen, wo beginnen. Samstags hingegen trafen wir uns wieder im Erdgeschoss, ohne uns zu verabreden, ohne etwas vorzubereiten, hauptsächlich, weil keiner von uns etwas Besseres vorhatte, da die üblichen Wochenendaktivitäten seltener geworden oder ganz verschwunden waren; aber es lag auch an einer wiedergewonnenen Lust, zusammen zu sein. Ein weiteres Mal setzten wir uns auf die Sofas, mit einem Drink in der Hand, und sprachen lauter, um uns über die Musik und die anderen Gespräche hinweg Gehör zu verschaffen, selbst die wenigen, die Kinder hatten, ließen sie bei den Großeltern und gingen dann nicht etwa ins Theater oder zum Abendessen oder den mit Kerzen markierten Weg ins Schlafzimmer, sie wollten noch mal hier sein. Manchmal trafen wir uns nach dem Ende einer Demo, aber sonst wurde nichts einberufen, mit derselben Selbstverständlichkeit, mit der wir wenige Jahre zuvor aufgehört hatten, samstags hierherzukommen, waren wir jetzt wieder da, ohne den Weg allerdings bis zum Ende zu beschreiten: Der Abstieg ins Dunkelzimmer fehlte, der Moment blieb aus, in dem wir die Drinks abstellten, die Zigaretten ausdrückten und lachend die Treppe hinuntergingen, um dann unbeholfen die Schuhe abzustreifen und zusammen einzutreten. Jetzt war das vorbei, die Zeit war nicht umsonst verstrichen, die lange Abwesenheit hatte uns verändert, wir musterten einander durch den Rauch hindurch und hatten Mühe, uns auszumalen, wie wir alle auf einem Haufen lagen, halb nackt, und einander befriedigten und penetrierten, als wäre das alles ein Traum gewesen, als wäre es nie geschehen, das waren doch nicht wir. Manchmal trat plötzlich Stille ein, wurde ein Satz nur halb ausgesprochen, und niemand hatte eine Antwort parat, dann senkten wir den Blick und lächelten, aber nicht hintersinnig, sondern peinlich berührt, wir hatten nicht einmal mehr den Humor, die Peinlichkeit durch eine Anspielung auf die alten Zeiten zu zerstreuen. Wir waren nicht mehr dieselben, waren andere geworden: weniger temperamentvoll, beherrschter, die Mehrheit in Beziehungen, einige mit Kindern, und alle hatten mehr zu verlieren. Wir vertrieben diese Momente der Stille mit endlosem Geplauder, redeten ohne Unterlass, auch unser Austausch war so anders als damals. Jetzt berichteten wir von den Neuigkeiten der neuen Zeit: einer drohenden Kündigung, ausstehenden Gehaltszahlungen, einem säumigen Kunden, öffentlichen Zuschüssen, auf die man sich nicht mehr verlassen konnte, den Schwierigkeiten irgendeines Verwandten, der Schließung eines bekannten Ladens, einer Bürgerversammlung, polizeilichen Übergriffen, einer Entscheidung im Ministerrat. Wir redeten mit der Erregung von Unsterblichen, mit einer Sorglosigkeit, die uns heute kindisch vorkommt. Pablo sagte den Zusammenbruch des Wirtschaftssystems voraus, und wir stießen alle darauf an.

Unter der Woche hingegen war das Dunkelzimmer mehr denn je ein Zufluchtsort. Für einige noch mehr als das, ein Bunker: Die Mauern wurden dicker, der Keller tiefer, die Decke wölbte sich in die Höhe, und die Dunkelheit verdichtete sich wie etwas, das uns einhüllte. Der Raum wirkte widerstandsfähig, sicher vor dem Zusammenbruch, der sich überall abzeichnete, der drohend über uns hing und von dem wir noch mit größerer Begeisterung als Furcht sprachen, eine Zukunft, an deren Schreckensbildern wir uns weideten, wir sprachen ja nicht von uns, nicht uns würde das alles widerfahren, andere wären die Entlassenen, die Zwangsgeräumten, die ins Elend Geworfenen, die Opfer einer Verarmung, die das Altwerden noch unerträglicher gestalten würde. Und wenn wir doch mal eine Schramme abbekämen, hätten wir noch immer unsere Zuflucht. Wir hatten das Dunkelzimmer nicht dafür eingerichtet, aber einige von uns entdeckten, dass es solider war als unsere Wohnungen, in denen die Ratlosigkeit immer mehr zu einem Klumpen wurde, bis sie einem im Hals stecken blieb. Die meisten von uns waren noch nicht betroffen, aber ringsum hatten andere weniger Glück, und wir betrachteten uns in ihrem bedrohlichen Widerschein: Wenn wir uns am Samstag trafen, zählten wir die Verluste im Bekanntenkreis, wer war entlassen worden, wer hatte keine Vertretungsstelle für das nächste Schuljahr gefunden, wer musste zurück zu seinen Eltern ziehen. Die meisten von uns blieben unbeschädigt, aber nicht alle: Einige traf es schon bei den ersten Bombenangriffen, und sie wurden zu Stammgästen im Bunker.

Jetzt wäre wohl der Zeitpunkt dafür gekommen, dass Sergio uns von einem Samstagvormittag erzählt, an dem er gerade mit Olga und ihrer Tochter beim Frühstück saß, als auf seinem Handy eine Nachricht aufpoppte: Hiermit teilen wir Ihnen mit, dass Sie vom Sozialplan unseres Unternehmens betroffen sind. Sie werden deshalb gebeten, sich am kommenden Montag um 10.30 Uhr in der Anwaltskanzlei einzufinden, deren Adresse Sie am Ende dieser Nachricht finden. Bei dem Termin werden Ihnen der Grund für die Beendigung des Arbeitsverhältnisses sowie die Abfindung, auf die Sie einen gesetzlichen Anspruch haben, schriftlich mitgeteilt. Mit freundlichen Grüßen Ihre Personalabteilung. Olga fragte, ob irgendetwas los sei, er schob das Telefon beiseite und beruhigte sie: Nein, bloß ein Witz von einem Arbeitskollegen, und frühstückte weiter. Am Montag verließ er wie jeden Morgen das Haus, brachte die Tochter in die Kita und fuhr weiter zu dem Bürokomplex, in dem sich der Zeitschriftenverlag befand, für den er bis zu jenem Samstag gearbeitet hatte. Das Lesegerät am Eingang zum Parkplatz nahm seine Karte nicht an, also parkte er vor dem Gebäude. Am Eingang stand ein Wachmann mit einer Liste in der Hand und fragte jeden Ankommenden nach dem Personalausweis. Dann sah er auf dem Ausdruck nach und ließ die Leute durch, doch zu Sergio sagte er, es tue ihm sehr leid, aber er habe Weisung, keinen der von den Freistellungen Betroffenen einzulassen, Sergio arbeite nicht mehr hier, er könne seine persönlichen Gegenstände in der Anwaltskanzlei abholen, wenn er den Auflösungsvertrag unterschreibe. Sergio bat, kurz ins Gebäude zu dürfen, so könne man das Ganze doch nicht beenden, er wolle sich von einigen Kollegen verabschieden, ein paar Worte mit dem Chef und den Betriebsräten wechseln; außerdem wollte er seiner Bürokollegin Bescheid sagen, die er nun nicht mehr auf der Raucherterrasse sehen würde, sie flirteten seit Monaten miteinander, was er dem Wachmann allerdings nicht verriet, der ihn aufforderte, sich vom Eingang zu entfernen, um nicht den anderen Angestellten im Weg zu stehen, die ihn im Vorbeigehen mitleidig ansahen, obwohl sie ihn nicht kannten. Er fuhr zur Anwaltskanzlei, wo er jedoch gebeten wurde, bis zu dem Termin draußen zu warten. Also ging er in eine Cafeteria gegenüber, sah von dort aus andere kommen und gehen, die er nur vom Sehen kannte. Als er dran war, ging er nach oben und wurde gebeten, Platz zu nehmen, aber es ging alles sehr schnell: Er unterschrieb mehrere Dokumente, nachdem er sie kurz überflogen hatte, erhielt einen auf seinen Namen ausgestellten Scheck und einen Müllsack mit den persönlichen Gegenständen, die von seinem Schreibtisch geräumt worden waren: ein Foto seiner Tochter, eine bunte Tasse, ein Antistressball, so abgegriffen, dass das Muster kaum noch zu erkennen war, mehrere Bücher, eine Zahnbürste, ein Handyladekabel, Hefte und Kugelschreiber. Er nahm das Foto heraus und warf alles andere in den erstbesten Müllcontainer. Als er ins Auto stieg, bekam er einen Anruf von Olga. Sie habe es schon auf der Arbeit versucht, sagte sie, aber da sei niemand rangegangen, Sergio malte sich aus, wie auf einem leeren Schreibtisch sein Telefon klingelte und die übrigen Kollegen zusammenzuckten, aber dann erkannte er darin eine sentimentale Anwandlung, höchstwahrscheinlich war die Durchwahl einfach abgeschaltet worden, und es kam nur noch ein Freizeichen, bis die Nummer jemand anderem zugeteilt wurde. Er sagte zu Olga, er sei kurz frühstücken gegangen, und in der Zentrale hätten sie irgendein Problem mit externen Anrufen, sie solle es künftig besser auf dem Handy versuchen, wenn sie etwas brauche. Er fuhr zurück ins Viertel, parkte in seiner Garage, ging aber nicht ins Haus, sondern entschloss sich zu einem Spaziergang. Nachdem er quer durch den Park geschlendert war, setzte er sich auf eine Bank, kam sich aber wie ein klischeehaftes Bild des Jammers vor, der Loser, der mit noch umgebundener Krawatte den Tauben zusieht, bis er dabei einnickt, und da setzte er seinen Spaziergang fort, irgendwann stand er vor dem Lokal, wohin hätte er sonst gehen sollen. Am Montagvormittag war das Dunkelzimmer leer, ein guter Ort, um sich zu sammeln und die nächsten Schritte zu durchdenken, aber er war dazu nicht in der Lage: Er versuchte, einen Gedanken zu fassen, doch nichts nahm in seinem Kopf Gestalt an, kaum war ein Gedanke begonnen, verschwamm er auch schon wieder. Auch die Erinnerungen kamen nicht vom Fleck. Er versuchte, sich die Bilder der letzten Wochen ins Gedächtnis zu rufen, die Versammlungen auf dem Gang, die Verhandlungstermine, die erhobenen Hände, aber nichts davon wurde greifbar, eines lief ins andere, ungebeten, zufallsgesteuert, wie wenn man ein Buch ganz schnell durchblättert, und außerdem häuften sich länger zurückliegende Momente vor ihm auf, Geschehnisse der letzten Jahre, aber auch die konnte er zu keiner Erzählung zusammensetzen, keiner logischen Abfolge, die zu diesem Moment geführt hätte. Die Zukunft wollte sich ebenfalls nicht greifen lassen: Wenn er Berechnungen anstellte, die Abfindung auf Monate umlegte und überschlug, wie viel Arbeitslosengeld er bekommen würde, auf der anderen Seite die monatlichen Ausgaben zusammenzählte, die Hypothek, das Auto, die Kita und nächstes Jahr der Privatkindergarten, in dem sie bereits einen Platz reserviert hatten, das zweite Kind, das sie gerne bekommen wollten, wenn er das alles durchging, wurden die Zahlen zu einem wirren Haufen, sein Hirn war außer Gefecht, was er letztlich gar nicht so unangenehm fand, im Gegenteil. Er fühlte sich ruhig, unbesorgt, alles würde gut werden, er hatte nichts zu befürchten. Am Dienstag stand er auf wie gehabt, duschte und rasierte sich, zog das weiße Hemd an, band sich vor dem Spiegel die Krawatte um, trank im Stehen einen Frühstückskaffee, brachte die Kleine in die Tagesstätte und ging anschließend zur Bank, wo er ein neues Konto eröffnete, den Scheck einzahlte und einen

Dauerauftrag erteilte: an jedem Monatsersten eine Überweisung in Höhe seines bisherigen Gehalts auf das gemeinsame Konto. Später rief er Olga an, um ihr zu sagen, dass er den ganzen Vormittag in einem Meeting sein würde, und spazierte hierher, unterwegs lockerte er seinen Krawattenknoten.

Anders liegt die Sache bei Sonia, die sich nicht zurückzog, als sie erfuhr, dass es im kommenden Schuljahr kein Budget für Veranstaltungsprogramme in Bibliotheken und Kulturzentren mehr geben würde. Sie überlegte, wieder außerschulische Aktivitäten anzubieten und wochenends auf Geburtstagsfesten zu arbeiten, aber die Konkurrenz unter den vielen arbeitslosen Unterhaltungskünstlern hatte die Preise ruiniert, da würde sie zu wenig verdienen, um sich als Selbstständige zu versichern, noch nicht einmal auf die kargen Einkünfte kommen, an die sie gewöhnt war, sie zog sich also nicht zurück, da sie ja weder einen Scheck zum Einzahlen noch Anspruch auf Arbeitslosengeld hatte, sehr wohl dagegen eine Miete, die sie bezahlen musste, momentan für eine Dreizimmerwohnung, die sie umgehend gegen ein kleines Apartment eintauschen würde. Sie sah der Tatsache ins Auge, dass sie durch diesen Sturm um mehrere Felder zurückgeworfen wurde, zurück auf zwanzig Jahre alt, nur ohne so jung zu sein, nun musste sie wieder beim Catering einspringen, in Hotels und auf Tagungen kellnern und sich mit dem über Wasser halten, was sich ergab. Insgesamt war jetzt alles schwieriger, denn nicht nur war sie keine zwanzig mehr – ihre neuen Kolleginnen waren das schon: Servicemitarbeiterinnen, die sich ins Zeug legten, sich nicht beschwerten, wenn sie der Schichtleiter zur Eile antrieb, und sich glücklich schätzten, wenn sie sich am Ende hinsetzen und die Überreste vom Büffet aufessen konnten. Sonia blieb bei ihren Gesprächen außen vor, sie hatte keine Wochenendpläne beizusteuern, wenn die Mädels davon erzählten, wie sie den Lohn auszugeben gedachten, und brachte es nicht über sich, auf alter Hase zu machen und Anekdoten aus der Zeit zum Besten zu geben, in der sie selbst zwanzig gewesen war, ihr fiel es schwer, ihr damaliges Ich in den anderen zu erkennen. Eines Tages kam ein Anruf von der Zeitarbeitsfirma: Sie sollte das Team bei einer Kommunionsfeier verstärken, die in einer Villensiedlung außerhalb der Stadt stattfand. Den Instruktionen folgend, fuhr sie mit dem Bus fast dreißig Kilometer aus der Stadt hinaus, zusammen mit zwei anderen Kellnerinnen, die viel jünger waren als sie. Der Fahrer zeigte ihnen, wo sie aussteigen mussten, bei einem einsamen Bushäuschen an der Landstraße, und beschrieb ihnen den weiteren Weg. Auf einem asphaltierten Pfad marschierten sie einen Hügel hoch, an einem Golfplatz entlang, dessen Sprinkleranlagen eine Frische verbreiteten, die sie an den nahen Sommer denken ließ. Nach ein paar Kilometern unter der Sonne erreichten sie die Einfahrt zur Siedlung. Vom Schlagbaum aus konnten sie nur die ersten Häuser erkennen, die in großen Abständen angeordnet waren. Der Wachmann zeigte sich überrascht, dass sie nicht mit dem Auto gekommen waren, und warnte, bis zum Reitklub sei es noch ein ganz schönes Stück. Sie gingen über eine halbe Stunde lang, alle fünfzig Meter an einem der Häuser vorbei, die Sonia anstarrte wie eine Kulisse, als wollte ihr jemand einen Streich spielen, in einer dieser Fernsehshows, in denen Nichtsahnende auf die Schippe genommen werden: Die Szenen, die sie da zwischen den Hecken hindurch erahnte, konnten nicht real sein. Obwohl sie durchaus daran gewöhnt war, bei wohlhabenden Familien auszuhelfen, kam ihr dieser Überfluss, die verglasten Swimmingpools, die Gärtner, die sauber gestutzten Hecken, die livrierten Dienstmädchen, die dem im Liegestuhl Zeitung lesenden Herrn auf einem Tablett seinen Aperitif brachten, die als Reiter verkleideten Teenager, kam ihr das alles vor wie eine Farce, eine Inszenierung, ein Themenpark des Großbürgertums. Die beiden Mädchen dachten nicht wie sie und bewunderten die Prachtarchitektur der Häuser, schossen mit ihren Handys das eine oder andere Foto, sie hofften darauf, irgendwelche Promis kennenzulernen, fantasierten von Lottogewinnen und davon, welches von all diesen Häusern sie sich dann kaufen würden. Als die drei den Reitklub erreichten, mussten sie feststellen, dass der Wachmann sie falsch informiert hatte: Die Kommunionsfeier fand nicht dort statt, sondern im Kinderklub. Der lag just am anderen Ende der Siedlung, wie sie von einer jungen Frau erfuhren, deren Outfit die zwei Mädchen faszinierte. Zum Abschied fragte sie: Ihr wollt da aber nicht hinlaufen, oder? Sie machten kehrt, der Asphalt war heißer geworden, um die Häuser spielten sich dieselben Szenen ab, die von einer Reihe von Schauspielern vorgeführt wurden, damit Sonia schlechte Laune bekam und die beiden Mädchen ihre Fantasien nähren konnten, unverhofft Millionärinnen zu werden. Als sie den Ausgangspunkt erreichten, die Einfahrt zur Villensiedlung, war der Wachmann nicht da, er machte wohl gerade seine Runde, den Schlagbaum hatte er unten gelassen. Zwei Wege führten in die entgegengesetzte Richtung und anschließend auseinander, welchem sollten sie nun folgen? In der Ferne fiel das Terrain von der Hügelkuppe ab, und sie konnten nicht erkennen, was dahinter lag. Sonia rief in der Firma an, aber es ging niemand ran. Das reicht jetzt, sagte sie zu den beiden Mädchen, es ist eine Schande, wie sie uns behandeln, die Firma hätte uns einen Transport organisieren müssen, wir verlieren hier nur Zeit und Geld, am besten, wir gehen zurück zur Haltestelle, warten auf den Bus und fahren nach Hause. Die Mädchen schüttelten den Kopf, sie würden weitergehen, einen der zwei Wege ausprobieren, wenn sie schon da waren, wollten sie ihre Arbeit machen und den Lohn dafür einstreichen, bei solchen Jobs waren die Trinkgelder immer super, außerdem machte es ihnen nichts aus, ein Stück zu Fuß zu gehen, es war doch wirklich schön hier, und sie konnten sich auf dem Weg noch mehr Häuser anschauen. Damit verabschiedeten sie sich und ließen Sonia an der Einfahrt stehen, die etwas fußlahm zur Landstraße zurücktrottete. Im selben Sommer fand sie eine Stelle als Aushilfe im Bistro von Hochgeschwindigkeitszügen, immer hin und zurück: Sie servierte Kaffee, belegte Brötchen und Drinks, und die Gäste am Tresen schienen ihr das triumphale Theater ihrer Leben vorzuführen. Mit gelockertem Krawattenknoten unterhielten sie sich miteinander oder sprachen am Telefon, letztlich war das eine Fortsetzung des Schabernacks, den man sich mit ihr erlaubte, Sonia sollte ihre Zahlen hören, Geschäftsergebnisse, Prämien, abgeschlossene Verträge, Projekte, die demnächst anstanden, aber auch Pläne für das Wochenende, die nächsten Reisen, Restaurantempfehlungen, neue Autos, Sonia meißelte sich ein Lächeln aufs Gesicht, um die abschätzige Grimasse zu verbergen, bei der sie manchmal ihre Spiegelung auf der Fensterscheibe ertappte, wenn der Zug durch einen Tunnel fuhr. Keiner von ihnen war schuld an ihrer Situation, oder vielleicht doch, wie auch immer, sie lösten einen Groll in ihr aus, der nicht auf Neid gründete, sie wollte nicht etwa so sein wie sie, sie wollte, dass diese Leute selbst nicht so wären, oder wenigstens sollten sie die Klappe halten. Bis sie sich abkoppelte, indem sie den Blick auf die riesige Fensterwand richtete, die sich von einem Ende des Bistrowagens zum anderen erstreckte: Sie sah mit der Geschwindigkeit der Zugfahrt Felder und Dörfer vorüberziehen, verlassene Lagerhäuser, Landgüter, Viehherden, Berge, Wolken, Eichenhaine, parallel zur Strecke verlaufende Straßen, Äcker, das alles zog sich auf der Hinfahrt in einer bestimmten Reihenfolge hin, später auf der Rückfahrt in der umgekehrten, ohne länger als eine Sekunde auf dem verglasten Bildschirm zu bleiben. Und wenn nicht irgendein Reisender sie aus ihrer träumerischen Betrachtung riss, indem er einen Softdrink bestellte, konnte es leicht passieren, dass ihr Gehirn, erregt vom schnellen Vorbeirauschen der Bilder, in derselben Geschwindigkeit noch weitere auf die Fensterwand warf: Die Landschaften längs der Strecke verschwanden, um dem Film ihres Lebens Platz zu machen, der ebenso beschleunigt ablief, die Folge von Entscheidungen, die bis hierher geführt hatten, auf der Hinfahrt in der richtigen Reihenfolge, auf dem Rückweg dann andersherum bis zum Ausgangspunkt, an dem alles in die falsche Richtung gelaufen war, sie hatte es glasklar vor Augen, man hätte glauben können, es sei auch für die Mitfahrer sichtbar und sie könnten sich darüber austauschen, während sie ihren Gin tranken, die Ellbogen auf den Tresen gestützt, den Blick aufs Fenster gerichtet, auf den Bildschirm: Schau mal, da hat die Arme ihr Studium abgebrochen; da hat sie sich in den Kopf gesetzt, Schauspielerin zu werden; pass auf, jetzt kommt der Streit mit ihrem Vater; ich finde ja die Stelle am lustigsten, wo sie ihre eigene Firma aufmacht; he, Kleine, noch 'nen Whisky, ich will mir mal in Ruhe ansehen, wie du im Kindergarten die Märchentante gibst, das ist so was von nett. Zum Glück fuhr der Zug in diesem Augenblick in den Zielbahnhof ein, in dem ihre Geschichte die Gegenwart erreichte, um von dort aus den gesamten Weg in der Gegenrichtung zurückzulegen, denn hätten sie noch mehr Bahnhöfe vor sich gehabt, dann hätte sie im Fenster ihr zukünftiges Leben gesehen, die Jahre, in denen sie jeden Monat bei null anfangen müsste, sich abstrampeln, um so viel Geld heranzuschaffen, dass es bis ans Monatsende reichte, und dann begann schon wieder der nächste, eine Treppenstufe nach der anderen für wie viele Jahre, bis zu welchem Alter würde sie es aushalten, das Frühstück aufzutragen, wie lange würde man sie noch anrufen, und was käme danach. Wenn sie am Ende der Rückfahrt wieder am Ursprung ihrer eigenen Erzählung stand, trat sie auf die Straße hinaus und ging ein Stück zu Fuß, sie wollte festen Boden unter den Füßen spüren, nachdem es sie einen Tag lang bei dreihundert Stundenkilometern durchgeschüttelt hatte, und so gelangte sie hierher. Sie ging die Treppe hinunter, zog die Schuhe aus und suchte sich eine Ecke zum Ausruhen, vor allem für die Augen: um die Bilder zu löschen, die sie den ganzen Tag begleitet hatten. Aber der Groll ließ sich nicht so leicht abschalten, und da kroch sie an manchen Abenden in die Mitte, tastete nach jemandem, an dem sie sich festhalten konnte, um sich ganz zu verausgaben und zu Hause gut schlafen zu können.

Eines Nachmittags kamst du in das Dunkelzimmer, wie zweimal die Woche üblich, wenn du deinen Sohn zu seinem Kurs im nahe gelegenen Schwimmbad abgeliefert hattest. Du warst mit einem Buch in der Hand aus dem Haus gegangen, dein Alibi gegenüber deiner Frau, die dich für fünfzig Minuten im Café oder im Park wähnte, mit einem Roman, in dem ein Lesezeichen deine Fortschritte markierte, ohne dass du je eine Zeile daraus gelesen hättest. Mit dem Buch in der Hand kamst du durch den Vorhang, nahmst an einer Seitenwand Platz und legtest es neben dich, ohne die Hand wegzunehmen, aus Furcht, es sonst im Dunkeln nicht mehr zu finden, häufig dachten wir uns das Dunkelzimmer wie eine Senkgrube, ein Loch, das Materie verschluckte. Manchmal schliefst du ein, bis du erschrocken hochfuhrst und draußen hastig auf die Uhr sahst, du hattest Angst, zu spät zu kommen, dein Sohn allein und durchnässt in der Umkleide. Bis du den Entschluss fasstest, dir die Mitte des Zimmers zurückzuholen: Warum nicht, du hattest es schon so lange nicht mehr ausprobiert, es war doch nichts Schlechtes dabei, welchen

Unterschied machte es, ob man blind mit jemandem vögelte, eigentlich waren wir hier ja alle niemand, oder ob du dir im Badezimmer einen runterholtest, während deine Frau und der Junge schliefen, und deine halb geschlossenen Augen dir aus dem Spiegel entgegenblickten. Mit dem Buch in der Hand hattest du etwas Komisches, wie du da durch die Mitte des Zimmers streiftest, mit kurzen Schritten, auf Strümpfen, eine Hand damit beschäftigt, das Buch festzuhalten, die andere nach vorne gestreckt, tastend, ohne fündig zu werden, vier Uhr nachmittags war keine günstige Zeit, diejenigen, die sich für die Mitte entschieden, kamen wohl erst später. Aber dieses Mal war es anders, du hattest schon nicht mehr darauf gehofft, als du aus reiner Freude daran, dich im Dunkeln zu bewegen, ins Zimmer vorgedrungen warst, auf einmal stieß dein Fuß auf etwas Weiches. Da war es, nach all der Sucherei, aber was jetzt? Deine erste Regung war, auf Abstand zu gehen, einen Schritt nach hinten zu tun. Dann bliebst du stehen und wartetest, als müsste der andere Körper reagieren, die Berührung deines Fußes erwidern, aufstehen und sich dir nähern, nach dir tasten und neugierig dein Gesicht befühlen. Aber nein. Die Sekunden verstrichen, und niemand kam, du hörtest auch kein Rascheln, das eine Bewegung angedeutet hätte, die Initiative lag also bei dir, sicherlich war das jemand, der ebenso lange wie du niemanden getroffen hatte. Du bücktest dich also, legtest das Buch auf den Boden, gingst das Risiko ein, es nachher nicht mehr finden zu können, was soll's, dann würdest du eben sagen, du hättest es in der Umkleide liegen lassen. Aus der Hocke strecktest du eine Hand vor, trafst aber auf nichts; du machtest ein paar kurze Schritte, und als du dann wieder den Arm strecktest, stießen deine Finger auf etwas. Du zucktest zurück, als hättest du dich verbrannt, doch gleich griffst du wieder nach der Gestalt, die Berührung ließ dich einen Stoff erahnen, ein Kleidungsstück, das einen Körperteil bedeckte, nur welches, etwas Weiches, vielleicht einen Unterleib, einen Schenkel, eine Brust. Sanft legtest du die ganze Hand darauf, und da keine Abwehr erfolgte, fuhrst du die Oberfläche mit dem Finger ab, um sie zu identifizieren: Das war ein Po, du lächeltest in dich hinein, als du auf die hinteren Taschen einer Stoffhose stießest, die abgerundete Form der Backe, da war kein Zweifel möglich, und außerdem schien es ein Frauenpo zu sein, heute war anscheinend dein Glückstag. Der Haltung nach lag sie auf der Seite, eine Schlafende, dachtest du, aber das war hier keine Schlafzone, dafür gab es die Seitenwände, wer sich in die Mitte legt, weiß, worauf er sich einlässt, die Regeln sind die Regeln, also fuhrst du mit der Hand nach unten, der Hüftlinie nach zum Bein, so aufgeregt, wie du es seit Langem nicht gewesen warst, wie hattest du das nur ausgehalten, so viele Nachmittage dicht an der Wand. Du fuhrst zurück nach oben zum Po und von dort weiter über die Seite zur Schulter, erreichtest den kurzen Ärmel und die laue Haut, die Härchen sträubten sich bei deiner Berührung. Weiter ging es den Arm entlang bis zur Hand, die reglos auf dem Boden lag, du schobst deine Finger zwischen die ihren und drücktest ihre Hand, hey, ich bin hier. Falls sie schlief, mochte das eine gute Art sein, sie zu wecken, aber als du ihren Bauch hochfuhrst und bei der Brust ankamst, belehrte dich die Reaktion eines Besseren: Sie war wach, das war nicht der ruhige Atem einer Schlafenden, der Art nach, wie sich ihre Brust senkte und hob, schien sie eher erregt zu sein. Dann war es also das: ein Spiel, du liegst reglos da und tust so, als würdest du schlafen, und ich berühre dich. Gut, gut, gut. Deine Hose spannte von der Erektion, und du wolltest diese Freude mit ihr teilen, legtest dich hinter sie, deine Form an die ihre geschmiegt, deine Brust gegen ihren Rücken, deine angewinkelten Beine hinter ihren Schenkeln, deinen dicken Schwanz gegen ihre Pobacken. Du forschtest weiter oben, stießest auf die Haare, eher kurz und fein, du strichst ihr über den Kopf und verweiltest beim Ohr, fuhrst es mit dem Finger nach und wagtest dann, hineinzubeißen, die Zähne schließend, ohne das Ohrläppchen zu fest zu drücken, du lecktest ihr das Trommelfell, während du mit der Hand ihr Gesicht berührtest, die geschlossenen Lider, die kleine Nase, den halb geöffneten Mund, in den du einen Finger gleiten ließest. Dir schoss durch den Sinn, dass du jeden Moment kommen konntest, also zogst du den Reißverschluss runter, holtest deinen Schwanz heraus und schobst ihn zwischen ihre Schenkel, als Einladung. Scheint, du willst weiterspielen, ich soll hier weiter die Führung übernehmen, kein Problem: Du fuhrst erneut ihren Bauch hoch, jetzt aber unter dem T-Shirt, fandst den BH und hobst ihn hoch, um die Brust zu streicheln, erst mit den Fingerkuppen, dann mit der Handfläche drückend, knetend, in die harte Brustwarze kneifend. Du bewegtest sanft die Hüften, die Reibung des Stoffs an ihren Schenkeln, die deinen Schwanz umklammerten, brachte dich noch mehr in Wallung, und da fasstest du sie an den Schultern und drehtest sie um, sodass sie auf dem Rücken zu liegen kam, sie leistete keinen Widerstand, du schobst ihr T-Shirt hoch und legtest dein Gesicht zwischen ihre Brüste, lecktest ihr die Brustwarzen, bissest zart hinein, zogst ihr mit einer einzigen Bewegung Hose und Slip herunter, du warst kurz davor, zu kommen, aber nicht so, also wartetest du noch, ehe du in sie eindrangst, du streicheltest ihre Scheide, um sie auf die Stufe zu heben, auf der du schon warst. Ohne die Hand zwischen ihren Beinen wegzunehmen, beugtest du dich zu ihr und suchtest ihr Gesicht, bissest ihr ins Kinn und anschließend in die Lippen, dann schobst du die Zunge hinein, und da erkanntest du einen herben, widerlichen Geschmack. Entsetzt nahmst du die Hand von ihrer Scheide, verlorst das Gleichgewicht und stütztest dich auf dem Boden ab, in einer warmen, klebrigen Pfütze. Mit einem Satz fuhrst du zurück und fielst auf den Hintern. Du zogst dir die Hose hoch, das Glied immer noch steif, suchtest wieder tastend nach der Frau, fasstest sie an den Schultern, schütteltest sie und fragtest leise, als wäre noch jemand im Zimmer: Was ist los mit dir, bist du okay, sag doch was. Du zogst an den Armen, aber sie konnte sich nicht selber halten, also griffst du ihr unter die Achseln und hobst sie so weit an, dass du sie bis zum Ausgang schleifen konntest. Nachdem du so mehrere Meter zurückgelegt hattest, stießest du an die Wand, die Orientierung fiel dir schwer, wo war die Tür? Du legtest ihr einen Arm um die Schultern und griffst mit dem anderen unter den Beinen hindurch, um sie hochzuheben, sie wog weniger, als du erwartet hattest, eine kleine, dünne junge Frau. Mit ihr auf den Armen schobst du dich dicht an der Wand entlang, um deinen Bezugspunkt nicht zu verlieren, nach mehreren Schritten verwickeltest du dich in den Vorhang. Dann drücktest du die Tür auf und gingst auf den Gang hinaus. Im schwachen Lichtschein sahst du das bekannte Gesicht, die verdrehten Augen, den verschobenen Kiefer, das Erbrochene, das ihr das halbe Gesicht befleckte, und die heruntergezogene Hose, die dunkle Scham.

Sie ist heute als Einzige mit absoluter Sicherheit nicht hier, sitzt nicht in diesem stummen Kreis: Eva. Wir haben nie erfahren, warum sie das getan hatte, es war keine Zeit, es herauszufinden: Das Krankenhaus war nicht der richtige Ort, um Fragen zu stellen, nur, um ihr gut zuzureden, als ihre Familie uns erlaubte, sie zu besuchen, und wir sie in einem Sessel fanden, ausgezehrt und dürr unter dem Nachthemd, den Blick zum Fenster abgewandt. Auch später blieb keine Zeit zu reden, als sie aus der psychiatrischen Abteilung entlassen wurde: Sie verließ das Krankenhaus mit ihrem Bruder, der ihr erklärte, dass er sie mit zu sich nach Hause nehmen würde, sie würde eine Zeit lang bei ihm wohnen, die Familie wollte sie nicht allein lassen, es war noch ein weiter Weg zurückzulegen, ein langer Weg, aber sie entschied sich für eine Abkürzung: Beim Betreten der Wohnung trug ihr Bruder den Koffer ins Gästezimmer, das er für sie vorbereitet hatte, fragte von dort aus, ob sie vor dem Essen noch duschen wolle, ging zurück ins Wohnzimmer, weil keine Antwort von ihr kam, auf dem Boden lag ihre Jacke, die Handtasche ein paar Meter weiter, neben der offenen Balkontür, und da fehlte ihm der

Mut, hinauszutreten und zu schauen, warum die Leute auf der Straße so schrien. Vom Friedhof kamen wir hierher, das brauchte niemand vorzuschlagen, wohin hätten wir sonst gehen sollen, niemand wollte sich in ein Café setzen, um weinend über die Gründe zu spekulieren, warum sie so etwas getan hatte, ob man die Schuld bei der lange zurückliegenden Trennung suchen sollte, von der sie sich nie wirklich erholt hatte, bei ihrer schlechten finanziellen Lage, ihrer Arbeit als Vertreterin, von der sie an vielen Abenden nach Hause kam, ohne einen einzigen Abschluss geschafft zu haben, der all die aufreibende Mühe wert gewesen wäre, der Einsamkeit der Jahre, in denen jeder einen Partner hatte und so viele Pläne, nur sie nicht, der Depression, die langsam vor sich hin geköchelt hatte, ohne sich je so eindeutig zu zeigen, dass die Ihren gewarnt gewesen wären, den vielen Nächten, in denen das Dunkelzimmer zu einer schwarzen Box geworden war, in der ihre Gespenster immer dichter wurden und den Raum verengten, bis sie keine Luft mehr bekam; tatsächlich wussten wir nichts von ihr, und jetzt war sie zu so kleinen Splittern zerbrochen, dass sich nichts rekonstruieren ließ, also kamen wir hierher, verteilt auf mehrere Autos, die in einer Kolonne durch die Stadt fuhren, und dann gingen wir in einer Reihe nach unten, zogen still die Schuhe aus und traten ein, setzten uns in einen Kreis und grübelten ihrer Erinnerung nach. Alle außer dir, der du seit jenem Tag nicht mehr hier gewesen bist, nicht einmal heute wirst du gekommen sein, unfähig, dich einer Dunkelheit zu stellen, die du sogar zu Hause meidest.

Wenn wir uns nach der chronologischen Reihenfolge richten, die wir seit Ankunft eingehalten haben, wäre jetzt das Weinen dran, der Tag der Tränen, an den wir uns alle erinnern. Ich sage alle, und nicht, weil wir an dem Tag alle hier gewesen wären, es war kein Samstag, keiner kann sagen, wer von uns hier war, obwohl wir alle glauben, dabei gewesen zu sein, wir alle erinnern uns an jenes Weinen, oder vielleicht gab es mehr als eines, mehrere Tage des Weinens, jeder bekam seine Chance. Es geschah nicht beim Ankommen, du bist auch nicht beim Durchqueren des zweiten Vorhangs darauf gestoßen, du warst schon eine Weile im Dunkelzimmer, an einem der Nachmittage, an denen du zunehmend die Einsamkeit der Seitenwand wähltest. Du wusstest, dass noch andere Leute im Raum waren, du hättest nicht sagen können, wie viele, aber du spürtest ihre Anwesenheit, Atemzüge, die nicht die deinen waren, leichte Berührungen, wenn jemand seine Position veränderte. Da ging ein Atem schneller, wurde auch deutlicher hörbar, weil so tief, und dann war es nur noch ein Stöhnen, du dachtest an die Mitte des Zimmers, ein eng umschlungenes Paar, bis dir auffiel, dass es sich eher um eine Klage handelte als um ein lustvolles Beben. Ein unterdrücktes, nach innen gewandtes Schluchzen, eher durch die Nase als durch den Mund, den du dir geschlossen vorstelltest, und dann lösten sich mit einem Schnalzen die speichelverklebten Lippen, und ein Wehlaut drang hervor, der jedoch gleich zurückgehalten wurde. Es folgte eine partielle Stille, im Hintergrund das schnelle, durch Schleim in der Nase erschwerte Atmen und erneut dieser nasale Klagelaut, bis es nun doch zum Ausbruch kam, sodass deine letzten Zweifel fortgerissen wurden, denn das war nun ein glasklares Weinen, das sich ausgeprägt und fast schon verbal artikulierte. Vielleicht glaubte sich die Person, die da weinte, allein, vielleicht war niemand sonst im Zimmer, nur wer auch immer da weinte und du, und der Betreffende hatte dich nicht hereinkommen hören; aber es konnte auch sein, dass da noch mehr Leute waren, du stelltest dir einen Chor von Zuhörern vor, die wie du an den Wänden saßen und in der Stille jenem Weinen lauschten, das immer stärker wurde, wütender, da weinte jemand ohne die geringste Zurückhaltung. Die Minuten verstrichen, und das Weinen hörte nicht auf, im Gegenteil, es wurde immer verzweifelter, und irgendwann sahst du darin eine Aufforderung, einen Hilferuf, ein Weinen, das an dich gerichtet war, an wen auch immer, der im Zimmer war und es hörte, und so erhobst du dich, strecktest die Arme aus und machtest dich auf die Suche nach dem, der da weinte, ohne zu wissen, was du tun würdest, wenn du ihn fandest, ob du ihn in den Arm nehmen oder ihm nur eine Hand reichen würdest, die er drücken könnte. Du versuchtest dich an dem Laut zu orientieren, aber die Akustik des Dunkelzimmers ließ das Stöhnen in alle Richtungen abstrahlen, es war unmöglich, einen Ursprung auszumachen, als weinten da mehrere Leute in allen Ecken des Raumes oder als wäre es das Zimmer selbst, von dem dieses Flehen kam. Du tapptest weiter, bis du auf die gegenüberliegende Wand stießest, deine Finger knickten an dem weichen Isoliermaterial ab. Du strecktest die Arme nach beiden Seiten, griffst ins Leere, dann wandtest du dich nach rechts, an der Abgrenzung entlang, gingst um ein Sofa herum, nicht ohne die

Polster befühlt zu haben, falls der Betreffende dort saß, du gingst mit kurzen Schritten weiter, bis du den Vorhang berührtest, noch wenige Meter, und bliebst schließlich stehen, als du deiner Einschätzung nach den Ausgangspunkt erreicht hattest, nach einer vollständigen Runde. Das Weinen hielt an, es hatte während deiner Suche nicht aufgehört, jetzt schien es dir kräftiger, auch verzweifelter, als sagte jemand, von deiner Ungeschicklichkeit angestachelt: Hier, hier, ich bin hier, jetzt find mich doch endlich. Du erwogst zu sprechen, laut zu fragen: Wo bist du?, respektiertest dann aber die Stille, obwohl es schon keine Stille mehr war. Du setztest in der Mitte neu an, mit sorgsamen Schritten, um auf niemanden zu treten, bewegtest die Hände zu den Seiten und nach unten, falls der andere am Boden kauerte. Du drehtest dich um, die Arme ausgestreckt, dieselben Bewegungen, mit denen du an anderen Tagen getrieben von der Begierde nach jemandem gesucht hattest. Noch ein paar planlose Schritte, die auch nichts brachten, als wiche der Weinende dir aus oder als bewegte er sich auf der Suche nach dir ebenfalls weiter, und ihr gingt in verschiedene Richtungen, immer wieder aneinander vorbei, ohne euch zu berühren. Als du erneut eine Wand erreichtest, beschlossest du, die Suche aufzugeben, ließest dich fallen, zurück in die Ausgangsposition, und hörtest noch ein paar Minuten lang dem Weinen zu, bis es an Kraft verlor und erstarb, wieder nach innen gewandte Klage, tiefes Atmen, und schließlich nichts mehr.

REC

Wir lassen die Aufnahme schnell durchlaufen, sodass mehrere Stunden zu bloßen Minuten werden, und sehen ihn dabei auf seinem Platz im Zugabteil: Er hat das Tablet auf den Klapptisch gestellt, leicht erhöht durch irgendeine Stütze, sodass wir sein Gesicht sehen können, das größer wird, sooft er sich vorbeugt und die Augen zusammenkneift, um etwas zu lesen; wir sehen seinen ausgestreckten Finger, der auf den Bildschirm tippt oder darüberwischt; wir verlieren ihn aus dem Blick, wenn er eine Zeitung vor sich ausbreitet; dann steht er auf und verlässt das Bild, um gleich darauf zurückzukommen, mit beschleunigten Bewegungen wie in einem Stummfilm, bis er den Kopf gegen die Rückenlehne sinken lässt und einschläft. Die Aufnahme fährt in demselben schnellen Tempo fort, entsprechend verschwommen erscheint die Landschaft in der Ecke des Fensters zu unserer Rechten, nicht aber er selbst, der reglos dasitzt, die Augen geschlossen und den Mund halb geöffnet, bis er schließlich aufwacht, mit einer raschen Geste die Mundwinkel abwischt, sich wieder zu uns beugt, den Finger an den Bildschirm hebt und endlich das Tablet nimmt und in einer Mappe verwahrt, womit er uns im Dunkeln zurücklässt.

Für eine schnelle Minute, die etwa zwanzig realen Minuten entsprechen dürfte, ist nichts zu sehen, dann kommen wir wieder ins Licht, der schnelle Griff zum Tablet zeigt flüchtig eine Wand, eine Tür und dann die Decke mit einer Leuchtröhre, die für eine Weile als statische Einstellung erhalten bleibt, bis der Mann wieder die Auflage unter das Tablet schiebt und wir ein weiteres Mal ihn zu sehen bekommen, nun im normalen Tempo, wir haben den Schnellvorlauf abgestellt.

Er zeigt sich jetzt in Frontalansicht auf dem Bildschirm, die Krawatte sauber geknotet, das graue Sakko tadellos, die Haare kurz und gegelt, das Kinn ohne Bartschatten und hinter sich, zur Abrundung dieses Büstenporträts, ein elegantes Kirschholzregal, dicke Bücher mit edlen Lettern auf dem Rücken füllen ein Brett, daneben ein Foto, auf dem er jemandem die Hand schüttelt, den wir ohne Zoom nicht erkennen können.

Er gibt diese Pose auf, um sich zu uns zu beugen, den Finger weiterhin ausgestreckt, die Augen leicht blinzelnd, als er aus der Nähe auf den Bildschirm starrt. Dann wirft er einen Blick auf die Uhr, zieht ein Handy aus der Tasche, das er ohne besonderes Interesse betrachtet und danach auf den Tisch legt, außerhalb des Blickfelds. Er steht auf, verlässt den von der Kamera erfassten Bereich, und wir hören seine Stimme aus der Ferne, können aber nicht verstehen, was er sagt. Anschließend macht er eine Tür zu, wir erkennen das Geräusch, klack. Als er wieder Platz genommen hat, nimmt er das Tablet und legt es hin, die Einstellung zeigt abermals die Zimmerdecke, wobei er das Gerät jetzt an den Rand des Tischs schiebt, näher zu sich hin, und aus dieser Froschperspektive sehen wir sein Kinn, den gekräuselten Schnauzbart, die weiten, behaarten Nasenlöcher.

Er beugt sich zur Seite, wir hören eine Schublade aufgehen, dann das blecherne Geräusch beim Schließen. Wir sehen seine Hände, so dicht vor uns, sie fummeln an einer kleinen Plastiktüte herum, in Großaufnahme faltet er sie auseinander, zerreißt sie und kippt den Inhalt aus: Es fallen kleine weiße Flocken, die uns die Sicht vernebeln, ein unvollkommenes Fade-out mit Reliefs und Schattenbereichen. Sekunden später wird die Frontkamera klar, als ein Faden darüberläuft und wir die Hand sehen, die mit einer Kreditkarte mehrmals von einer Bildseite zur anderen fährt. Danach hantiert er mit einem Zwanzig-Euro-Schein, die Finger rollen ihn mit geschickten Bewegungen zu einem dünnen Röhrchen, wiegen es in der Hand, justieren nach. Er beugt sich zu uns, zeigt die Tiefe seiner Nasenlöcher; die rechte Hand schiebt den Geldschein in die rechte Nasenhöhle, der untere Bildrand rückt näher und dann noch näher, als er die Oberfläche von einer Seite zur anderen hin abfährt, dann zurück in die Gegenrichtung und dasselbe noch mal. Danach lehnt er sich zurück, drückt mit den Fingern gegen die Nasenwände und lässt sich so tief in den Sessel sinken, dass wir ihn aus dem Blick verlieren und nur die Decke vor uns haben, auf der Kamera liegt noch ein Rest von weißlichem Nebel.

Fünf

Wie hätten wir ahnen können, dass das Dunkelzimmer am Ende zum Versteck werden sollte. Nicht nur ein Zufluchtsort, an den man sich für ein paar Stunden retten konnte: ein Versteck, ein Schlupfloch. Wie hätten wir ahnen können, als wir vor fünfzehn Jahren die Fenster abklebten und die Wände schalldicht machten, dass wir uns eines Tages in diesen Bau zurückziehen würden, wie wir es heute getan haben, so als könnte uns hier niemand finden, als würden diese Unsichtbarkeit und diese Stille für immer andauern, und dies könnte fortan unser Zuhause sein. Wisst ihr noch, wie wir in den ersten Zeiten von einem Leben im Dunkeln fantasiert haben, davon, dass wir eines Tages hineingehen und nie wieder rauskommen würden, wie wir uns sogar ein Experiment ausdachten, das dann nie durchgeführt wurde: uns für zwei, drei, vier, fünf Tage hier zu isolieren, das Nötige mitzubringen, um uns zu ernähren, um unsere Exkremente zu sammeln; die Tür abzuschließen und zu sehen, wie lange wir es hier aushalten würden, so wie bei diesen Versuchen, bei denen Astronauten monatelang eingesperrt werden, um eine interplanetarische Reise zu simulieren und die Wirkung der Isolation zu erforschen, bei uns allerdings ohne Licht und im Stillen, wir haben uns vorgestellt, wie wir ohne Worte und Sicht kommunizieren würden, nur durch Berührungen, wir würden ein Zeichensystem erschaffen, würden uns beim Essen Bissen zum Mund führen, die wir erst dann mit Sicherheit als Nahrung identifizieren könnten, wenn wir sie schmeckten, würden tastend nacheinander suchen, wie wir das immer getan haben, aber jetzt so, dass neue Beziehungsformen entstünden, neue Bindungen, es würden Paare entstehen, Gruppen, Spannungen; vielleicht würden wir einander das Territorium streitig machen, das Essen und das Wasser, wenn die Vorräte schwanden, und niemand würde sich trauen, als Erster aufzugeben und nach draußen zu gehen; wir würden schlafen und aufwachen, ohne zu wissen, ob zwei Stunden vergangen wären oder vierzehn, die Zeit würde sich auflösen, vielleicht würden wir durchdrehen, uns in wilde Tiere verwandeln und uns zerstören. Wir haben das Experiment nie durchgeführt, es uns nicht einmal ernsthaft vorgenommen, natürlich auch heute nicht: Wir sind ja nur mit dem gekommen, was wir am Leib tragen, ohne Proviant, weil wir wissen, dass dieses Versteck kurzlebig ist, ein Ort für wenige Stunden, solange es eben dauert, bis sie uns finden und von hier wegbringen. Nie hätten wir gedacht, dass das Ganze so enden würde, in einem Versteck, so wie wir auch nicht gedacht haben, dass das Dunkelzimmer ein Zufluchtsort werden würde. Nicht weil wir seiner Stärke misstraut hätten, sondern weil in jenen glücklichen Zeiten niemand glaubte, dass wir einmal einen Ort brauchen würden, an dem wir uns für eine Weile sicher fühlen könnten, während draußen alles den Bach runterging, was im Übrigen nicht, wie wir anfangs meinten, mit der Gewalt eines Erdbebens geschah, das alles auf einmal verschlingt, sondern in dem langsamen Tempo, in dem organisches Material zerfällt, eine Plage, die sich so unaufhaltsam wie unmerklich von Tag zu Tag ausbreitet und alles zersetzt.

Nein, wir hielten uns nicht mehr für unsterblich. Aber wir waren noch lebendig. Wir sahen dem Zusammenbruch nicht mehr fasziniert zu, waren keine Kriegstouristen mehr: Einige Geschosse streiften uns, es gab Gebäude, die in allzu großer Nähe einstürzten, sodass ihre Staubwolke unsere Kehlen schwärzte, einige Unglücksfälle hinterließen mehr als nur Prellungen, Wunden, die sich entzündeten und eine Wut weitertrugen, von der du in der Nacht aufwachtest wie von einem Schlag ins Gesicht, das Gefühl trieb dich den ganzen Tag vor sich her, sodass du ranntest und ranntest, stets kurz davor zu fallen, eigentlich war das Rennen ein Mittel, auf den Beinen zu bleiben, kaum hattest du einen Fuß sicher aufgesetzt, suchtest du schon den nächsten Halt, stolpertest bei jedem Schritt mit der Ungeschicklichkeit eines Stummfilmdarstellers, um dich am Ende des Tages endlich fallen zu lassen, wobei du dich an jedem abfingst, der deinen Weg kreuzte, jemandem, auf den sich die Energie ableiten ließ, die dich weiter antrieb, bis sie dann zu Hause als Geschrei herauskam, als unerwartet verletzender Sarkasmus in der Partnerschaft, als unbeherrschbare Ohrfeige für ein Kind, das nichts dafür kann, wenn sein Vater den Impuls nicht im Griff hat, der ihn einen weiteren Tag am Leben erhält. Aber wir waren noch lebendig. Auf der leuchtenden Anzeige ging der Countdown unaufhaltsam weiter, zog jeden Monat etwas ab, Ersparnisse, Gehälter, Zukunft, aber die Gegenwart war noch bewohnbar, und dieses Bewusstsein, im Gegensatz zu denen, die schon gefallen waren, lebendig zu sein, trieb uns zum Rennen an, es war unser Tanzpartner bei diesen hektischen Versuchen, auf den Beinen zu bleiben. Bei unseren Treffen kamen Ton und Bild allmählich zur Deckung, und die Rauheit der Worte spiegelte sich nun deutlich auf der in Falten gelegten Stirn, in den harten Zügen um den Mund, im speckigen Glanz von Körpern, Haaren und Kleidung. Bei unseren Treffen redeten wir von Leuten, die gewaltsam aus ihren Wohnungen gezerrt worden waren, von Schlangen am Eingang wohltätiger Essensausgaben und Prügeleien um Abfälle hinter dem Supermarkt, von jemandem, dem eine Krankenhausbehandlung verweigert worden war, von alten Leuten, die zu lächerlichen Preisen ihren Schmuck verkaufen mussten; aber das waren noch immer nicht wir, die Betroffenen funktionierten nicht als Illustration unserer inneren Unruhe, wir würden uns nie in dieser Lage sehen, bis zum Boden hatten wir einen langen Fall vor uns. Wir waren noch lebendig, und obwohl heute in der Erinnerung die schweren Momente alles überlagern, waren Lachen und Erholung eigentlich immer noch möglich. Und wenn wir anstelle dieser grauen Abbildungen andere in fröhlicheren Farben wählten, die es ja auch gab, dann würde die Erzählung so unterschiedlich ausfallen, dass wir es kaum glauben könnten. Aber wir waren auch diejenigen, die auf diesen leuchtenden Schnappschüssen lachen. Wir hatten einen Abstieg um mehrere Stufen hinter uns, aber noch standen wir auf der Treppe und verabschiedeten uns nicht von der Vorstellung, eines Tages wieder aufzusteigen. Wir konsumierten weniger, ja, aber wir konsumierten. Auch wenn es Billigprodukte waren, es blieb doch immer noch Konsum, und es hielt uns am Leben: Das Importbier war von einer No-Name-Marke, Filme und Serien Downloads, die Apps auf dem Handy Gratis-Apps, der Wein aus dem Sonderangebot, die Kneipen billiger, die Kleidung aus Outlet-Läden, dann waren da noch die Flohmärkte, die Ferien am Zweitwohnsitz unserer Eltern oder in dem Dörfchen, aus dem die Familie stammte, oder per Wohnungstausch in anderen Städten. Diese blitzartigen Glücksmomente trieben uns ebenfalls an, weiterzurennen, und überzeugten uns davon, dass letztlich alles werden würde wie früher, die Maschine würde wieder vorwärtsrollen, der Zähler seinen Weg fortsetzen. Vielleicht würde es künftig weniger vom Schicksal Begünstigte geben, aber solange wir nicht endgültig abstürzten, solange wir immer wieder aufstehen, uns die Knie abstreifen und weitermachen konnten, so lange blieb eine Chance, auf der richtigen Seite zu stehen, zu den Auserwählten zu gehören. Gewiss, auch unser politisches Bewusstsein wuchs in jenen Jahren: Bei den samstäglichen Treffen machten wir uns Silvias große Worte zu eigen, benutzten wie sie Ausdrücke wie Betrug, Plünderung, Raub, Abbau des Wohlfahrtsstaats, wirtschaftliche Gewalt, Verbrechen an der Gesellschaft; wir sprachen von Kapitalismus, die meisten von uns hatten das Wort bisher praktisch nie in den Mund genommen, jetzt aber wiederholten wir es mehrmals am Tag, Kapitalismus, Kapitalismus, Kapitalismus; wir sprachen von unserem Überdruss, unserer Wut und Empörung, ein Aufruhr stand immer kurz bevor, die Situation war unhaltbar, explosiv und dramatisch; wir riefen sogar lauthals nach Gefängnisstrafen, Gerechtigkeit, Revolution, der Guillotine. Doch unsere Rhetorik hatte einen gekünstelten Klang, wie wenn man mit der Faust auf ein Kissen drischt: Man schlägt erbarmungslos zu und bekommt dafür ein Quäken von durchgeschüttelten Daunen. Wir stritten mit Silvia, wiesen ihre Vorwürfe zurück, aber sie hatte recht, wenn sie unseren Zorn butterweich nannte, der verrauche ja fast von selbst, da bräuchten wir nichts kaputt zu schlagen, uns reiche schon eine Demo alle paar Wochen, eine öffentliche Versammlung, auf der man durch Handheben einen verfassunggebenden Prozess und eine neue Wirtschaftsordnung beschließen könne, das frenetische Weiterleiten von Aufrufen und Nachrichten und Witzen über die sozialen Netzwerke. Uns ging es schlecht, schlechter sogar, als wir es merkten, aber nicht so schlecht, wie einer gedacht hätte, der unsere hitzigen Reden hörte. Es herrschte auch keine Angst, oder nicht so richtig. Angst hatten unsere Eltern, nämlich um uns, denn sie wussten sich in Sicherheit, erwarteten kaum Rückschläge, von denen sie sich nicht erholen könnten. Angst oder etwas Ähnliches, innere Unruhe, das konnten die von uns verspüren, die Kinder hatten. Aber was führte uns dann immer häufiger ins Dunkelzimmer, wie nannten wir dieses Unwohlsein, für das wir keine Worte hatten, auch heute noch nicht haben; wenn es keine Angst war, weshalb wir uns hier einsperrten, wovor suchten wir dann Zuflucht, warum verbrachten wir mehr Zeit hier drinnen, wie war es möglich, dass man sich an einem Wochentag vormittags an der Seitenwand entlangtastete und mehreren Körpern ausweichen musste, die da kauerten. Sogar in der Mitte des Zimmers: Immer mehr von uns stürzten sich hinein wie in einen See, in den man eintauchen und den Grund erreichen könnte, manchmal fand man im Schlamm einen versunkenen Körper, an den man sich klammerte, und das war eine weitere Möglichkeit, Zuflucht zu nehmen, noch weiter auf Grund zu gehen, uns unter der Erde zusammenzukauern und zu verschwinden, um danach gestärkt an die Oberfläche zu kommen, mit einer Panzerung auf der Haut, die dort draußen den ganzen Tag halten würde, bis wir aufs Neue merkten, dass der Schutz schwächer wurde, und das war der Moment, hierher zurückzukehren.

Ein Zufluchtsort ist nicht das, was wir brauchen, sagte Silvia an jenem Tag, wir erinnern uns alle daran. Noch eine, die heute nicht hier ist: Silvia, den Grund dafür kennen wir alle. Der Streit mit ihr drehte sich nicht um die Nutzung des Dunkelzimmers, sondern um den Hauptraum im Erdgeschoss. An einem Donnerstagabend, an dem das Dunkelzimmer stärker besucht war als üblich, erlebten wir eine Überraschung: Nachdem wir einer nach dem anderen durch den äußeren Vorhang herausgetreten waren, hörten wir Stimmen, die wir nicht erkannten, die Gesichter dazu sahen wir erst, als wir die Treppe hinaufstiegen, mit dem schläfrigen Ausdruck, mit dem wir uns dem Licht stellten. Im Erdgeschoss war der lange Tisch hinten im Raum, den wir zum Arbeiten benutzten, von neun Personen besetzt, die um mehrere Laptops herumsaßen. Wir kannten nur zwei davon: Jesús, der weiter auf seine Tastatur eintippte, ohne uns eines Blickes zu würdigen, und den wir erst nur mit Mühe erkannten, nicht weil er sich verändert hatte, sondern weil es so unverhofft kam, ihn hier anzutreffen, nach all den Jahren; und Silvia, die uns ebenfalls nicht beachtete, während die anderen sich umdrehten, als sie uns erscheinen sahen wie gerade aus dem Schlaf erwacht, und uns neugierig musterten, bis wir das Lokal verlassen hatten, in unseren Mienen eine Mischung aus Verblüffung und Befremden, wie wenn man eines Morgens aufsteht und in seinem Wohnzimmer einen Unbekannten vorfindet. Zum Streit kam es am Samstag, als Silvia uns erklärte, die Eindringlinge seien Genossen, die sich als Unterstützungsgruppe organisiert hätten, um Aktionen für den nächsten Generalstreik vorzubereiten, sie und Jesús gehörten auch dazu. Sie hätten keinen Versammlungsort gehabt, und da habe sie keinen Grund gesehen, die anderen nicht hierherzubringen, wo sei das Problem? Es war das erste Mal, dass so etwas geschah, dass Außenstehende ins Lokal kamen. Wir hatten diesbezüglich nie Vorbehalte formuliert, waren jedoch seit der Einweihung des Dunkelzimmers davon ausgegangen, dass die dortigen Zugangsbeschränkungen für das Erdgeschoss galten, es war schließlich untrennbar mit dem einzigen Bereich verbunden, an dem uns lag, dessentwegen wir das Mietverhältnis fortgeführt hatten, als wir keinen Treffpunkt mehr brauchten und auch keinen Ort zum Arbeiten und Lernen. Schon in der Anfangszeit hatte Silvia, die damals samstags noch dabei war und sogar mit ins Dunkelzimmer hinunterging, vorgeschlagen, das Lokal auch für andere Zwecke zu nutzen, wir könnten eine Kooperative für gemeinsame Einkäufe gründen, eine Volksbibliothek, die Räume für diverse Aktivitäten im Viertel öffnen, sie stundenweise anderen Gruppen überlassen, am Gemeinsamen bauen, ein Ausdruck, den sie immer wieder gerne verwendete; aber bei uns stieß sie mit diesem Anliegen auf wenig Verständnis, und so zog sie sich immer mehr zurück. Jetzt jedoch hatte sie gehandelt, ohne um Erlaubnis zu fragen, und unserem Gefühl nach war die Öffnung des Lokals für Fremde dasselbe wie ein Preisgeben des Dunkelzimmers, der Verlust eines persönlichen Raums. Silvia versicherte, sie würde nie jemanden nach unten lassen, wir könnten weiterhin kommen und gehen wie gehabt, aber es sei nicht nachvollziehbar, dass wir in Zeiten wie diesen einen solchen Raum hätten und ihn nicht mit denen teilten, die sich zum Kampf entschieden hätten, anstatt sich zu verstecken. Wir hörten den Vorwurf heraus, und einige von uns verteidigten sich, indem sie von ihrem Aktivismus sprachen, von Demonstrationen, an denen sie kürzlich teilgenommen hatten; die Energie dazu, das weiterhin zu tun, zögen wir aus der Kraft, die uns ein Ort wie dieser gebe. Doch Silvia widersprach: Für sie sei das Dunkelzimmer das genaue Gegenteil, ein Unterschlupf, eine Art von Feigheit, man bringe sich für einige Stunden in Sicherheit, aber eine Zuflucht bräuchten wir keineswegs, dort draußen hingegen laufe alles so weiter wie zuvor, sogar noch schlimmer, wie wäre es denn, wenn das alle so machen würden, wenn sich jeder ein Loch gräbt, in das er für eine Weile den Kopf stecken kann, ein Loch, in das er seinen Schwanz schieben kann, um weiter durchzuhalten. Außerdem wird eine Zeit kommen, in der das Dunkelzimmer auch nicht mehr genügt, da werdet ihr nicht einmal dort drinnen mehr in Sicherheit sein, es werden Risse entstehen, und durch diese Risse verzieht sich die Dunkelheit; ihr seht das bloß nicht, weil ihr noch nicht genug Angst habt, ihr vertraut noch darauf, dass das hier ein Zwischenspiel bleibt, eine schlechte Phase, und dass ihr eines Tages aufwacht, und in den Zeitungen verkünden die Schlagzeilen, dass der Krieg vorbei ist, die Krise ist vorbei, und wir feiern, umarmen uns auf den Plätzen im Konfettiregen, und dann kehrt ihr an denselben Ort zurück, an dem ihr wart, als alles angefangen hat, um das angehaltene Leben wieder aufzunehmen, euch das Verlorene zurückzuholen, alles, was ihr euch erhofft habt und was jetzt auf sich warten lässt, und deshalb versteckt ihr euch: nicht damit euch keiner sieht, sondern damit ihr selbst nichts sehen und nicht handeln müsst, ihr würdet diese Zeit gern verstreichen lassen, bis alles wieder in Ordnung kommt; deshalb seid ihr auch nicht beim Kampf dabei, bleibt lieber harmlos und protestiert, aber ohne etwas kaputt zu schlagen, ihr schwenkt die Hände in der Luft und tanzt in Bankfilialen, weil ihr glaubt, wenn ihr Sachen kaputt macht, würde das den Tag aufs Spiel setzen, an dem alles wieder wird wie früher, und in der Zwischenzeit verlieren wir weitere Schlachten und ziehen uns zurück, während der Feind vorrückt. Die Versammlung wurde zur lautstarken Auseinandersetzung, Anklagen und alte Vorwürfe wurden ausgetauscht, bis Silvia selbst sagte, wir sollten mal leise sein, und uns, als sich alle beruhigt hatten, bat, sie mit ihrer Gruppe an Donnerstagen herkommen zu lassen, nur am Donnerstagabend, fünf Stunden und keine Minute länger, da sollten sie das Lokal für sich haben, an den übrigen Tagen würden sie nicht kommen, und sie würde niemandem einen Zweitschlüssel geben und natürlich niemandem erlauben, ins Dunkelzimmer zu schauen. So habt ihr weiter euer Loch, und wir anderen können weiterkämpfen, ist doch ein guter Kompromiss, was meint ihr?

Das alles wäre anders gelaufen, wenn wir an jenem Abend Verdacht geschöpft hätten, als wir Jesús mit Silvia und den anderen Unbekannten hier sitzen sahen: Was hatte er in dem Lokal verloren, nachdem er so lange Zeit weggeblieben war, und warum mit Silvia, ausgerechnet mit ihr? Obwohl er in den Anfangsjahren des Dunkelzimmers dabei gewesen war, damals, als er und Pablo blindlings nacheinander tasteten, war Jesús dann als einer der Ersten weggegangen, in seinem Fall aufgrund einer wirklichen Entfernung: Er war in eine andere Stadt gezogen, als er eine Stelle bei einer Softwarefirma bekam, kurz nach Abschluss seines Studiums. Im ersten Jahr hielten wir noch sporadisch Kontakt zu ihm, an einem Samstag kam er uns besuchen und erzählte von seiner Tätigkeit: Seine Firma vertrieb Personalmanagement-Software, und er war dafür zuständig, das Programm vor Ort zu installieren und Schulungen für die zukünftigen Nutzer durchzuführen. Es handelte sich um Monitoring- und Remote-Access-Tools, Fachausdrücke, die er uns nach dem dritten Glas in spöttischem Ton erklärte: Überwachung, nennen wir das Kind beim Namen, es geht darum, die Arbeiter zu überwachen. Sie reden von Produktivitätsmanagement, System Monitoring, Fernverwaltung, aber in Wirklichkeit geht es darum, zu kontrollieren, was der Einzelne macht, wenn er vor dem Computer sitzt, welche Programme er verwendet und wie lange, welche Dokumente er öffnet, was er im Internet recherchiert, welche Seiten er besucht, womit er jede Minute seiner Arbeitszeit verbringt. Das geht auf viele verschiedene Weisen: Man zeichnet auf, welche Tasten betätigt werden, macht Screenshots, um das zu sehen, was der Betreffende selbst auf seinem Computer sieht, man kontrolliert seinen Browserverlauf, filtert Mails und Messaging-Dienste, oder man greift per Remote-Zugang direkt auf den Schreibtisch zu. Gerechtfertigt wird das Ganze mit Sicherheitserwägungen, mit der Vermeidung von Informationsabfluss, Industriespionage oder mit der Produktivität, damit, dass man die Teams und ihre Vernetzung besser organisieren will, dass die Leistung der einzelnen Abteilungen anhand vergleichbarer Werte gemessen werden soll. Aber in der Praxis können sie die Software für alles nutzen, was sie wollen, ließ Jesús uns wissen und schenkte sich Rum nach. Und jetzt, da viele Angestellte Laptops und Handys haben, die ihnen von der Firma gestellt werden, ist umfassende Kontrolle möglich. Er selber, räumte er ein, konnte der Versuchung nicht widerstehen, wenn er beim Kunden war und das Programm anpasste, in unbeobachteten Momenten einen Blick durch dieses Guckloch zu werfen, durch das er alles zu sehen bekam, ohne gesehen zu werden. Ihn faszinierte es, in Echtzeit zu beobachten, was ein Angestellter in einem anderen Büro gerade auf seinem Computer machte, die Verschiebungen des Cursors mit der Maus, das Ausklappen von Menüs, das Eingabefeld, das sich nach und nach mit einem Satz füllte, das Solitär-Spiel des Unkonzentrierten, der Chat, in dem zwei Kollegen miteinander schäkerten. Und mehr noch, einen heimlichen Blick auf das Gerät eines leitenden Angestellten zu werfen, in dessen Browserverlauf herumzuschnüffeln, ihn beim Verfassen einer Mail zu erwischen, sich manchmal sogar in eine Videokonferenz einzuschleichen, an der er gerade teilnahm, ihn vor sich zu haben, wie er einen ansah und ansprach, als wäre man wirklich gemeint. Das sei Macht, ging ihm dann durch den Sinn: sehen, ohne gesehen zu werden. In der Praxis, sagte er uns, funktionieren diese Systeme wie ein Panoptikum, dieses Gefängnis, in dem es weniger darum geht, dass man dich jederzeit und aus jedem Winkel sehen kann, als darum, dass du das Gefühl hast, immer unter Beobachtung zu stehen. Seine Firma brüstete sich damit, in allen Firmen Produktivitätssteigerungen erreicht zu haben, in denen ihre Tools installiert worden seien, und erklärte das mit den Vorteilen, die sich aus Leistungsparametern ergäben, mit denen sich Arbeitsressourcen besser organisieren ließen. Aber die Steigerungen waren dem Umstand geschuldet, dass sich die Einstellung der Angestellten veränderte, sobald sie sich überwacht wussten, dann arbeiteten sie sorgfältiger, als hätten sie einen Vorgesetzten neben sich, der in ihrem Rücken jede Tastatureingabe kontrollierte. Bestimmt habt ihr an eurem Arbeitsplatz auch so was, sagte er zu uns: Was glaubt denn ihr, wir werden alle überwacht, wenn die Software auf etwas nicht zugreifen kann, dann kommen die Videokameras ins Spiel, und sonst gibt es immer irgendeinen, der petzt, das ist die älteste und zuverlässigste Technologie überhaupt. Du zum Beispiel, sagte er und deutete auf Pablo, der zusammenzuckte: In deiner Bank wird genau dieses Programm verwendet, das weiß ich, weil ein Kollege zwei Wochen lang bei euch in der Zentrale war, um es zum Laufen zu bringen und die Administratoren zu schulen. Du bist also gewarnt, keine Pornos im Büro und im Chat nicht mit der Kleinen vom Schalter flirten, Big Brother is watching you. Wir lachten alle, auch Pablo, nicht aber Silvia, die nie ein gutes Verhältnis zu Jesús gehabt hatte, und an dem Abend platzte es aus ihr heraus: Du bist echt ein Arschloch, wie kannst du hier aufkreuzen und uns mal eben ganz beiläufig von dieser Scheiße erzählen? Wir versuchten, sie zu besänftigen, aber sie sprach in ihrer üblichen Ausdrucksweise weiter, die, wenn sie getrunken hatte, noch überzogener wirkte als sonst: Du arbeitest für den Feind, du hilfst ihnen, uns zu kontrollieren, du bist ein Verräter an deinen eigenen Leuten, schämst du dich denn nicht. Überhaupt nicht, erwiderte Jesús, der genauso betrunken war wie sie: Die zahlen mir genug, um mein Schamgefühl im untersten Bereich zu halten, erklärte er in dem gewohnten Ton, in dem er sich seit jeher über Silvia lustig machte, über ihren Aktivismus, den er sinnlos nannte, und ihre, wie er sagte, infantile Weltsicht. Von jenem Tag an hatten wir Jesús nicht wiedergesehen und wussten nichts von seinem Leben. Bis zu dem Abend, an dem wir ihn hier trafen, mit Silvia und den anderen.

Schwer zu sagen, ob es darum ging, Silvias Anschuldigung zu widerlegen, dass das hier ein Versteck sei, ein Loch; oder um eine Möglichkeit, das etwaige schlechte Gewissen zu beschwichtigen und uns das Gefühl zu verschaffen, dass wir des Dunkelzimmers würdig seien; oder ob wir einfach wirklich zunehmend die Nase voll hatten, aber nach dem samstäglichen Streit mit ihr, weil sie Fremde hierhergebracht hatte, wurden wir aktiver. Schon zuvor waren wir auf Demonstrationen gegangen, hatten Camps unterstützt und einige Male mitgeholfen, Zwangsräumungen im Viertel zu verhindern, aber von diesem Tag an wurde das alles mehr. Mehrere von uns hatten sich einer Nachbarschaftsgruppe angeschlossen, die sich in einem anderen, diesem sehr ähnlichen Lokal versammelte. Es lag im Erdgeschoss eines Wohngebäudes, ebenfalls ein lichter und weitläufiger Raum mit einer Treppe hinten, die wir nie benutzten, wir fragten auch nicht, was es dort unten gebe, um nicht hören zu müssen, das sei ein Abstellraum oder eine leer stehende Kammer; lieber stellten wir uns vor, dass dort auch ein Dunkelzimmer wäre und wir also nicht die Einzigen, jeder brauchte hin und wieder einen Zufluchtsort, sogar Silvia hatte ja wohl ihre schwachen Momente, in denen sie sich fragte, wozu all die Demos gut sein sollten, all das Plakatekleben, all die Versammlungen, all die Lagebesprechungen, all die Informationsveranstaltungen, zu denen doch immer nur dieselben Leute kamen, all das Töpfeschlagen und all die Sitzstreiks in Krankenhäusern. Solche Momente des Zweifels und der Müdigkeit, in denen sie vielleicht zu einer ungewöhnlichen Uhrzeit ins Dunkelzimmer kam, sehr früh oder sehr spät, damit niemand sie dabei ertappte, und hinterher hätte sie es nie zugegeben, sie brauchte doch kein Loch, in das sie den Kopf stecken konnte, und auch kein Loch, in das ihr jemand den Schwanz schob. Wir anderen schon; sooft wir auch auf

Töpfe schlagend auf öffentlichen Plätzen stehen mochten, wir brauchten dieses Loch noch immer, jetzt mehr denn je, und jede Protestaktion endete unweigerlich mit einem Besuch im Dunkelzimmer. Wir alle erinnerten uns noch an das Mal, als wir mit mehreren Anwohnern zusammen die Ringautobahn lahmgelegt hatten, die unweit von hier vorbeiführt. Mitten in der Rushhour, als die Autos wegen des dichten Verkehrs langsam fuhren, stellten wir uns an den Seitenstreifen, winkten den Fahrern, damit sie herunterbremsten, rollten ein Spruchband aus und setzten uns zwanzig Minuten auf den Asphalt, solange es eben dauerte, bis der Verkehr auf dem gesamten Autobahnring und mehreren Ausfallstraßen zum Erliegen gekommen war, und dann stürmten zwei Dutzend Polizisten aus der Nebenstraße, auf der sie ihre Kastenwagen hatten stehen lassen müssen, den Seitenstreifen hoch. Wir saßen am Boden und sahen sie nicht einmal kommen; ohne Vorwarnung, ohne uns eine Gelegenheit zum Rückzug zu geben, zückten sie noch im Laufen die Gummiknüppel und prügelten wahllos auf uns ein, auf diejenigen, die hinfielen, diejenigen, die versuchten aufzustehen, die, die über die Leitplanken sprangen oder zwischen den Autos hindurch entwischten, niemand ging ohne ein paar Hiebe nach Hause, und einige wurden über den Asphalt zu den Wagen gezerrt. Wir entkamen über einen Straßendamm, nur um uns oben einem weiteren Dutzend Bereitschaftspolizisten gegenüberzusehen, die aufs Geratewohl zwei Leute festnahmen und uns andere gehen ließen, allerdings durch ein Spalier, das niemand durchquerte, ohne noch mal ein paar Hiebe abzukriegen. Wir hörten nicht auf zu rennen, obwohl uns niemand weiter verfolgte, rannten wir, bis wir hier angekommen waren, keuchend traten wir ins Lokal und ließen uns auf die Sofas sacken, jedem tat irgendein Körperteil weh, der Rücken rot, blaue Flecken auf dem Arm oder der Pobacke, eine Platzwunde am Kopf, die eine Fahrt zur Notaufnahme wert gewesen wäre, aber sowie einer von uns aufstand und die Treppe hinunterging, folgten ihm wir anderen. Wir verteilten uns über das Dunkelzimmer, zerschunden, noch außer Atem von der Rennerei, wir spürten das Brennen der Schläge so stark, dass wir glaubten, die Verletzungen könnten in jedem Moment hell aufflackern wie Feuersglut, und einige krochen erregt und vom Adrenalin der überstandenen Schlacht aufgepumpt in die Mitte des Raumes, auf der Suche nach jemandem, wie Tiere, die sich die Wunden lecken.

Natürlich brauchte auch sie einen Zufluchtsort, ein Loch. Sie brauchte ihn mehr als irgendwer sonst von uns, selbst wenn sie es nicht zugeben mochte. Silvia. Die Älteste der Gruppe, sie war gerade vierzig geworden, als sie den Job verlor. Ihr ganzes Berufsleben lang hatte sie Zeitvertrag um Zeitvertrag aneinandergereiht, war immer nur für wenige Monate in NGO-Projekten tätig gewesen, sie hatte einige Zeit in Südamerika verbracht, den Anhäufungsrausch der Mehrheit nicht mitgemacht, bescheidene Gehälter akzeptiert, die ausreichten, um die Miete für die Wohnung zu bezahlen, in der sie mit ihrem Sohn lebte, und hatte dafür einen unerschöpflichen Aktivismus entwickelt. Als sie noch sehr jung war, sogar vor den Zeiten des Dunkelzimmers, war sie über ein Jahr lang abgetaucht: Sie hatte in einem besetzten Dorf gelebt, einem vor Jahrzehnten wegen des Baus eines Stausees verlassenen Weiler, in dem einige junge Leute versuchten, eine anarchistische Kommune zu gründen. Sie sanierten die Häuser und beackerten das Land, bauten tatsächlich am Gemeinsamen, wenn wir Silvias Darstellung Glauben schenken, für die jene Zeit stets eine glückliche Vergangenheit blieb, ein Stachel der Wehmut nach dem, was hätte sein können, was eines Morgens jedoch abrupt zu Ende gegangen war: Zwei Dutzend Beamte von der Guardia Civil holten sie alle aus den Betten und steckten sie in einen Bus, Ende des Experiments. Seither drehte sich Silvias Leben um ihren Aktivismus, das Engagement für alle möglichen hehren Ziele, und sie interpretierte alles auf eine einzige Weise. Sogar die Geburt ihres Sohnes, ihr zufolge unter Bedingungen gezeugt, die ihn zu einem Symbol machten, einem höheren Grund dafür, weiterzukämpfen. Wie sie erzählte, war sie in Genua schwanger geworden, als sie an den Protesten gegen den G8-Gipfel teilnahm, bei denen ein italienischer Demonstrant von einem Polizisten erschossen wurde. Sie war mit etwa hundert anderen Aktivisten in der Diaz-Schule untergekommen und hatte dort ohne Kondom mit einem deutschen Antifa-Mitglied gevögelt, genau einen Tag bevor alles hochging. Damit, sagte sie, war der Samen ihres Sohnes bereits in ihrem Bauch, als die italienische Polizei tags darauf um Mitternacht das Gebäude stürmte. Die Aktivisten wurden stundenlang brutal misshandelt. Sie wurden mit Schilden und Eisenstangen geprügelt, mit Stühlen traktiert, die Treppe hinuntergeworfen, durch Gänge geschleift, gegen Wände gestoßen, getreten, als sie am Boden lagen, die Polizisten warfen sie auf einen Haufen, trampelten auf ihnen herum und bespuckten sie, von einer Raserei gepackt, die an den Wänden und Böden der Schule Schlieren von getrocknetem Blut hinterließ, und anschließend auf dem Polizeirevier ging es weiter, wo sie bis zur Erschöpfung stehen mussten und die Frauen mit Vergewaltigung bedroht wurden; sogar im Krankenhaus, wo die Ärzte dazwischengingen, damit die Verletzten nicht weiter verprügelt wurden. Der Deutsche erlitt mehrere Rippenbrüche und einen Lungendurchstich, und Silvia selbst wurden zwei Zähne ausgeschlagen, ein Wangenknochen und ein Finger gebrochen, und später trat man ihr gegen den gesamten Körper, auch den Bauch – ein Kind, das diese Misshandlungen überlebt hatte, konnte nur ein Widerständler sein. Aber die Geschichte stimmte nicht. In Genua war sie schon gewesen, auch Wunden hatte sie davongetragen, wir sahen sie alle nach ihrer Rückkehr mit Entsetzen. Aber das mit der heroischen Schwangerschaft traf nicht zu, der Zeitpunkt des G8-Gipfels und das Alter des Kindes passten nicht zusammen, worauf wir sie allerdings nie ansprachen, sie hatte diese Erzählung für ihr Leben gewählt, und das respektierten wir. Während der Junge heranwuchs, ließ ihr Aktivismus in keiner Weise nach, schon gar nicht jetzt, da die Zeiten, wie sie es in ihrer gewohnten Art ausdrückte, nicht mehr darauf ausgerichtet waren, am Gemeinsamen zu bauen, sondern das wenige Gebaute zu verteidigen und zu kämpfen, und an diesem Punkt bekam ihre Ausdrucksweise etwas Militärisches, da wurde von einem Krieg berichtet, in dem es Feinde gab, Fronten und Gräben, Fußsoldaten, Offiziere, Nachhut und Guerilla. Doch als der NGO, für die sie tätig war, die Fördermittel ausgingen und sämtliche Mitarbeiter entlassen wurden, hatte Silvia auf einmal ein Problem: Die Beiträge für ihre Arbeitslosenversicherung waren über Jahre hinweg nur für eine halbe Stelle entrichtet worden, auch wenn sie das Gehalt unter der Hand aufgestockt bekommen hatte, und nun fiel ihr Arbeitslosengeld so niedrig aus, dass sie ihre Wohnung aufgeben und sich ein Zimmer bei Freundinnen mieten musste. So war auf einmal die Lage: vierzig Jahre alt, mit einem neunjährigen Sohn, einem Vater im Ausland, der ihr nicht in jedem Monat Geld überwies, einem beruflichen Hintergrund, der sie nur für die Arbeit in Projekten qualifizierte, für die es keine Fördergelder mehr gab, ein wertloser Lebenslauf, ohne akademische Titel, da sie ihr Studium nicht abgeschlossen hatte, ohne nachgewiesene Sprachkenntnisse, ohne Arbeitszeugnisse aus Unternehmen oder relevante Fähigkeiten, die sie bei Bewerbungsgesprächen hätte aufbieten können, zu denen man sie sowieso nicht einladen würde. Denn wer sollte zu schätzen wissen, dass sie in einem Dorf in Ecuador für ein Community-Entwicklungsprogramm tätig gewesen war oder über Jahre eine WG für minderjährige Ausländer betreut hatte. Da kamen nur noch Stellen infrage, für die man weder Berufserfahrung noch einen Abschluss brauchte, und dafür war sie bereits zu alt. Zudem machte sie ihre aktivistische Vergangenheit, zu der auch Vorstrafen wegen verschiedener Protestaktionen gehörten, in den Augen potenzieller Arbeitgeber zu einer Unruhestifterin; schon bei einer einfachen Internetsuche erschien sie als Unterzeichnerin antikapitalistischer

Aufrufe, als Sprecherin diverser Plattformen oder als Festgenommene wegen Störung der öffentlichen Ordnung während des letzten Streiks. Als Antwort schloss sie sich nicht, wie wir anderen das getan hätten, im Dunkelzimmer ein, sondern stürzte sich noch intensiver in einen Aktivismus, der ihre Wochen mit Versammlungen und Demonstrationen füllte, mit der Vorbereitung von Materialien und dem Verfassen von Texten für Verbandszeitschriften, mit Reisen zu den Treffen überregionaler Planungsgruppen, und donnerstags traf sie sich nun mit ihrer neuen Gruppe in unserem Lokal, während sich die Großmutter nach der Schule um den Jungen kümmerte und ihm auch das Abendessen machte, denn Sonia kam in der Regel spät nach Hause, zu einer Uhrzeit, um die sie ihren Sohn immerhin noch zu Bett bringen konnte, selbst so müde, dass sie an vielen Abenden im Sessel einschlief, ohne es in das Doppelbett zu schaffen, das sie sich mit dem Jungen teilte. Und trotz dieses Tempos und dieser Intensität spürte sie manchmal, wenn sie den Jungen morgens weckte und ihm in einer Küche Frühstück machte, deren Kühlschrank von einer der Mitbewohnerinnen namentlich gekennzeichnete Lebensmittel enthielt, und wenn sie anschließend Kleidung von einer Stange nahm, die ihnen als Schrank diente, spürte sie also, wie sich ihr Magen zusammenzog, die Zimmerdecke kam ihr noch niedriger vor, und sie brachte es nicht fertig, auch nur für einen kurzen Moment die Augen zu schließen. Wie wir vermuten, kam sie auch deshalb nicht hierher, weil die Dunkelheit einen Projektor eingeschaltet hätte, durch den ihr im Schnellvorlauf die Zukunft erschienen wäre: Sie würde fünfundvierzig werden, fünfzig und später sechzig, aber mit dem Arbeitslosengeld wäre es in neun Monaten vorbei, und was dann, der Junge würde zehn und elf werden, und dann kämen die Sekundarschule und die Bücher und die Klamotten, die ihm ständig zu klein wurden, und die Universität, völlig undenkbar, und sie wären von ihren Eltern abhängig, deren Lage auch nicht die beste war. Vor langer Zeit hatte ihr Vater eine Firma für Gütertransporte gegründet und in den Sand gesetzt, dabei eine Menge Geld verloren, dazu noch die Wohnung, die als Sicherheit für den Kredit gedient hatte, außerdem waren ihm Schulden bei einem Verwandten geblieben, die immer noch nicht vollständig beglichen waren. Silvias Eltern hatten damals eine elende Zeit durchgemacht, während ihre Tochter damit beschäftigt war, eine antikapitalistische Landkommune aufzubauen, schließlich jedoch hatten die beiden eine Arbeit gefunden, die sie nun seit über zwanzig Jahren ausübten: in einer kleinen Seniorenresidenz, die den Bewohnern selbst gehörte, zehn wohlhabenden Ehepaaren, sämtlich mit hohen Renteneinkünften und Immobilieneigentum, die beschlossen hatten, sich für ihren letzten Lebensabschnitt ein maßgeschneidertes Modell zu gestalten, mit allen Annehmlichkeiten, die sie sich wünschten, und ohne auf die Gnade anderer angewiesen zu sein. Silvias Mutter putzte und kochte für sie, der Vater übernahm Hausmeisterdienste und war für den Garten zuständig, die beiden wohnten auch in dem Heim, in einem kleinen Apartment im selben Gebäude. Sie führten dort ein bescheidenes Leben, wandten einen Großteil des Lohns für die Rückzahlung ihrer Schulden auf und schätzten sich glücklich, weil sie keine Unkosten für die Wohnung hatten.

Sie arbeiteten sieben Tage in der Woche, fühlten sich bei den sorgenfreien alten Leuten aber wohl, die, wenn sie starben, ihren Platz einem Familienangehörigen vererbten, der entsprechenden Bedarf hatte. Obwohl Silvias Eltern versicherten, dass sie sich wie zu Hause fühlten, als Teil einer großen Familie, fand Silvia die Unterwürfigkeit abstoßend, mit der die beiden den alten Leuten nach all den Jahren begegneten, sie immer noch siezten, während sie selbst geduzt wurden. Bald würden sie das Rentenalter erreichen, und was dann: Sag mal, Mama, was macht ihr eigentlich, wenn sie euch durch ein Pärchen aus Lateinamerika ersetzen, und ihr steht mit eurer kümmerlichen Rente und ohne Wohnung da, ihr glaubt doch nicht etwa, dass die euch weiter da wohnen lassen, seid ihr dann auch nur noch glückliche Großeltern wie sie, oder habt ihr vor, bis zum letzten Tag weiterzuarbeiten? Irgendwann seid ihr älter als die Leute, die ihr von vorne bis hinten bedient. Silvia warnte sie vor einer ungewissen Zukunft, aber in Wahrheit dachte sie dabei an die eigene: Was würde ihr noch bleiben, was erwartete sie im Alter, bei den geringen Beitragszeiten und mit so vielen Jahren vor sich, in denen sie nur schwer Jobs finden würde; wer würde dann für sie eintreten, für ihr Recht auf eine Wohnung, auf eine würdige Rente, auf die kostenfreie Ausbildung ihres Sohnes; wer würde in Zukunft darauf verzichten, einen ansehnlichen Lebenslauf zusammenzubringen und beruflich aufzusteigen und sich eine schöne Wohnung zu kaufen und im Urlaub ins Ausland zu fahren, wer würde auf all das verzichten, um für Leute wie sie zu kämpfen; wer würde den Stab übernehmen, wer ihr zurückgeben, was sie gegeben hatte?

Um die Samstage von früher zurückzuholen, den gemeinsamen Abstieg ins Dunkelzimmer, brauchte es anscheinend einen Unfall, etwas Unvorhergesehenes, das uns die Treppe hinunterbeförderte. War es am Anfang ein Stromausfall gewesen, ohne den wir vielleicht nie hierhergekommen wären, so musste Jahre später ein weiterer Kurzschluss herhalten, wenn auch von ganz anderer Art. Jener Samstag hat bis heute Spuren hinterlassen: Wenn wir uns an den Wänden entlangtasten, stoßen wir auf herausgerissene Krampen, an einigen Stellen fehlen Paneele, sind Bretter schlecht vernietet. An jenem Samstag waren wir alle im Erdgeschoss und wagten uns nicht nach unten, obwohl die Mitte des Zimmers an Wochentagen immer mehr Zulauf fand, aber wir waren noch unfähig, diesen Schritt zu gehen. So tummelten wir uns alle auf den Sofas und mehreren Stühlen, es war spät geworden, und wir hatten einiges getrunken und geraucht, da ging auf einmal die Tür auf, und Víctor platzte herein, Susanas Mann, der bereits ihr Ex-Mann war, was wir allerdings nicht wussten. Wo ist sie?, fragte er, kaum dass er den Raum betreten hatte. Wir alle verstummten, eingefroren im letzten Lachen, wenige von uns kannten ihn, er wirkte ziemlich außer sich. Wo ist sie?, wiederholte er und zuckte dabei mit dem Kopf hin und her, weniger, um sich nach ihr umzusehen, als um die Frage in alle Richtungen zu verteilen. Da keine Antwort kam, gab er eine zusätzliche Information: Susana, wo ist Susana? Er packte das Geländer, deutete nach unten, wir hatten noch keine Zeit gehabt, seine erste Frage zu beantworten, und er stellte uns schon die nächste: Sie ist da unten, stimmt's? Jemand versuchte, einen Satz herauszubringen, aber er stürmte schon die Treppe hinunter und wiederholte dabei, was keine Frage mehr war, sondern eine überzeugte Aussage: Sie ist da unten, sie ist da unten. Wir sahen uns verständnislos an, zuckten reihum mit den Schultern und begriffen erst, was da los war, als wir den Lärm hörten. Wir liefen ihm hinterher, stolperten auf der engen Treppe übereinander, stellten in unserer Unbeholfenheit fest, dass wir betrunkener waren, als wir gedacht hatten. Wir fanden den äußeren Vorhang von der Stange gerissen, die Tür offen, den zweiten Vorhang ebenfalls am Boden. Als wir die Köpfe hineinsteckten, konnten wir in dem spärlichen Licht, das in der gierigen Dunkelheit versickerte, einen Schatten erahnen, vermutlich Víctor, der sich damit abmühte, ein Paneel von der Wand zu reißen. Wir drängten uns an der Tür und verdeckten dabei mit unseren Körpern die Helligkeit, die aus dem Korridor nach innen fiel, sodass wir nichts mehr sehen konnten und nur hörten, wie das Isolierband riss, dann knirschten die Krampen und Nägel, als kräftig an den Leisten gezerrt wurde. Schließlich gelang es ihm, das Lüftungsfenster oben an der Wand freizulegen, und nun drang der gelbliche, abgehackte Lichtstrahl einer Straßenlaterne herein, genug, um seine Umrisse zu erkennen, er warf gerade ein Sofa um und bedachte es mit Fußtritten. Wir stießen die klemmende Tür weiter auf und gingen rein, jemand stürzte sich auf ihn, riss ihm eine Latte aus der Hand und klemmte sie schleunigst wieder vor das Fensterchen, wie um eine Wunde zu verschließen, durch die die Dunkelheit abfloss, aber dadurch verloren wir Víctor aus den Augen, der weiter Paneele herausriss, das Knirschen, wenn sie sich lösten, vermischte sich mit seinen lauten Flüchen. Als wir alle drinnen waren, tasteten wir den Raum nach ihm ab, packten uns aber gegenseitig, ohne sicher sein zu können, um wen es sich handelte und ob unser Gegenüber sich loszureißen versuchte, um noch mehr kaputt zu machen, oder eigentlich selbst nur dabei war, uns festzuhalten, Opfer desselben Durcheinanders. Wir stolperten und fielen hin, und inmitten des Geschreis hörten wir das Krachen weiteren Abdichtungsmaterials, das herausgerissen wurde, das Brett löste sich erneut von dem Fensterchen, und jetzt konnten wir einander halbwegs sehen, aber ohne die Gesichter zu erkennen, wir stießen und wurden gestoßen, weitere Paneele brachen aus ihrer Verankerung, aber wir wussten nicht mehr, ob die Zerstörung Absicht war oder nur dadurch zustande kam, dass wir alle durcheinanderirrten und den Einzigen aufzuhalten versuchten, der tatsächlich alles kaputt machen wollte, während ein zufälliger Betrachter uns wohl für einen Mob gehalten hätte, der danach trachtete, sämtliche Wände einzureißen. Auf einmal traf dich eine verirrte Hand im Gesicht, und du schlugst zurück, ohne sicher zu sein, wen du treffen würdest; von hinten kam ein Stoß, und du gabst ihn nach vorne weiter, am Boden fiel jemand auf dich, und du wälztest dich herum, um ihn abzuschütteln, aber dadurch kam lediglich noch jemand zu Fall, du packtest einen Schemen, den du für Víctor hieltst, bis ein anderer wiederum dich packte, jemand jaulte auf, weil ihm auf die Hand getreten wurde, du bekamst einen Schlag ins Gesicht und stießest als Antwort blindlings den Arm nach vorne. Niemand war nüchtern genug, um zu rufen, dass wir alle mal kurz aufhören sollten, der Tumult war sozusagen die Kehrseite der Male, bei denen wir vor Jahren herumgekullert waren und uns aufeinandergeworfen hatten: Auch jetzt war das Dunkelzimmer ein Wirrwarr sich reibender, stöhnender Körper, aber ganz anders als damals. Ein Ellbogen traf dich, du verlorst das Gleichgewicht und fielst über einen anderen Körper, der schon am Boden lag, tratst ohne nachzudenken nach demjenigen, der dir den Ellbogenschlag verpasst hatte, auf einmal entdecktest du eine Wut in dir, die sich Jahr um Jahr aufgestaut hatte, Schicht um Schicht, die Lust, etwas kaputt zu machen, zu schreien, zu prügeln, herauszureißen, zu zerquetschen, all die Energie entlud sich jetzt in einem sinnlosen Aufruhr, mit dem wir uns abreagieren konnten, als Ersatz für die stürmischen Begegnungen, die wir hinter uns gelassen hatten. Bis dich eine Welle gegen ein umgekipptes Sofa warf und du dort liegen bliebst: Du verzichtetest darauf, dich hochzurappeln, deine Nase schmerzte von dem Ellbogenschlag, bei einer der vorangegangenen Rangeleien waren dir mehrere Hemdknöpfe abgeplatzt, du hattest einen Schuh verloren, jetzt spürtest du etwas Feuchtes unter der Nase, und als du mit der Zunge darüber fuhrst, schmeckte es nach Blut, in deinen Schläfen pochte ein Druck wie die Vorankündigung des nächsten Katers, weil du so viel getrunken hattest. Und nicht nur du: Auch wir anderen schienen zur Ruhe zu kommen, ein jeder an der Stelle, an der wir zum letzten Mal hingefallen waren. Víctor musste sich davongemacht haben, oder auch er war einer von uns Schatten, die da am Boden vor sich hin keuchten, sich beklagten und fluchten, ein paar lachten in sich hinein, während sie versuchten, eine Schadensbilanz zu ziehen, jeder griff sich an irgendeine Stelle, an einen Kratzer, die Hand, auf die jemand getreten war, oder den Arm, mit dem er sich beim Sturz schlecht abgefangen hatte, an sein Gesicht, das einen Schlag abbekommen hatte, und dabei hörten wir uns atmen. Durch das Fensterchen, das freigelegt blieb, und die Tür ohne Vorhänge glitt ein bleicher Nebel, der uns Form gab, ohne uns festzulegen, gesichtslos, in einem Kreis ganz ähnlich dem, in dem wir hier heute sitzen, an die Wände und umgestürzten Sofas gelehnt, wie eine Versammlung um ein Feuer, dessen letzte Glut heruntergebrannt ist. Du wandtest den Kopf der Person zu deiner Linken zu, nahmst ihre symmetrische Bewegung wahr, ihr wechseltet Blicke, ohne euch ganz sehen zu können, du strecktest die Hand aus und berührtest das Gesicht, um ein weiteres Mal den Sehsinn zu ersetzen, dein Gegenüber tat es dir gleich, und für ein paar Sekunden fuhrt ihr eure Züge mit den Fingern ab, wie ihr es immer getan hattet. Die andere Person fasste dir an die Nase, und bei der Berührung entfuhr dir ein Ächzen; du strichst ihr über das verschwitzte Haar, und ohne zu wissen, wer da wen an sich zog, ob jemand angefangen hatte oder beide gleichzeitig begonnen hatten, ließt ihr der Anziehung freien Lauf: plötzlich das Gesicht so nah an deinem, der heiße Atem in deiner Nase, der Druck der Hände an deinem Nacken, was konntet ihr anderes tun als euch mit derselben Heftigkeit beißen, mit der ihr eine Minute zuvor aufeinander eingeschlagen hattet: Blut mischte sich mit Speichel, die Zungen schoben sich ineinander, die Zähne stießen zusammen, ihr packtet euch an den Köpfen, um nicht auseinandergerissen zu werden, du ließest dich nach hinten sinken, sodass die andere Person auf dich fiel, ihr schobt euch die Hände unters T-Shirt, und in dem Moment, als ihr an den Hosen zu ziehen begannt, drehtest du den Kopf und stelltest fest, dass ihr nicht die Einzigen wart, eine Welle des Begehrens hatte das Zimmer überspült wie eine Replik der vorangegangenen Prügelei. Im Halbdunkel sah es für dich so aus, als wären wir alle ein weiteres Mal ineinander verkeilt, aber jetzt ging der Kampf darum, uns die Kleidung herunterzureißen, in den Atemzügen war wieder die Erregung zu spüren, Stöße und Schubser verursachten keine Schmerzen mehr, unsere Stöhnlaute vermischten sich, und das Dunkelzimmer drehte sich ein weiteres Mal, wir waren wieder da.

Aber geben wir es zu, Silvia hatte recht. Zumindest in diesem Punkt hatte sie recht. Das Dunkelzimmer war zu einem Loch geworden, in dem wir uns verstecken konnten, einem Ort, an dem wir für ein paar Stunden Zuflucht fanden. Sie hörte nicht auf, uns daran zu erinnern, denn obwohl einige von uns all ihren Einladungen folgten, ihre Mails weiterleiteten, an jeder Aktion teilnahmen, die sie uns vorschlug, ob es nun darum ging, eine Bankfiliale zu besetzen oder den Bullen einen heißen Empfang zu bereiten, wenn sie sich im Viertel blicken ließen, es war nie genug, irgendeinem Anlass blieben wir doch fern, und dann erschien immer das Dunkelzimmer als der Schuldige: Wie an jenem Samstag, als sie frühabends herkam und uns wütend vorwarf, nicht zur Zwangsräumung einer Familie erschienen zu sein, die vor ein paar Tagen aus der Wohnung geflogen war, weil zu wenige dem Ansturm der Polizei standgehalten hatten. Silvia wollte nichts von unseren Ausreden wissen, der Arbeit, dem Arztbesuch, den Terminen, die sich nicht hatten verschieben lassen; nichts war dringlicher als diese Familie, hätte nur noch gefehlt, dass sie die armen Leute mit ins Lokal gebracht hätte, damit wir uns mies fühlten beim herzzerreißenden Anblick einer alleinerziehenden Mutter und ihrer zwei Kinder, die alles verloren hatten, während wir in unserem Loch glücklich vögelten. Die Welt brach zusammen, während wir glücklich vögelten, arme Teufel wurden mitsamt ihren Möbeln und ihren Erinnerungen über Balkongeländer geworfen, während wir glücklich vögelten, Kranke warteten auf Testergebnisse und starben auf den Korridoren von Krankenhäusern, während wir glücklich vögelten, Eltern standen mit ihren Kindern Schlange bei der Essensausgabe, während wir glücklich vögelten, Bankiers und ihre Politiker stopften sich die Taschen voll, während wir glücklich vögelten, sie selbst konnte ihre Miete in diesem Monat nicht bezahlen, weil ihr wegen einer Geldbuße das halbe Arbeitslosengeld vom Konto gepfändet worden war, während wir glücklich vögelten; und so zählte sie die Anklagepunkte auf, bis wir die Strafe annahmen, die uns dafür gebührte: Wir legten alle zusammen, damit sie ihr Zimmer bezahlen konnte, für diesen Monat und den darauffolgenden; und wir akzeptierten ohne Widerspruch ihre Forderung nach einem weiteren Tag, dem Dienstag, an dem sie sich mit Jesús und dem Rest ihrer Gruppe in unserem Lokal treffen konnte, ohne dass wir im Weg wären.

Wir taten das, weil sie recht hatte, wir geben das gerne zu, obwohl wir nicht wissen, ob es vielleicht anders gelaufen wäre, wenn wir keinen solchen Zufluchtsort gehabt hätten: Sicher hätten wir andere Verstecke gefunden, jeder gräbt sich sein Loch, wie und wo er kann, und unseres war eben dieses. Ab morgen werden wir uns ein anderes suchen müssen; das Dunkelzimmer zu verlieren wird uns nicht kämpferischer oder widerständiger machen, wie Silvia wollte, sondern uns antreiben, einen anderen Bau zu finden, und wer weiß, ob wir nicht früher oder später ein anderes Dunkelzimmer einrichten, weil es uns schwerfällt, uns das Leben von nun an vorzustellen: Was wird Sonia tun, um eine ganze Woche durchzuhalten, wenn sie schon das Aufwachen am Montagmorgen plättet; wo wird Andrés unterkommen, wenn sein Sohn mal wieder sagt, dass er heute nicht zu ihm will; woher wird Olga die Energie nehmen, um jeden Morgen in die Schule zu gehen; wie wird Lola die Regung beherrschen, ihren Vater aus demselben Fenster zu stoßen, aus dem er spuckt und Müll wirft und Schuhe, Bücher, Flaschen und sein Leben; wo wird Pablo sich verstecken; wo María ihren Ekel lassen; wo werden wir alle ab morgen unterschlüpfen, was soll aus uns werden, nicht morgen, sondern in einer Stunde, in einigen Minuten, wenn sie uns holen kommen.

Wo wird Pablo unterkommen, der als einer der Ersten das Dunkelzimmer als Versteck gesehen hat, ja, als genau das: einen Ort, um nicht gefunden zu werden. Er hatte sich in eine andere Filiale versetzen lassen, weil er den Druck der

Kunden nicht mehr aushielt, die jede Woche vor dem Eingang demonstrierten und ihn und die restlichen Mitarbeiter zwangen zu warten, bis die Polizei ihnen einen Korridor freischaufelte und sie hinaus auf die Straße konnten. Im Inneren des Gebäudes vertraute er auf den Sicherheitsdienst, der die Leute bändigte, die unvermittelt aus der Warteschlange ausscherten und in sein Büro liefen und ihn anbrüllten und die Unterlagen von seinem Tisch auf den Boden wischten. Nach der Versetzung beklagte er sich nicht einmal darüber, dass er nun auf den kurzen Fußweg zur Arbeit verzichten und morgens mit dem Auto fahren musste: Wenigstens fühlte er sich jetzt sicherer, und obwohl es auch in der neuen Filiale aggressive Kunden gab, hatte die Feindseligkeit dort keinen konkreten Adressaten, zumindest richtete sie sich nicht gegen ihn, den sie nicht kannten und der ihnen nichts verkauft hatte. Die Versetzung bewahrte ihn allerdings nicht davor, an der Haustür oder im Aufzug dem Ehepaar von nebenan zu begegnen, das er ebenfalls dazu überredet hatte, in riskante Anlageprodukte zu investieren, aber die beiden beschränkten sich wenigstens darauf, ihm verächtliche Blicke zuzuwerfen. Es reichte ihm schon, dass er einige Geschäfte im Viertel nicht mehr aufsuchen konnte, weil er sich sonst die Vorwürfe der Inhaber hätte anhören müssen. Außerdem wohnte er, auch wenn er nicht mehr in derselben Filiale arbeitete, doch weiterhin in ihrer Nähe und sah sich daher unerfreulichen Begegnungen ausgesetzt, etwa der mit einem alten Mann, der ihn ohne ein Wort am Hals packte und gegen ein Auto stieß. Ich will mein Geld zurück, du Dreckskerl, schrie der Alte, während er ihn mit einer Kraft, die nicht zu seinem

Alter und Aussehen passte, am Hals gepackt hielt. Ein anderes Mal war ein etwas jüngerer Mann, ohne ihn mit irgendwelchen Vorwürfen zu konfrontieren, von hinten an ihn herangetreten und hatte ihm, ehe er sich auch nur umdrehen konnte, einen Fausthieb versetzt, dass er zu Boden ging. Dann war der Angreifer davongelaufen, während er auf dem Gehsteig saß und Blut spuckte. Er ging davon aus, dass das ein wütender Kunde gewesen war, aber es konnte sich auch um einen Gestörten gehandelt haben oder um ein Missverständnis, vielleicht hatte ihn ein eifersüchtiger Ehemann mit jemandem verwechselt, egal: Er steckte den Fausthieb ein, als hätte er ihn verdient, und zeigte den Angreifer auch nicht an, was, wie er glaubte, alles nur schlimmer gemacht hätte, seiner Frau erklärte er die geschwollene Lippe mit einem Sturz. In den Tagen nach der Attacke spürte er, dass ein Zahn, einer der unteren Schneidezähne, sich leicht verschob, wenn er mit der Zunge daran stieß, eine Nachwirkung des Schlags. Er nahm es nicht so wichtig, die Bewegung war fast unmerklich; einige Tage lang war er beim Kauen extra vorsichtig und schob den Besuch bei seinem Zahnarzt immer weiter hinaus, vor allem, weil auch der ihm vorwarf, ihn hereingelegt zu haben, und er ihm seither aus dem Weg ging. Nach und nach wurde der Zahn immer lockerer: Wenn er ihn mit dem Finger berührte, wackelte er spürbar, und das Zahnfleisch blutete. Den metallischen Geschmack nahm er zum ersten Mal wahr, als er sich gerade im Dunkelzimmer aufhielt. Nach einer Zeit der Abwesenheit war er wieder zurückgekehrt. Er kam zweimal pro Woche, manchmal häufiger, wenn er abends die Filiale verließ. Dann parkte er vor seinem Haus, doch anstatt nach oben zu gehen, schlenderte er hierher und verbrachte eine halbe Stunde im Dunkeln. Es war der einzige Ort, an dem er zur Ruhe kam, sicher vor wütenden Kunden, vor denen er nur herumstotterte, unfähig, ihnen deutlich zu machen, dass es nicht seine Schuld war, dass die Verantwortlichen weiter oben saßen, auch er fühlte sich doch betrogen, missbraucht. Also setzte er sich an eine der Seitenwände, lockerte seine Krawatte, atmete mehrmals durch, bei jedem Einziehen und Ausstoßen der Luft langsamer werdend, und spielte, ohne es zu merken, mit dem Wackelzahn, den er mit der Zungenspitze hin- und herschob, bis er das warme Blut schmecken konnte. Er hätte sich einen anderen Zahnarzt suchen können, was er aber nicht tat, stattdessen schien er den Schaden als eine verdiente Strafe anzunehmen. Am Ende ließ er sich ein weiteres Mal versetzen, als er von einer freien Stelle in der Zentrale erfuhr, die zu seinem Profil passte. Wie er glaubte, würden ihn die Leute irgendwann in jeder Zweigstelle finden, so abgelegen sie auch sein mochte, und er würde sich immer entschuldigen und ihnen versprechen, dass alles in Ordnung käme, bald würden sie ihr ganzes Geld zurückbekommen, oder fast, und während er ihre Vorwürfe über sich ergehen ließ, schob er mit der Zunge den Zahn hin und her, in einem immer größeren Radius. Bis er an einem Abend, als er hier unten lag, mit schlaffem Körper und abgeschaltetem Hirn, so kräftig daran herumspielte, dass er ihn aus dem Zahnfleisch löste. Er spürte ihn auf der Zunge, und seine erste angewiderte Reaktion bestand darin, ihn auszuspucken: Er wollte den Zahn einfach los sein und versuchte nicht einmal, ihn wiederzufinden, wozu auch. Er fuhr sich mit der Zunge über das blutende Zahnfleisch und spürte, dass er jetzt endlich einen Preis bezahlt hatte und dass er diesen Verlust verdiente. Vielleicht würden wir, wenn wir jetzt den Boden abtasteten, den Zahn dort finden, wie einen Kiesel unter Wasser.

Und María, wo wird María ab morgen unterkommen, um den Ekel ertragen zu können, der ihr durch die Kehle fährt wie eine Kugel aus nassen Haaren, die langsam in Richtung Magen rutscht und in der gesamten Speiseröhre eine klebrig-haarige Spur hinterlässt, und dann wandert sie mit Magensäften getränkt durch die Eingeweide, bis sie den Schließmuskel erreicht, wo es schwerfällt, sie loszuwerden, in Scheiße gewälzt. So war ihr Ekel, sie wurde davon ganz krank und musste an gewaltige Knäuel aus schmutzigen Haaren denken, die sich ihr in den Mund schoben, und dann musste sie diese weiche Masse kauen, die ihr zwischen den Zähnen hing. Der Ekel, der sie am ersten Morgen schüttelte, als sie nach all den Jahren wieder den Friseursalon betrat, als sie die Hände auf einen Kopf legte, der seit mehreren Tagen kein Shampoo gesehen hatte, die Haare starr und verklumpt, rasch ließ sie das Wasser darüberlaufen, ohne zu warten, bis es warm wurde, die Dame beschwerte sich sogleich. Wie konnte das so ekelhaft sein, wenn sie doch, als sie jünger war, vier Jahre in einem Friseursalon verbracht hatte, da hatte sie acht Stunden am Tag in Schöpfe gegriffen, Haare von der Bürste gezogen, sie zusammengefegt und auf dem Kehrblech zu einem schwerelosen Haufen aufgeschüttet, und damals war ihr das nie zuwider gewesen, sie hatte es gar nicht gesehen, weder im Friseursalon noch bei sich zu Hause, wo ihr die Haare jetzt auffallen, sobald sie das Badezimmer betritt, Haare, die eingerollt im Abfluss des Waschbeckens liegen oder lang gestreckt an den Wänden der Badewanne kleben, Haare auf dem Kissen oder am Mantel, und auch wenn es ihre eigenen sind, lösen sie in ihr Ekel aus, und ihr Mund wird trocken, sooft sie ihn sich voller Haare vorstellt, die man unmöglich schlucken kann. Sie findet keine Erklärung, auch nicht darin, dass sie schon so viele Jahre lang nicht mehr im Friseursalon gearbeitet hat, eine Zeit, in der sie ganz sicher gewesen war, dass sie nie wieder dorthin zurückkehren würde; bevor die Firma ihres Vaters zumachen musste, hatte sie ihm als Sachbearbeiterin geholfen, sich dann mit allen möglichen Jobs über Wasser gehalten, mit Zeitverträgen über einige Monate und Phasen der Arbeitslosigkeit dazwischen, in den letzten Jahren hatte sie versucht, eine Staatsprüfung abzulegen, bei der sie jedoch zweimal durchgefallen war, die einschlägigen Stellen wurden gar nicht mehr ausgeschrieben. Nach der Rückkehr von ihrer Kreuzfahrt und der Trennung von Raúl mietete sie mit Unterstützung ihres Vaters ein kleines Apartment und schickte monatelang Bewerbungen herum, bis sie schließlich akzeptierte, dass ihr einziger anerkannter Abschluss die zwei Jahre auf der Friseurschule waren und die einzige Berufserfahrung, die ihr heute noch dabei helfen würde, Arbeit zu finden, die vier Jahre, in denen sie dem halben Viertel die Haare geschnitten hatte. Also wandte sie sich an eine Freundin, eine Kollegin von damals, die es geschafft hatte, ihren eigenen Laden aufzuziehen, dabei allerdings so niedrige Löhne zahlen musste, dass ihre Angestellten nur bei ihr blieben, bis sie etwas anderes gefunden hatten, ein Karussell, auf dem für María alsbald eine Lücke frei wurde, sodass sie wieder zu Kamm und Schere greifen konnte, nicht ohne ihrer Ex-Kollegin und künftigen Chefin vorgeführt zu haben, dass sie nach all den Jahren noch immer ihr Handwerk verstand. Trotzdem musste sie noch mal von null anfangen, Köpfe waschen und Hilfsdienste für die anderen Friseurinnen übernehmen, die viel jünger waren als sie, musste auffrischen, was sie wegen mangelnder Übung vergessen hatte, und das für einen Halbtagslohn, den Rest des Tages auf Trinkgeld angewiesen. Vom ersten Tag an begegnete sie dem Ekel, den sie nie zuvor empfunden hatte und der sie nun plötzlich lähmte, als sie sich dem ersten Kopf näherte. Sie murmelte etwas von einer Allergie und bat ihre Ex-Kollegin und jetzige Chefin darum, Handschuhe benutzen zu dürfen, aber die lehnte lächelnd ab: Handschuhe, nein, was sollen die Kundinnen denken, da fallen einem doch ansteckende Krankheiten ein. Weißt du, du hast einfach empfindliche Hände nach all der Zeit, aber du wirst schon sehen, die gewöhnen sich bald wieder dran. So fristet sie nun ihre Tage, auf der Zunge den Geschmack von schmutzigen Haaren, nassen Haaren, shampoonierten Haaren, gefärbten Haaren, Haaren in allen Farben und Längen, an denen sie täglich herumwerkeln muss und die sie hinterher an der Kleidung findet, am Sessel, im verstopften Filter der Waschmaschine, im Essen, das sie angewidert beäugt, bevor sie einen Bissen zu sich nimmt, es könnte ja eines in den Topf gefallen sein. Sie erträgt das alles, weil es noch schlimmer kommen könnte: Wenn der Friseursalon ihrer Freundin nicht wäre, dann würde sie jetzt Hausbesuche machen, Köpfe in fremden Badezimmern waschen oder, noch schlimmer: in ihrer eigenen Wohnung Damen empfangen, deren Haare überall herumschweben würden. Und am Ende des Tages ist der einzige Ort, wo man davor gefeit ist, ein Haar zu sehen, hier im Dunkelzimmer, in das sie an vielen Abenden kommt, sobald sie den Friseursalon verlässt: Sie setzt sich an eine Seitenwand, atmet kräftig durch und entspannt ihren Körper, und dann löst sie sich dermaßen auf, dass sie nicht einmal an die Tausenden von Haaren denkt, die es hier drinnen geben muss, an Teppichen und Matratzen, an den Paneelen, zwischen Wollmäusen in den Ecken; Haare, die außerdem vom ganzen Körper stammen, nicht nur vom Kopf, aber hier ist sie in der Lage, das zu vergessen und sich gehen zu lassen und den Ekel abzustreifen, bevor sie nach Hause zurückkehrt. Wo soll sie diesen Ekel ab morgen loswerden?

Eines Abends hast du dann geschrien. Du hast die Stille durchbrochen, du kannst sagen, dass das keine Absicht war: Du hast einfach den Mund aufgemacht, und der Schrei hat sich nach draußen ergossen, ist explodiert. Wer war der Erste, der geschrien hat, was spielt das für eine Rolle. Vielleicht war es Olga, die diesen Aufschrei losgelassen hat, den sie den ganzen Tag zwischen den Zähnen zurückgehalten hatte, um ihn nicht den Kindern entgegenzuschleudern, wenn es in der Klasse zu laut wurde, oder den Eltern, die zu viel redeten, oder den Kollegen im Lehrerzimmer, die den Mund nur aufbekamen, um die immer gleichen Beschwerden vorzubringen, aber nie bei einem Streik mitmachten. Vielleicht war es Sergio, der keine weitere Minute der Stille ertrug, nachdem er den ganzen Tag hatte schweigen müssen: Zum Glück bekam er von dem Verlag, der ihn entlassen hatte, noch immer Aufträge, ein, zwei Artikel pro Woche, dazu ein paar Texte für digitale Medien, manchmal auch unbezahlt, aber er brauchte sie, um für potenzielle Kunden sichtbar zu bleiben. Olga hatte er erzählt, sie hätten ihm nur einen anderen Vertrag angeboten, er sei jetzt freier Mitarbeiter, aber die Konditionen seien gut, und er habe weiter seinen Schreibtisch in der Redaktion. Aber die Monate vergingen, und der Kontozähler lief weiter rückwärts, und jeden Morgen, wenn er die Kleine im Kindergarten abgeliefert hatte, dessen Monatsgebühr mehr als die Hälfte von dem betrug, was er für seine Artikel bekam, richtete er sich in der Stadtteilbibliothek ein. Das war sein neues Büro, ein langer Tisch, den er sich mit Studenten teilte, die seine Kinder sein könnten, Jugendliche, die tuschelten und lachten und einander begehrten mit einer glücklichen Ausstrahlung, die Sergio widerlich fand, und dann überkam ihn der Drang, die Stille zu durchbrechen, zu der die Schilder an den Wänden aufforderten, er wollte schreien, sie alle anschreien, sie lauthals aufwecken, sich auf den Tisch stellen und ihre Aufmerksamkeit verlangen, um dann loszureden, um ihnen sein Leben zu erzählen, von der Zeit an, da er wie sie ein glücklicher Student gewesen war, bis heute, da er mit fast vierzig Jahren schlecht bezahlte Artikel schrieb, in einer öffentlichen Bibliothek, die nach Schweiß und Heizungsluft roch. Vielleicht war es auch Andrés, der damals losschrie, aus dem Bedürfnis heraus, alles auszuspeien, was er im Alltag unterdrückte, sooft er der Mutter seines Sohnes begegnete, die er nicht anschrie, um nicht wieder zum Jugendamt zu müssen; auch den Jungen selbst nicht, obwohl er an einigen Nachmittagen Mühe hatte, das Lächeln aufzubehalten und ihm nicht wie einem Unbekannten in der Kneipe zu erzählen, was in den letzten Jahren aus seinem Leben geworden war. Was spielt es für eine Rolle, wer angefangen hat, es könnten alle gleichzeitig gewesen sein, jedenfalls nahmen wir wie selbstverständlich hin, dass der Pakt des Schweigens gebrochen wurde, rissen die Münder auf und stimmten in das Schreien mit ein. Die Schallschutzpaneele warfen die Laute in alle Richtungen zurück, wie viele waren wir, zwei, zehn, alle, betäubt von unserer eigenen vervielfältigten Stimme, als würde der Schrei sich vom Mund aus bis zu den Ohren schlängeln und dann eintauchen, um das Gehör zu durchstoßen, eine Abkürzung bis zur Kehle nehmen und durch den Mund wieder nach außen dringen, ein zirkulärer, unerschöpflicher Aufschrei, der ein Eigenleben zu haben und sich schwebend in der Dunkelheit auszubreiten schien, bis er uns gegen die Wände presste. Dann hast du geschwiegen, und der Schrei hielt an, vielleicht haben wir alle den Mund zugeklappt, aber das war noch nicht das Ende, sein ersterbendes Echo schlug noch einige Male gegen die verschiedenen Ecken, bis er schließlich in der Mitte des Zimmers zusammenbrach, nur noch ein erleichtertes Hecheln.

REC

Alles an ihm deutet auf Feierabend hin: der Bartschatten, die dicke Brille, ein älteres Modell, das er bestimmt durch Kontaktlinsen ersetzt, wenn er aus dem Haus geht, so wie er draußen auch Anzug und Krawatte trägt, die jetzt einem Sweatshirt gewichen sind; das ausgetrocknete Gel, das die eine oder andere krause Haarsträhne abstehen lässt.

Es ist eine Nahaufnahme. Er hat sich über das Tablet gebeugt, um etwas einzutippen, er muss das Gerät irgendwo aufgestützt haben, sodass wir sein Bild aus der Froschperspektive sehen, es zeigt uns das weiche Kinn, den grau melierten Schnauzbart, die eingefallenen Wangen, als er den Kopf hebt. Sein Finger nähert sich dem Touchscreen, er beißt sich auf die Unterlippe, als er nicht gleich die richtige Taste findet. Hinter ihm ist die obere Hälfte eines Metallregals zu sehen, darin mehrere Ordner, von A–Z aufgereiht.

Sein Handy klingelt, eine schrille Musik. Er hält sich das Telefon ans Ohr und richtet sich auf: Sein Gesicht löst sich vom Bildschirm, der Hals und die Schultern verschwinden, am unteren Ende wird das Kinn abgeschnitten, oben reicht der Ausschnitt bis zur Decke. Er begrüßt sein Gegenüber verhalten, von der Störung genervt, antwortet einsilbig und lustlos und beugt sich dabei immer wieder über das Tablet, um etwas einzugeben, schon bald büßen seine Antworten die Vokale ein, und er beschränkt sich darauf, ein kehliges Grunzen von sich zu geben, er hört mehr zu, als zu sprechen. Und dann führt er sich einen Finger an die Nase. Er schiebt ihn in die rechte Nasenhöhle, wühlt darin und zieht ihn nach getaner Arbeit wieder heraus, betrachtet sein Fundstück, während er weitere Zustimmung grummelt, und führt es schließlich zum Mund: Er legt es sich langsam auf die Zunge, schließt die Lippen und leckt den Finger ab, um ihn dann sauber wieder herauszuziehen. Anschließend wiederholt er den Vorgang. Mit einer Hand hält er das Telefon ans Ohr, mit der anderen bohrt er in der Nase: Der Finger pult in derselben Öffnung, und als er ihn herauszieht, schimmert die Fingerkuppe einen Moment lang, bis er sie zum Mund führt, von wo er ohne Eile zum Nasenloch zurückkehrt, in dem er jetzt noch eingehender bohrt. Er beäugt den Finger von Nahem, begutachtet das Fundstück und schickt ihn dann unzufrieden zurück auf die Suche, was sich noch ein drittes Mal wiederholt, bis er den erhaltenen Rotz für gut befindet, einen gelblichen Popel auf der Spitze des Nagels, den er langsam verschlingt.

Das Telefonat dauert vier, fünf Minuten, und in dieser Zeit holt er alles ans Licht, was sich in beiden Nasenhöhlen befindet, anfangs flüssigen, glänzenden Rotz, später harte, trockene Popel, von den Innenwänden der Nase gekratzt, die sich dabei verformt; er schluckt sie alle herunter, einen nach dem anderen, ohne auf das Gespräch zu achten, das ihn offenbar nicht interessiert, bis der Finger schließlich nichts mehr zu fassen bekommt, das die Mühe lohnen würde, und da wechselt er seine Herangehensweise: Er drückt von außen auf den rechten Nasenflügel, um ihn abzuschließen, und atmet kräftig aus, damit aus dem freien Nasenloch ein neuer Schleimpfropfen gepresst wird, von weiter drin, grünlicher, er nimmt ihn mit dem Finger auf, reibt ihn zwischen Zeigefinger und Daumen, mit der Vorsicht eines Winzers, der eine Traube kostet, und legt ihn sich dann auf die Zunge, wo er ihn ein paar Sekunden lang belässt, den Mund halb geöffnet, um dann die Lippen zu schließen, am Finger zu saugen und zu schlucken.

Er beendet das Telefonat und leckt, nachdem er das Handy weggelegt hat, noch einmal an seinem Finger, danach wischt er ihn sich an der anderen Handfläche ab, um anschließend wieder auf dem Bildschirm des Tablets herumzutippen.

Sechs

Sie werden jeden Moment da sein. Wir wissen nicht, ob sie erst klopfen oder ob sie gleich die Tür aufbrechen werden, in jedem Fall werden wir nicht hochgehen, um aufzumachen. Alles, was dann kommt, können wir uns schon vorstellen: die Stiefel, die über die Stufen poltern, den ruckartig aufgerissenen Vorhang, das Lichtgewitter. Wir alle malen uns das so aus, als genaue Wiederholung jenes Samstags, an dem wir von ihrem Kommen überrascht, ja erschreckt wurden. An dem Abend waren wir fast alle im Dunkelzimmer, es war ein ruhiger Samstag, wir wälzten uns nicht miteinander am Boden, sondern verteilten uns weitläufig im Raum. Es war spät geworden, wir waren kurz davor, die Segel zu streichen, einige liebkosten sich noch, aber die meisten von uns lagen an einer der Seitenwände oder auf einem Sofa, zogen den Augenblick des Abschieds in die Länge, zögerten, ob sie sich zu einer zweiten Runde aufraffen oder lieber aufbrechen sollten, zu allem Überfluss auch noch träge, ohne Saft und Kraft. Als uns plötzlich die Stimmen zusammenzucken ließen, die von außen hereindrangen, gedämpft durch die Isolierung, aber immer näher kommend, erkannten wir die derjenigen, die schon draußen waren, die das Zimmer verlassen hatten, um zu gehen oder um eine zu rauchen und dann wieder hereinzukommen, wir hörten sie jetzt lauter, vermischt mit anderen nicht identifizierten Stimmen aus immer größerer

Nähe. Erstarrt in der zuletzt eingenommenen Haltung, richteten wir all unsere Energie auf das Hören, ausgerichtet auf die Abfolge von Geräuschen, die wir nun in jedem Moment erwarteten, exakt die gleichen: schwere Stiefel auf der Treppe, das Knirschen der Ringe, als der Vorhang aufgerissen wurde, und auf einmal der grelle Blitz einer Taschenlampe, zweier Taschenlampen, das Dunkelzimmer zum ersten Mal durch zwei Lichtkanonen enthüllt, die hin und her zuckten, den gesamten Raum abfuhren und uns dort zeigten, wo wir waren: verteilt über Matratzen, Sofas und Teppiche, halb ausgezogen, mehrere noch ineinander verkeilt, weil ihnen keine Zeit blieb, auseinanderzufahren, allesamt unfähig, die Augen diesem Licht zu öffnen, das in der verdichteten Dunkelheit einem Messer gleich die Netzhaut durchbohrte. Wir verharrten noch einen Moment lang eingefroren, Statuen in einer seltsamen Anordnung, bevor wir eine gewisse Beweglichkeit zurückgewannen, uns von unseren jeweiligen Partnern lösten und mit schamhaften Händen unsere Blöße bedeckten, weiß angestrahlt durch die Taschenlampen, die durch den Raum fegten und auf jedem Körper verweilten, auf jedem Paar, immer für wenige Sekunden, bis eine Stimme an der Tür sagte: Meine Fresse, die haben ja eine saubere Orgie laufen. Eine andere, leisere Stimme fügte hinzu: Da sind wir wohl reingeplatzt, als es gerade am schönsten war, und eine dritte, festere, befahl: Alle aufstehen und raus auf den Gang, nichts anfassen, alles bleibt so, wie es ist, und halten Sie Ihre Hände jederzeit so, dass man sie sieht. Mühsam, die Augen halb geschlossen, erhoben wir uns, mit den langsamen Bewegungen von Tieren, die sich damit abgefunden haben, gleich verschlungen zu werden, wir halfen einander hoch, erkannten dabei unwillentlich diejenigen, die sich in unserer unmittelbaren Umgebung befanden und die uns noch vor wenigen Sekunden liebkost oder penetriert hatten, während sie jetzt ebenso verstört wirkten wie wir. Bedrängt von den Stimmen derer, die inzwischen ohne jede Rücksicht zwischen uns herumgingen, ließen wir unsere Kleidungsstücke auf dem Boden liegen und deckten unsere Nacktheit beim Verlassen des Raums nur mit den Händen zu, die eisige Luft fühlte sich völlig anders an als die Wärme im Inneren, und draußen auf dem Gang, im gelblichen Licht, das sich besser ertragen ließ als die Taschenlampen, erkannten wir die Uniformen der Männer, die neben der Tür die Schuhschachteln auskippten. Sie schoben uns die Treppe hoch, um uns mit denen zusammenzuführen, die oben geblieben waren und die wir nun mit den Gesichtern zur Wand fanden, die Hände erhoben, die Beine gespreizt, zwei Beamte tasteten sie ab und durchsuchten ihre Taschen. Weitere drei Polizisten rissen die Polster von den Sofas, öffneten Schubladen und leerten den Inhalt achtlos aus. Jemand von uns fragte, was eigentlich los sei, aber als Antwort kam nur die Anweisung zu schweigen, und so standen wir alle minutenlang da, während die Mäntel an der Garderobe in Augenschein genommen wurden, die Handtaschen und Rucksäcke, die auf einem Sofa lagen. Einer der Polizisten holte einen Laptop und zwei Tablets heraus und fragte, wem sie gehörten. Die Eigentümer gaben sich zu erkennen, und der Beamte forderte sie auf, mitzukommen. Ein anderer hatte sämtliche Handys auf den Tisch in der Mitte gelegt und begutachtete sie, wählte einige davon aus, die er in einen durchsichtigen Plastikbeutel steckte. Wir hörten eine Stimme von der Treppe her: Hier ist nix, stinkt nur nach Puff, dass du aus den Latschen kippst, was mit einigem Gelächter beantwortet wurde, bis derjenige, der offenbar das Sagen hatte, mit einem Psst für Ruhe sorgte. Er kam die Treppe hoch und forderte uns auf, mit unseren Personalausweisen der Reihe nach zu einem Polizisten zu gehen, der an dem Tisch Platz genommen hatte. Ein anderer zeigte seinem Vorgesetzten ein paar Haschischkügelchen, die er beim Durchsuchen der Mäntel gefunden hatte, der Einsatzleiter winkte nur ab. Danach wandte er sich an uns: Dieses ganze Material, den Computer, die Tablets und die Handys, nehmen wir mit aufs Revier, und die Eigentümer kommen mit. Aber jetzt will ich erst mal wissen: Was soll das da unten für ein Zimmer sein?

Plötzlich ging im Dunkelzimmer das Licht an, diesmal waren es keine grellen Taschenlampen. Es war ein bläuliches Licht, hell genug, um uns und die Ecken, in denen wir uns befanden, sichtbar werden zu lassen, wir saßen alle auf dem Boden, aber nicht so wie jetzt im Kreis, sondern in mehreren Reihen, der Lichtquelle zugewandt, wie im Kino, und um etwas Ähnliches handelte es sich auch: einen Bildschirm, der das Zimmer bestrahlte und uns in einen sanften Schimmer bannte. Es war Dienstagabend, drei Tage nach dem Besuch der Polizei, und wir waren hierher zurückgekehrt, weil wir es beim Verlassen des Reviers in jener Nacht so besprochen hatten. Sechs Stunden lang hatten wir auf einem Korridor neben dem Büro gesessen, in das wir der Reihe nach gerufen wurden. Beim Eintreten forderte ein Polizist uns auf, unsere Computer, Tablets oder Handys zu identifizieren, die alle auf dem Tisch lagen wie zum Verkauf, anschließend mussten wir ein paar Fragen beantworten und verschiedene Papiere unterschreiben, erhielten eine Quittung für das Gerät, das wir erst in einigen Tagen zurückbekommen würden, und durften dann gehen. Wir warteten vor dem Revier aufeinander, versammelten uns dort nach und nach, sobald wir freigelassen waren, und als wir unsere Erfahrungen austauschten, um zu begreifen, was da eigentlich lief, gelangten wir zu einem einzigen klaren Schluss: Wir mussten mit Silvia und Jesús sprechen. Die beiden zeigten sich überrascht, als sie uns am Dienstag entgegen unserer Vereinbarung hereinkommen sahen. Sie saßen mit vier anderen aus ihrer Gruppe da, vor sich ein paar Laptops, die sie auf der Stelle zuklappten, als sie uns hereinkommen sahen. Es genügte der Austausch weniger Sätze, eine kurze Zusammenfassung der Razzia. Wir verlangten eine Erklärung, was sie eigentlich da trieben, in was sie verwickelt seien, und drohten für den gegenteiligen Fall damit, aufs Revier zu gehen und noch einmal gründlich über die Antwort auf die Frage nachzudenken, ob außer uns noch andere Leute das Lokal nutzten. Da nahm Silvia einen der Computer und bat uns, ihr nach unten zu folgen. Heute wissen wir, dass ihre Entscheidung, uns dorthin zu bringen, keine Sicherheitsvorkehrung war, wie sie damals behauptete: Kommt mit, das erzähle ich euch besser unten, hier oben ist es nicht sicher, da kann jederzeit jemand reinkommen. Eher ging es ihr darum, sich die Überzeugungskraft zunutze zu machen, die dieses Zimmer ausstrahlt, in dem alles, was gesagt oder gedacht wird, anders klingt als bei Tageslicht, und deshalb klappte sie den Laptop auch zu, nachdem sie uns mehrere Videos gezeigt hatte, und bat uns, als wieder Dunkelheit herrschte, um Geduld, sie würde uns alles erklären, aber hier. Und das tat sie: Sie redete, ohne dass wir sie oder einander sehen konnten, wir hörten nur ihr Wispern, als wäre das nicht sie, als spräche das Zimmer selbst zu uns, die wir bereits unter dem Eindruck dessen standen, was wir auf dem Computerbildschirm gesehen hatten, jetzt waren wir auch noch von dieser Stimme hypnotisiert, die lange Pausen machte und ihren Ton so modulierte, dass unser Widerstand dahinschwand. Wer von uns könnte heute ihre Worte rekonstruieren, wer erinnert sich auch nur an einen einzigen vollständigen, genauen Satz: Wenn wir es versuchten, hätte jeder eine unterschiedliche Version von dem, was wir an jenem Abend gehört haben, ihre Worte, die ohne Erwiderung blieben, sickerten in uns ein, drangen in unsere Ohren wie unbehauene Kiesel, danach hat sie jeder auf seine Weise abgerundet, geschliffen, in eine Rede eingepasst, die seit jenem dunklen Vortrag immer größer und durchschlagender geworden ist. Hätte sie uns dieselben Dinge oben erzählt, zusammen am Tisch sitzend und ihr Gesicht vor Augen, mit ihrer Stimme im Ohr, doch ohne das faszinierende Echo, das ihr die Dunkelheit verlieh, dann hätten wir etwas entgegnet, Fragen gestellt, Zweifel angemeldet, protestiert. Aber nicht hier, hier blieb es bei einem gesichtslosen Monolog vor einem Publikum, das erschüttert war. Kaum hatte sich der Glanz des Bildschirms verflüchtigt, fing sie an, uns zu erklären, wer die

Protagonisten der gezeigten Videos waren: der alte Mann, der Typ, der die Kamera mit einem Post-it abdeckte, um sich dann selbst zu befriedigen, die Frau, die nackt durchs Zimmer lief, der Mann, der eine Linie zog, der Typ, der seine Popel aß. Sie nannte die Unternehmen, an deren Spitze sie standen, und sprach ohne Punkt und Komma über Gewinne, Massenentlassungen, millionenschwere Bonuszahlungen, Standortverlagerungen, Repressalien gegen Gewerkschafter. Sie sagte, diese Videos seien nur ein Teil, sie hätten sich etliche weitere Aufnahmen verschafft, dazu auch E-Mails und Dateien. Auf die technischen Einzelheiten ging sie nicht näher ein, davon verstehe sie nicht viel: Sie sprach von einer Hintertür, die Jesús in den Programmen offen gelassen habe, die er über Jahre in den besagten Unternehmen installiert hatte, bevor er dann entlassen wurde. Das habe er getan, ohne recht zu wissen, wofür, ohne einen konkreten Plan, aber doch mit einer Vorahnung, dass er sie eines Tages brauchen könnte. In der Zeit, die er am Hauptsitz des jeweiligen Unternehmens verbrachte, um die Software zu installieren, hatte er uneingeschränkten Zugang zum firmeneigenen Netz, und so hatte er sich überall einen Zugang mit Administratorenrechten einrichten können, der nicht weiter auffiel, weil er mit zum System zu gehören schien. Dadurch erhielt er über dieselbe Personalmanagement-Software, die er installierte, einen Remote-Zugang, der im Hintergrund aktiv war, ohne dass es die Nutzer mitbekamen. In einigen Firmen war die Sicherheitslücke später entdeckt und behoben worden, in anderen aber nicht, dort wurde die Hintertür bei späteren Updates übersehen, und jetzt brauchte man sie nur leise aufzustoßen und einen Blick ins Innere zu werfen. Jesús hatte also Zugriff auf sämtliche Geräte, die mit dem Firmennetz verbunden waren, einschließlich der von den Managern verwendeten Laptops, Tablets und Handys, wenn sie sich von zu Hause oder unterwegs einloggten; und obwohl ihre Geräte besser geschützt waren als die ihrer Mitarbeiter, war es aus dem Inneren des Netzes leichter, Passwörter zu knacken und die Kontrolle über das Gerät zu übernehmen, auch über die Webcam. Das sei nicht legal, fügte Silvia hinzu, ihre Stimme in der Dunkelheit; es sei nicht legal, sie wüssten das schon, aber Gesetze würden immer zugunsten derselben Leute gemacht. Die Gesetze erlaubten, dass Unternehmen ihre Angestellten kontrollierten und überwachten, nicht aber den umgekehrten Fall: Die Arbeiter durften dieselbe Lücke nicht dazu nutzen, einen Blick auf die andere Seite zu werfen. Doch eben das machten jetzt Jesús, sie und der Rest ihrer Gruppe: Sie zahlten es ihnen mit gleicher Münze heim, lenkten ihre Geräte aus der Ferne mit demselben Werkzeug, mit dem das Management die Angestellten überwachte. Das mochte nicht legal sein, klar, aber doch legitim, gerecht: Wer würde die Legitimität einer solchen Handlung infrage stellen, die so illegal sei wie andere, an denen wir uns selbst stets beteiligt hätten, so illegal wie ein Sitzstreik auf einer Autobahn oder das Eindringen in eine Villensiedlung. Silvia legte eine etwas längere Pause ein, damit all diese Informationen sich in unseren Gehirnen absetzen konnten und sich eine undurchdringliche Schicht bildete, auf die sie weitere Argumente aufbringen würde, und so wiederholte sie anschließend, um etwaige Risse zu versiegeln, einen vorangegangenen Satz: Wer kann die Legitimität einer solchen Handlung infrage stellen? Bestimmt seien wir mit der Aktion nicht einverstanden, sie verstehe ja, dass wir betroffen, erschrocken seien. Sie selbst habe anfangs zahlreiche Bedenken gehabt, als Jesús zu ihr gekommen sei, um ihr die besagte Hintertür anzubieten, und mehr noch, nachdem sie die ersten Videos gesehen habe. Sie hätten das alles in der Gruppe besprochen, die Mehrheit sei der Meinung gewesen, die Privatsphäre sei eine rote Linie, auch sie habe das so gesehen. Aber seit Langem schon, sagte sie, hält sich die andere Seite an keine roten Linien mehr, sie trampeln auf uns herum, und wir müssen die Skrupel beiseiteschieben, hier herrscht Krieg, und Kriege sind immer schmutzig. Die Privatsphäre selbst, sagte sie, ist heute ein Luxus, eine weitere Art Kaufkraft, das Privileg weniger, die sie sich bewahren können, während die Mehrheit von uns immer tiefgreifenderen Formen der Kontrolle durch Regierungen und Unternehmen ausgesetzt ist. Außerdem, und das sei sehr wichtig, es habe sie letztlich überzeugt: Sie dächten nicht daran, das Material, das sie sich da gesichert hätten, zu verbreiten, weder die Videos noch die Mails oder Dateien, der Schaden werde sich also deutlich in Grenzen halten. Und was, werdet ihr fragen, haben wir dann mit all diesem Material vor? Na, ganz einfach: Wir schicken es seinen Eigentümern zurück. Nichts weiter. Schicken es den Ausspionierten selbst. Und damit endet unsere Aktion. Sobald wir eine relevante Menge an Material zusammenhaben, geben wir es ihnen wieder, schicken es jedem von einer anonymen Adresse auf einem sicheren Server aus, als Anhang. Stellt euch die Gesichter vor, wenn sie die Dateien öffnen und Aufnahmen von sich vorfinden, und dann erkennen sie, dass sie ohne ihre Kenntnis beobachtet worden sind. Woher sollen sie wissen, ob das alles ist oder ob jemand noch mehr Material in der Hinterhand hat? Wie sollen sie Gewissheit haben, dass sie nicht in anderen, noch peinlicheren Situationen aufgezeichnet worden sind oder dass ihnen das künftig nicht jederzeit wieder passieren kann? Sie werden sich nie mehr sicher fühlen, da sie denken, dass so etwas noch einmal passieren könnte oder dass ältere Aufnahmen noch veröffentlicht werden könnten. Wir werden uns nicht einmal zu der Aktion bekennen müssen: Wenn wir das mit vielen gleichzeitig machen, auf einen Schlag, wird eine Lawine losrollen, da braucht nur einer Anzeige zu erstatten, damit die Sache publik wird: Andere, die wir gar nicht erwischt haben, werden ebenfalls Angst bekommen, werden überlegen, ob sie vielleicht auch schon ausgespäht wurden oder es irgendwann werden könnten. Die werden ihre Geräte nicht mehr sorglos verwenden können. Ja, sie werden sich besser schützen, neue Sicherheitsmaßnahmen installieren, sie können die Webcam abdecken und stärkere Passwörter verwenden, die Informationen auf ihren Festplatten verschlüsseln, aber ganz sicher fühlen werden sie sich nie wieder. Und um nichts Geringeres geht es hier, verkündete sie nach einer weiteren theatralischen Pause: Die sollen Angst haben. (Pause.) Die auch. (Pause.) So wie wir. (Pause.) Die sollen sich auch verwundbar fühlen, sollen nicht mehr ruhig leben. (Längere Pause.) Die Abfolge von stillen Momenten zwischen ihren Sätzen war effekthascherisch, ja, aber in Verbindung mit der betörenden Dunkelheit entfaltete sie die gewünschte Wirkung: Wir zuckten zwar zusammen, waren aber zugleich begeistert, ihr Redefeuer griff auf uns über, und niemand hätte sich gewundert, wenn wir in Beifall ausgebrochen wären. Ihr fragt euch bestimmt, warum dann die Polizei gekommen ist, sagte sie, obwohl keiner von uns sich irgendetwas fragte, wir hatten unseren Geist auf Tabula rasa geschaltet, damit sie ihn weiter beschriften konnte. Die Polizei hat es bis hierher geschafft, das ist schon ganz schön nahe, aber eigentlich tappen sie im Dunkeln, die wussten nicht, wen sie suchen, wobei ich zugeben muss, dass wir alle in Gefahr gebracht haben, auch euch, und dafür bitte ich um Entschuldigung. Wir haben uns über die WLANs von Nachbarn in die Firmensysteme eingeloggt: Jesús hat die Passwörter geknackt und alle Netze in der Umgebung genutzt, immer ein anderes, dienstags und donnerstags von hier aus, an den restlichen Tagen waren wir unterwegs, da haben wir die Netze in anderen Vierteln verwendet. Anscheinend haben sie den Kreis immer enger gezogen, vermutlich alle Nachbarn aus diesem Häuserblock durchleuchtet, bis sie hierhergelangt sind, aber ihr habt nichts zu befürchten: Wir werden uns nicht mehr vom Lokal aus einloggen, und ihr habt ja mit der Sache nichts zu tun, sie werden auf euren Handys und Computern nichts finden, und wenn sie dann schon mal hier waren und nichts gefunden haben, werden sie auch nicht hier weitersuchen. Eines müsst ihr noch wissen: Es ist sehr wichtig, dass ihr mit niemandem über die Angelegenheit redet, nie, weder persönlich noch am Telefon oder per Mail. Wie das Dunkelzimmer selbst, ein zweites Geheimnis; ihr habt es so lange geschafft, keinem von dem

Zimmer zu erzählen, jetzt geht es darum, ein zweites Geheimnis zu wahren, das noch wichtiger ist. Und ihr könnt beruhigt sein, euch wird nichts passieren: Die Sache hat mit euch nichts zu tun. Der letzte Satz hing länger im Raum als die vorangegangenen, bis die Worte schließlich erloschen. Wir spürten keinen Luftzug, hörten keine gedämpften Schritte, aber als so viel Zeit verstrichen war, dass da wohl nichts mehr kommen würde, verließen wir das Zimmer, benommen, noch außerstande, all die Informationen zu verarbeiten. Wir gingen die Treppe hinauf; Silvia und der Rest der Gruppe waren nicht mehr da. So saßen wir dann um den leeren Tisch, sahen einander an und brauchten nichts zu sagen, um zu begreifen, was in Wirklichkeit geschehen war, trotz ihrer letzten Aussage: Die Sache hatte sehr wohl mit uns zu tun, jedenfalls von diesem Moment an; uns davon zu erzählen war eine Form, uns einzubeziehen, uns für ihren Krieg anzuwerben, ohne dass wir darum gebeten hätten.

So illegal wie ein Sitzstreik auf einer Autobahn oder das Eindringen in eine Villensiedlung, hatte Silvia gesagt und damit den Aufstieg beschrieben, der bis zu der Aktion geführt hatte, in die sie uns jetzt einweihte. Diese Aktion mit früheren in Verbindung zu setzen, war ein weiterer Kniff, um uns den Wind aus den Segeln zu nehmen: Auf diese Weise spielte sie die heimlich aufgenommenen Videos herunter, versuchte, das Ganze als Nichtigkeit darzustellen, nur eine weitere Protestaktion, die uns wie die vorangegangenen von Adrenalin und Gelächter getränkte Momente schenken würde, sie würde Aufsehen erregen und keine schwerwiegenden Folgen haben. Als wir sie im Dunkeln darauf anspielen hörten, kosteten wir in der Erinnerung starke Gefühle aus. Die vom Sitzstreik auf dem Autobahnring, ein für die Behörden völlig unerwarteter Vorfall, dessen Erfolg eine Kampagne von Flashmob-Sitzstreiks im ganzen Land ausgelöst hatte. Ohne dass jemand dazu aufgerufen hätte, blieben morgens an der Kreuzung zweier Hauptverkehrsadern die Fußgänger plötzlich mitten auf dem Zebrastreifen stehen, vielleicht auf einen spontanen Vorschlag hin oder noch nicht einmal das, vielleicht reichten ein paar verschwörerische Blicke, und dann setzten sie sich auf den Boden. Die Aktion dauerte, solange die Polizei eben brauchte, sich ihren Weg durch einen Stau zu bahnen, der sich in einer Expansionswelle von diesem Epizentrum über die ganze Stadt ausbreitete, aber wenn die Ordnungskräfte schließlich eintrafen, fanden sie schon niemanden mehr auf dem Asphalt: Die Gruppe hatte sich aufgelöst, alle waren weiter ihres Weges gegangen, zurück blieb nur das Gewimmel von Autos, die quer über die Fahrbahnen verteilt standen und nun eine gute Weile brauchten, um sich zu sortieren, denn zu allem Überfluss sympathisierten nicht wenige Fahrer mit der Protestaktion und behaupteten auf einmal, ihr Auto springe nicht mehr an, während die Hupen dröhnten und die Uniformierten die gestrandeten Fahrzeuge anschoben, um sie aus dem Weg zu räumen. Das Eindringen in die Villensiedlung war eine weitere Eskalation, an die wir alle mit freudiger Erregung zurückdachten. Sonia hatte uns von der Siedlung erzählt, in der sie irgendwann einmal wegen eines Jobs gewesen war, eine Gated Community außerhalb der Stadt, in der etwa hundert Familien in einem goldenen Käfig lebten, einschließlich Golfplatz, Reitklub, Einkaufszentrum und einer Privatschule für die Kinder, man musste keinen Schritt nach draußen tun. Die Idee kam dann von Silvia, sie hatte das Ganze bei der Nachbarschaftsversammlung vorgeschlagen, an der sie damals noch teilnahm, und in anderen Gruppen, in denen sie ebenfalls aktiv war. Wir trafen all unsere Vorbereitungen mündlich, ohne E-Mails oder Social-Media-Plattformen, nicht einmal Handynachrichten wurden verschickt, damit die Polizei keinen Wind davon bekam. Eines frühen Samstagmorgens trafen sich mehrere Dutzend von uns am zentralen Busbahnhof, wo wir einen ganzen Bus füllten, zur Überraschung des Fahrers, der uns aber abnahm, dass wir einen Ausflug aufs Land vorhätten. Sonia hatte uns erklärt, wo wir aussteigen mussten, und dort warteten auch schon diejenigen, die mit eigenen Autos gekommen waren und weiter weg geparkt hatten, sowie einige Radfahrer. Wir überquerten im Laufschritt die Fahrbahn. Als wir die Zufahrt erreichten, stellten wir fest, dass der Wachmann um diese Zeit, übereinstimmend mit Sonias Angaben, seinen Kontrollgang durch die Siedlung machte. Er hatte den Schlagbaum geschlossen, aber wir kletterten ohne Mühe darüber hinweg, wobei wir allerdings einen Alarm auslösten, dessen unermüdliches Jaulen den noch schlafenden Bewohnern unsere Ankunft ankündigte. Wir entrollten Spruchbänder, zückten Trillerpfeifen und Hupen und begannen mit der Demo. Die Anwohner zogen die Rollos hoch und steckten schläfrige Gesichter heraus, auf denen sich alsbald Staunen ausbreitete: Was hatten zweihundert dahergelaufene Demonstranten auf ihren Privatwegen verloren? Einige öffneten nicht einmal die Fenster, wir konnten sie nur hinter den Vorhängen erahnen, verschüchtert vom Einbruch des Unerwarteten, auf den Mienen der Hausmädchen, die, wenn wir vorbeizogen, vor die Tür traten, glaubten wir stilles Einverständnis zu erkennen. Nach einigen Minuten versperrten uns zwei Autos der Sicherheitsfirma den Weg. Zwei Wachleute stiegen aus und sagten ziemlich aufgeregt, wir dürften uns dort nicht aufhalten, das sei Privatgrund, sie hätten bereits die Polizei verständigt. Daraufhin erklärte ihnen Silvia, es gebe auf diesen Straßen ein altes Wegerecht für den Viehtrieb, wir hätten das Recht, dort durchzugehen, und hielten uns keinesfalls unrechtmäßig auf Privatgrund auf. Das stimmte zwar nicht, aber die Erwähnung mehrerer Paragrafen brachte die Wachleute lange genug aus der Fassung, dass wir unseren Weg noch einige Meter weiter fortsetzen konnten. Als die Guardia Civil erschien, hatten wir das Gelände bereits durch eine Lieferantenzufahrt am anderen Ende verlassen und rannten fröhlich über ein Saatfeld. Als die Videos von der Aktion die Runde machten, fanden sich Nachahmer im ganzen Land, größere Gruppen, die unvermittelt in Privatsiedlungen eindrangen oder in ein Restaurant mit exklusivem Kundenkreis, wo sie Flugblätter auf die Teller der verblüfften Gäste regnen ließen, andere stellten sich vor den Eingang eines alten Casinos, in dem die Töchter der bedeutendsten Familien, einer jahrhundertealten Tradition folgend, ihre Einführung in die Gesellschaft feierten. Bis eines Tages bei der Hochzeit der Tochter eines bekannten Unternehmers die Polizei in die

Kathedrale eindrang und unter Einsatz von Gummiknüppeln ein Dutzend Demonstranten nach draußen trieb, mehrere davon kamen in Untersuchungshaft, andere erhielten empfindliche Geldbußen. Obwohl Silvia jetzt eine Verbindung dazu herstellte, hatten diese Aktionen tatsächlich zu ihrem Bruch mit der Nachbarschaftsorganisation geführt. Bei jedem Treffen schlug sie waghalsigere Aktionen vor, bei denen man höhere Bußgelder und sogar Gefängnisstrafen riskierte, außerdem unterliefen sie den friedlichen Charakter, den wir bei unseren Protestaktionen alle voraussetzten, weshalb sich die Mehrheit dagegen aussprach. Ihr habt zu viel Angst, warf Silvia uns vor; und solange ihr mehr Angst habt als die, wird sich nichts ändern. Im Grunde wollt ihr gar nichts ändern, euer Ziel ist doch, dass alles wieder so wird wie früher. Ihr spuckt zwar große Töne und sprecht euch bei Versammlungen für einen Systemwechsel aus, aber in Wirklichkeit wollt ihr dasselbe wie immer: eine schöne Wohnung, ein schönes Gehalt, ein schönes Auto und schöne Urlaubsreisen. Klar, ihr protestiert, aber ganz vorsichtig, um nur ja nichts kaputt zu schlagen. Aber die Lage wird sich nicht durch Kissenschlachten ändern. Wir haben noch unseren Spaß, eigentlich lachen wir zu viel, wenn wir protestieren gehen. Denn die da haben mehr zu lachen, was glaubt denn ihr. Die Angst muss die Seite wechseln, wiederholte sie einen Satz, den sie mit sich herumtrug wie einen Talisman.

Wir hätten nicht zurückkommen sollen. Niemand wird es jetzt aussprechen, aber wir würden alle darin übereinstimmen, dass es nach jenem Abend das Beste gewesen wäre, das Dunkelzimmer zu schließen: nicht mehr wiederzukommen, das Ende einer Phase zu erkennen, andere Zufluchtsorte zu suchen, von uns aus andere Dunkelzimmer, eben nicht dieses. Sosehr Silvia auch beteuerte, dass wir nichts zu befürchten hätten, dass die Sache nichts mit uns zu tun habe, und auch wenn uns die Polizei ein paar Tage später die Handys und Computer zurückgab und das Ganze als Missverständnis bezeichnete, hätten wir nicht zurückkommen sollen. Die Erste, die das begriff, war María, zwei Samstage nach dem besagten Abend. Wir hatten mehrere Stunden zusammen verbracht, ohne allerdings nach unten zu gehen, nach zwei Wochen wagten wir noch nicht, die Treffen in der gewohnten Weise fortzusetzen, obwohl wir unter der Woche weiterhin separat hergekommen waren, der Schock war noch zu frisch, als könnte die Polizei jeden Moment wiederauftauchen, und so blieben wir im Erdgeschoss, tranken und unterhielten uns, bis María als Erste müde wurde und beschloss, nach Hause zu gehen. Wart mal, Kleine, ich will kurz mit dir reden. Der Typ fasste sie am Arm, als sie aus der Tür trat, und sie drehte sich lächelnd um, weil sie ihn für einen von uns hielt, doch stattdessen sah sie sich einem Mann gegenüber, der etwas älter war als sie, mit breitem Nacken, kurz geschorenen Haaren und sportlicher Kleidung. Wart mal, Kleine, ich will kurz mit dir reden. María erschrak und machte sich los, tat ein paar Schritte von ihm weg: Tut mir leid, ich hab's eilig. Ich will dich nur was fragen, jetzt wart doch mal, sagte der Typ hartnäckig, erreichte sie mit wenigen Schritten und fasste sie erneut am Arm. Was willst du von mir, lass mich los, sagte María und schätzte den Abstand zum Eingang des Lokals ab, hinlaufen ging nicht, aber sie könnte schreien, vielleicht würden wir sie von drinnen hören. Ich will nur eine Info, sagte er und ließ ihren Arm los, um sich mit einer Hand an der Wand abzustützen und ihr damit den Weg abzuschneiden: Ich will wissen, was ihr da drinnen macht, sagte er mit einem Grinsen und deutete mit dem Kopf in Richtung Lokal. Gar nichts, was sollen wir denn machen, erwiderte sie in aufrichtiger Verwirrung darüber, was die Frage bedeuten sollte, aber er ließ sie nicht lange auf die Erklärung warten: Ich meine das Zimmer, das ihr dort unten habt, diesen Darkroom. María warf einen Blick zur Eingangstür, in der Hoffnung, dass sie gleich aufgehen und einer von uns herausschauen könnte. Auf der anderen Seite der Straße war niemand, in wenigen Fenstern brannte Licht, keine Autos unterwegs. Ich weiß nicht, wovon du redest, lass mich jetzt bitte in Ruhe, ich hab's eilig, und damit marschierte sie los, allerdings vom Lokal weg, das schien ihr in diesem Moment vernünftiger, als ihn hierher zu führen, eine Form, uns zu beschützen, das Dunkelzimmer zu beschützen. Sie tastete in ihrer Handtasche nach dem Handy, aber er ging weiter neben ihr her, an ihren Arm geklammert, wenn ein Anwohner die beiden vom Balkon aus gesehen hätte, hätte er sie für ein streitendes Pärchen gehalten. Ich will wissen, was man machen muss, um reinzukommen, sagte er. Was man machen muss, um reinzukommen, wiederholte María, während sie weiter in ihrer Tasche kramte. Der Typ hielt ihr eine Schachtel Zigaretten hin, aber sie schüttelte den Kopf; er nahm eine heraus und steckte sie sich an. Ja, sagte er und blies den Rauch durch die Nase, ich will in euren Darkroom. Wir haben überhaupt keinen Dark…, setzte sie an, aber er legte sich einen Finger an die Lippen und grinste: Gib dir keine Mühe, ich weiß Bescheid, das hat mir einer erzählt, der's gesehen hat, jetzt los, was muss man machen, mit wem muss man reden, muss ich was zahlen, um reinzukommen? Reinzukommen, wiederholte María, ihre Blase drückte, voll von dem vielen Bier im Lauf des Abends. Sie sah seine Zähne an, stellte sich seinen Mund im Dunkeln vor und sagte leise, obwohl sie gerne lauter gesprochen hätte: Du kannst nicht rein. Sein Grinsen veränderte sich, es blieb eigentlich dasselbe, schien sich aber zu verhärten, wie ein Aufkleber, der eine angewiderte Grimasse verdeckt: Warum kann ich nicht rein, ich will nur spielen, was ihr da spielt, ich verrat's auch keinem. Da wird nicht gespielt, gab María zurück, Schenkel und Bauch anspannend wegen der Blase: Da wird nicht gespielt, wir haben das bloß mal ausprobiert, aber das war's. Lüg mich nicht an, sagte er zwischen zwei Zügen an seiner Zigarette, ohne darauf zu achten, dass ihr der Rauch ins Gesicht wehte. Ich weiß doch, dass ihr das Zimmer dafür eingerichtet habt, Schallschutz, Matratzen, die Vorhänge am Eingang. Er hielt inne, als er hörte, wie die Tür aufging, María drehte sich um und sah eine eilige Gestalt auf die Straße treten und in die entgegengesetzte Richtung davongehen, jemanden von uns, der sie aber nicht sah und nach dem sie sich auch nicht zu rufen traute. Als er in der nächsten Seitenstraße verschwunden war, nahm der Mann sein Ansinnen wieder auf: Nur einmal. Wirklich, nur einmal. Zum Ausprobieren. Deine Freunde müssen davon nichts mitkriegen, wenn du nicht willst, im Dunkeln sind alle Katzen grau. Einmal, mehr nicht, und ich belästige euch nie wieder, versprochen. Am anderen Ende der Straße erschien jetzt endlich ein Auto: ein Streifenwagen. Die Polizisten fuhren langsamer, als sie ein Pärchen in einer schwach beleuchteten Gegend sahen, um diese Uhrzeit nichts weiter Auffälliges, wenn nicht die Frau auf einmal losgerannt wäre, der Mann schickte sich an, ihr hinterherzulaufen, blieb aber nach zwei Schritten stehen und ging stattdessen hinüber zum Streifenwagen, als der Beifahrer das Fenster herunterließ und fragte, gibt es irgendein Problem, aber das hörte María schon nicht mehr, sie hörte nicht auf zu rennen, bis sie ihren Hauseingang erreicht hatte, wo sie den Schlüssel nur mit Mühe ins Schloss bekam, dann lief sie die Treppe hoch, spürte dabei die Hitze, die ihren Slip durchtränkte, trat in ihre Wohnung, schlug die Tür zu und drehte den Schlüssel dreimal im Schloss.

María wird es heute schwergefallen sein, einzutreten, schwerer als irgendwem sonst. Auch wenn sie sich jetzt durch die Nähe derer beschützt fühlen mag, die wir das Zimmer füllen, können wir uns vorstellen, wie aufgewühlt sie war, als sie den ersten Vorhang durchschritt, die Tür aufstieß und beim Zurückziehen der zweiten Stoffbahn wieder von der Dunkelheit eingehüllt wurde. Nach jener Begegnung war sie dem Lokal eine ganze Woche lang ferngeblieben, hatte also ohne Linderung all das verfilzte Haar geschluckt, das ihr während der neun Stunden im Friseursalon den Mund gefüllt hatte, ohne es danach hier ausspucken zu können. Sie traute sich nicht zu kommen, nach Arbeitsschluss wartete sie, bis ihre Kollegin sich umgezogen hatte, um mit ihr zusammen zur Bushaltestelle zu gehen, und sie stieg nicht bei sich zu Hause aus, sondern eine Haltestelle vorher oder nachher, wie bei einem Agentenspiel, das sich darum dreht, seine Spuren zu verwischen, dafür musste sie dann mehrere Straßen zurückgehen, auf dem Weg sah sie sich immer wieder um. Sie rief auch niemanden von uns an, um von dem Vorfall zu erzählen, kam aber schließlich am Samstag hierher. Sie traf als Letzte ein, hatte eine Weile mit sich gerungen, bis ihr der Gedanke gekommen war, dass sie uns warnen musste, sie malte sich aus, wie der Mann lautlos eintrat, während wir alle schon unten waren, das fiele in ihre Verantwortung. Als sie schließlich eintraf, waren die meisten von uns schon ziemlich betrunken und bekifft, wir wollten den samstäglichen Weg nach unten endlich wieder aufnehmen und brauchten offenbar diesen Anschub. Wir waren schon im Begriff, zur Treppe zu gehen, als María eilig eintrat und die Tür hinter sich absperrte, bevor sie uns mit einem derart ernsten Gesicht ansah, dass wir lachen mussten. Das Lachen hielt an, als sie uns von dem Vorfall aus der vergangenen Woche erzählte, niemand von uns maß dieser Episode Bedeutung bei, stattdessen verlängerten wir die Partystimmung mit ein paar Witzen: Einer schlug vor, den Typen zu einer Session einzuladen, das wäre doch mal was Neues. Ein anderer erwiderte im selben scherzhaften Ton: Nein, bloß nicht, wenn der das mal probiert hat, kommt er sicher wieder, und alle lachten, bis auf María, die allgemeine Heiterkeit legte sich wie ein Vorhang über die Unruhe, die wir in

Wirklichkeit verspürt hatten, als wir sie erzählen hörten, und das Lachen war noch nicht ganz verklungen, als die Türklinke heruntergedrückt wurde. Wir standen alle da wie gelähmt, pressten die Lippen zusammen, die Augen auf die Tür geheftet, auf die Klinke, die sich mehrmals senkte und hob. Dann folgte ein zweimaliges Klopfen gegen das Blech, und da keiner reagierte, klopfte es noch zweimal, diesmal stärker, nach einer kurzen Stille und weiterem, immer heftigerem Rütteln an der Klinke wurde das Klopfen zu Schlägen mit der Hand oder Faust, das Dröhnen des Metalls war so laut, dass man die Stimme kaum hören konnte: Macht die Tür auf, macht auf, ich weiß, dass ihr da drin seid, lasst mich rein, ich will mit euch reden. Ohne dass jemand etwas gesagt hätte, derselben Logik folgend, die uns heute hierher geführt hat, setzten wir uns langsam in Bewegung, als könnten die Schritte die Faustschläge gegen das Türblech und das Geschrei übertönen; wir erreichten die Treppe und gingen mit anhaltender Vorsicht nach unten, darauf bedacht, die Stufen nicht knarren zu lassen, dann standen wir unten im Korridor und traten zum ersten Mal ohne die Schuhe abzulegen ins Dunkelzimmer. Macht endlich auf, verdammt, sonst werdet ihr's noch bereuen, ich schwör's euch. Als wir die Tür hinter uns schlossen, hörten wir die Schläge und Schreie nur noch gedämpft durch die Isolierung, als wäre er derjenige, der in einem Zimmer eingesperrt wäre und nach draußen wollte.

Das hätte nun wirklich das Ende des Dunkelzimmers sein können. Wir sagten die Samstagstreffen ab, bis wir uns wieder sicher fühlen würden, falls es denn möglich war, diese Sicherheit zurückzugewinnen, und kamen wenigstens in den beiden folgenden Wochen auch an Werktagen nicht hierher, um dem Eindringling aus dem Weg zu gehen, in der Hoffnung, dass ihm die Sache irgendwann langweilig werden und er dann verschwinden würde. Erst zwei Wochen später wagten sich einige von uns wieder her: Wir unternahmen einen vorsichtigen Versuch, inspizierten die Straße, die geparkten Autos, die Leute, die in der näheren Umgebung herumliefen; und sperrten nach dem Eintreten sofort hinter uns ab. Selbst das Dunkelzimmer fühlte sich anders an: Was immer ein vertrauter Raum gewesen war, der uns aufnahm und beschützte, empfing uns jetzt wie eine Bedrohung; die Ungewissheit, ob noch jemand da war und wer das wohl sein könnte, die immer eine beruhigende Wirkung gehabt hatte, wirkte auf uns jetzt verstörend, wie ein Gespenst, das jeden Moment über einen herfallen könnte. Es dauerte ein paar Wochen, bis wir das Zutrauen zurückgewannen, und noch länger, bis wir die Samstage wieder aufnahmen. Alle, bis auf María, die nicht einmal einen Versuch machte, sie hatte mehr Gründe als die anderen, Bedenken zu haben, vor allem nachdem ihr der Typ wieder über den Weg gelaufen war. Sie hatte in ihrer Wachsamkeit nachgelassen, fast ein Monat war vergangen, ohne dass sie ihn gesehen hätte, was sie zu dem Glauben verleitete, er sei der Sache überdrüssig geworden oder habe einen anderen Ort gefunden, an dem er seine Fantasien ausleben konnte, vielleicht einen dieser Darkrooms in den Untergeschossen von Bars, für die man Eintritt bezahlen musste. Sie hatte sich gerade unter dem Rollgitter des

Friseursalons hindurchgeduckt und war nur wenige Meter weit gekommen, als eine Gestalt vor ihr stehen blieb und ihr den Weg versperrte. Hallo, lange nicht gesehen, sagte er sanft, ohne sie am Arm zu fassen, lächelte ihr kumpelhaft zu und bat sie mit einer kleinen Handbewegung, sich zu beruhigen: Keine Sorge, ich habe nicht auf dich gewartet, das ist reiner Zufall. Aber sie glaubte nicht an Zufälle, und so wandte sie sich zurück zum Friseursalon, wo ihre Ex-Kollegin und jetzige Chefin gerade die Abrechnung machte. Wart mal, warte, ich geh ja schon. Sie atmete durch und wartete darauf, dass er tatsächlich weiterging, was er auch zu tun schien, aber dann blieb er noch einmal stehen: Doch noch was, sag mal, was ich dich neulich gefragt habe – glaubst du immer noch, dass ich nicht reinkann? María sah wieder das starre Lächeln vor sich, doch bevor sie das Rollgitter erreichen konnte, das halb heruntergelassen war, fasste er sie wie beim letzten Mal am Arm: Ich verstehe es einfach nicht, was stört dich dran, nur einmal, und ich belästige dich nie wieder, ich schwör's dir. Sie riss sich los und war mit ein paar schnellen Schritten beim Gitter, bückte sich darunter hindurch und sagte zu ihrer Chefin, sie müsse noch mal kurz aufs Klo. Als sie von der Toilette zurückkam, erzählte sie ihr nichts, warf nur einen Blick durchs Ladenfenster, um sicherzugehen, dass der Typ gegangen war, und brachte noch etwas Zeit herum, indem sie mit ihrer Chefin plauderte, bis sie zusammen gehen konnten. Wenn sie zu dem Zeitpunkt etwas gesagt, wenn sie ihr von dem Mann erzählt hätte, der sie draußen angesprochen hatte und ihr gefolgt sein musste, dann hätte sie sich die folgende Begegnung erspart, mit wenigen Worten hätte sie um Hilfe bitten können, mit einem Nicken und einem vielsagenden Blick in Richtung der Chefin, als sie ihn ein paar Tage später in den Friseursalon treten sah. Es war Vormittag, sie hatten gerade erst aufgemacht, und María legte Handtücher zusammen, als er die verglaste Tür aufstieß. Sie sah ihn erst gar nicht, um diese Zeit kamen häufig Kunden aus den nahe gelegenen Büros, und sie beachtete ihn nicht weiter, während ein Mädchen, das gerade erst eingestellt worden war, ihm die Haare wusch, sie sah ihm nicht mal ins Gesicht, als die Chefin sie bat, ihn zu bedienen. Erst, als sie ihm den Umhang anlegte, stieß sie im Spiegel auf sein Lächeln, Seite an Seite mit einer María abgebildet, die wie angewurzelt dastand, mit offenem Mund. Bitte ganz kurz schneiden, mit der Schere, sagte er mit einer Weichheit in der Stimme, die María verwirrte: Jetzt, da der Umhang seine Kleidung verdeckte und die nassen Haare den Schnitt nicht erkennen ließen, kamen ihr sogar Zweifel, ob er das war oder vielleicht jemand anders, der ihm ähnlich sah, sein Gesicht war ihr nicht so vertraut, bei den zwei vorangegangenen Begegnungen hatte sie vermieden, ihn während des Wortwechsels anzuschauen. Sie blickte wieder in den Spiegel, sah sich nach ihrer Chefin um, die gerade telefonierte, die Kollegin war ins Hinterzimmer verschwunden. Dann sah sie erneut den Mann im Spiegel an, jetzt ohne einen Zweifel: Das war er, und er bestätigte es ihr mit einem Zwinkern. Alles ganz kurz, wiederholte er. Ohne die Chefin aus den Augen zu lassen, die ihr jetzt den Rücken zukehrte, weiterhin am Telefon, nahm María Kamm und Schere aus dem Regal. Als sie sich damit den feuchten Haaren näherte, merkte sie, dass ihr ein wenig die Hände zitterten, und auch er bemerkte es: Pass auf, nicht dass du mir das Ohr abschneidest. Ich muss kurz auf die Bank, sagte hinter ihr die Chefin, und als sie sich nach ihr umdrehte, war sie schon weg, ließ ihr keine Zeit für eine Antwort. Am anderen Ende des Salons war die Tür zum Hinterzimmer weiterhin zu. Sie waren nur noch zu zweit, und ihre Blicke begegneten sich im Spiegel. María ließ die Utensilien sinken, ihre Arme hingen schlaff herunter, sie überlegte, wie lange ihre Chefin wohl brauchen würde, um diese Zeit drängten sich in der Bank die Ladenbesitzer, zahlten Geld ein oder wechselten Kleingeld, danach würde sie noch einen Kaffee trinken; und auch von der Tür zum Hinterzimmer erwartete sie nicht viel, die Kollegin telefonierte oft lange mit ihrem Freund. Also tat sie das Einzige, was ihr übrig blieb: Sie zog eine Linie mit dem Kamm und ließ die Schere tanzen. Dabei mied sie konsequent seinen Blick im Spiegel, und auch er sagte kein Wort. Erst setzte sie hier an und da, ohne groß nachzudenken, ein paar Schnitte, führte den Kamm von der einen Seite des Schädels zur anderen und wieder zurück, sah die auf der Kopfhaut verstreuten Schuppen und verspürte denselben Ekel wie immer, nicht mehr als sonst, ein Zeichen dafür, dass sie sich beruhigt hatte, sodass sie sich darauf konzentrieren konnte, mit dem Kamm Strähnen anzuheben und abzuschneiden, allmählich nahm sie Fahrt auf, kamen die Handgriffe wie von selbst, während sich der Boden mit kastanienbraunen Fransen füllte, und ihr fiel gar nicht auf, dass ihre Kollegin schon aus dem Hinterzimmer zurück war und eine Dame bediente, die soeben eingetreten war. Als die Chefin wiederkam, fühlte sich María sicher genug, um in den Spiegel zu schauen, wo sie derselbe Blick erwartete, aber jetzt wurde ihr nicht mehr so mulmig. Auch er sah anscheinend, dass sie ruhiger geworden war, es machte nicht den Eindruck, als würde sie gleich losschreien oder weglaufen, und so fing er an, zu ihrem Spiegelbild zu sprechen: Mein Angebot steht weiterhin. Was für ein Angebot?, sagte María leise und schob ein Ohr zurück, um die Haare dahinter zu kürzen, die scharfe Klinge so nah am Ohrläppchen, dass ein Zittern gereicht hätte, um es abzutrennen, was wohl auch ihm durch den Sinn ging, da er in kumpelhaftem Ton flüsterte: Ich will immer noch in euren Darkroom. Und ich lasse mich da auch nicht abwimmeln, ich will das ausprobieren, und wenn's nur einmal ist. Ich mag diesen Friseursalon, aber ich glaube kaum, dass du mich jeden Monat hier sehen oder mir auf der Straße begegnen willst, ich mache dir also ein Angebot. Sie zog die Schere weg und sah ihn an, die Hand an seinem Kopf, um ihn schräg zu legen. Deine Freunde werden mir nicht aufmachen, und mir ist klar, dass du auch nicht mit mir da drin sein willst. Gib mir einfach an einem Samstag den Schlüssel, dann gehe ich rein, wenn die anderen schon unten sind, und haue ab, bevor die Ersten gehen. Danach bekommst du den Schlüssel zurück, und ich verschwinde aus deinem Leben, basta. Die María im Spiegel schüttelte energisch den Kopf und trat beiseite, um sich nach der Haarschneidemaschine umzusehen. Was spielt das für dich für eine Rolle, du bleibst einfach draußen, und deine Freunde kriegen nichts davon mit, was glaubst du, was ich vorhabe, dasselbe wie ihr, nichts Schräges, im Dunkeln rumvögeln, euer Spiel ausprobieren, niemand wird erfahren, wer ich bin. María schüttelte abermals den Kopf und zog einen Hocker mit Rollen heran, um sich hinzusetzen, während sie den Nacken ausrasierte; er musste lauter sprechen, um das Surren der Maschine zu übertönen: Was spielt das für dich für eine Rolle, du hast doch nichts zu verlieren, aber wenn du mauerst, sehen wir uns so lange wieder, bis du mich reinlässt, ist doch ein guter Deal. Laura, sagte sie zu der Kollegin, die hinter ihr die Haare zusammenfegte, kannst du den Herrn kurz fertig bedienen, mir ist schlecht. Sie reichte der anderen die Utensilien und verließ den Salon durch die Hintertür, ohne sich von dem Spiegelbild zu verabschieden, das ihr gereizt hinterhersah.

Wir haben María nichts vorzuwerfen. Keinem wird heute in den Sinn kommen, die Stimme zu erheben und sie anzuklagen. Welchen Vergehens überhaupt: Wir könnten nicht einmal mit Sicherheit sagen, dass etwas passiert ist, wann oder wem. Wenn sie uns nicht doch noch davon erzählt hätte, hätten wir nie erfahren, dass dieser Typ an einem Samstag bei uns gewesen ist, dass seine Hände uns gestreichelt und seine Zunge die unsere gesucht hat, keine wird sich beschweren können, penetriert worden zu sein, denn es stimmt, er hatte recht: Wir haben nichts mitgekriegt, wenn er wirklich da war, ist nichts Schräges passiert, er hat nichts getan, was nicht auch irgendeiner von uns getan hätte, niemand erinnert sich an eine rabiate oder schmutzige Berührung. Und obwohl wir uns, nachdem wir davon erfahren hatten, alle so fühlten, als wären wir mit ihm zusammen gewesen, obwohl wir uns alle vorstellten, wie er blindlings an uns zerrte und uns gegen den Boden drückte, blieb er in Wirklichkeit unbemerkt. Wir haben María nichts vorzuwerfen, denn eigentlich war sie diejenige, die an dem Samstag am meisten gelitten hat, obwohl sie gar nicht hier war, sondern in ihrer Wohnung eingesperrt, unfähig, sich vor dem Fernseher abzulenken, um nicht an uns denken zu müssen, um nicht vor ihrem geistigen Auge zu sehen, wie dieser Mann uns vögelte, als säße sie in einer Ecke und beobachtete alles durch eines dieser Nachtsichtgeräte: Wir lagen vertrauensvoll auf dem Boden und den Matratzen verteilt, einige schon mit Partner, andere noch auf der Suche oder an einer Seitenwand wartend, da geht plötzlich der Vorhang auf, und er erscheint, er tritt mit einer Entschlossenheit in den Raum, die nicht zu einem Blinden passen will, nähert sich einem ersten Körper, nimmt ihn, schiebt ihn auf eine Seite, betatscht ihn, penetriert ihn und lässt ihn dann liegen; dann wendet er sich dem folgenden zu, zwingt seinen Kopf nach unten, damit er ihm den Schwanz lutscht, hält ihn kräftig am Nacken fest, sodass kein Ausweichen möglich ist, bis er in seinem Mund gekommen ist; nach einigen Minuten der Erholung macht er sich daran, das Zimmer zu durchstreifen, und nascht ein wenig an jedem Körper, beißt hier in eine Brustwarze, schiebt dort zwei Finger in eine Scheide, den nächsten stößt er achtlos um, sodass er auf allen vieren landet, und penetriert ihn von hinten, und so geht es stundenlang, während er immer mehr zum Ungeheuer wird und wir uns verschüchtert in die Ecke drängen. Aber nichts von all dem ist geschehen, wenn sie sich mit einem wachen Albtraum in ihrer

Wohnung bestraft hat, so haben wir nicht gelitten, es ist nichts Ungewöhnliches vorgefallen, und nur im Nachhinein, als wir davon erfuhren, haben wir Abscheu verspürt. Wir schöpften nicht einmal Verdacht, als María am folgenden Samstag ein neues Schloss mitbrachte und vorschlug, das alte baldmöglichst auszutauschen, sie habe den Schlüssel verloren, sagte sie, und werde sich durch den Einbau eines neuen Schlosses sicherer fühlen. Niemand wunderte sich, dass sie an jenem Abend oben blieb, während wir anderen nach unten gingen, und dass sie, als wir herauskamen, immer noch da war, wie jemand, der Wache hält.

María brauchte eine Zeit, bis sie wieder ins Dunkelzimmer zurückzukehrte, und hat es auch gleich bereut. Sie hatte ihre Gewohnheit wieder aufgenommen, sich wie ein Detektiv ständig umzusehen, verließ den Friseursalon nur zusammen mit einer Kollegin, stieg eine Haltestelle zu früh aus dem Bus, passte irgendeinen Nachbarn ab, um nicht allein ins Haus zu gehen, legte die Kette vor, wenn sie die Wohnungstür hinter sich schloss, und schreckte mitten in der Nacht aus dem Schlaf. Obwohl sie ihm gegeben hatte, was er wollte, hatte sie mehr Angst als zuvor, gerade deshalb: weil sie ihm gegeben hatte, was er wollte. Also hielt sie sich dem Dunkelzimmer fern, sie fühlte sich außerstande, es wieder zu betreten, nicht einmal mit der ganzen Gruppe, als läge er seit jenem Samstag hier auf der Lauer und wartete auf sie. Doch wenn sie abends von der Arbeit kam, fühlte sie sich angezogen wie von einem unwiderstehlichen Magneten, wie von einem Strudel, der sie ansaugte und gegen den sie beim Gehen ankämpfen musste, indem sie kräftig auftrat, denn wenn sie um eine Ecke bog oder an einer Kreuzung zögerte, konnte sie jeden Augenblick von einem Windstoß mitgerissen werden, der sie hierherspülen würde wie der Sog in einem schmutzigen Abfluss, aus dem es kein Entrinnen gab. Mehrere Tage lang hörte sie, während sie einen widerlichen Kopf frisierte, zu Hause die Kette vorlegte, durchs Fenster sah oder ins Bett ging, das Dunkelzimmer wie eine Strafe, der sie nicht ausweichen konnte. So sehr, dass sie an einem Montagabend beim Verlassen des Friseursalons nichts dagegen unternahm, dass der Gehweg sie wie ein Rollband in die verbotene Richtung trug, um Ecken herum und über breite Straßen, ohne dass sie Widerstand geleistet hätte, denn früher oder später musste es ja passieren, und das war der Tag dafür, wozu es noch länger hinauszögern. Sie fand sich vor dem Eingang zum Lokal wieder, drinnen brannte kein Licht, sie sagte sich, dass um diese Uhrzeit nur wenige da sein würden, vielleicht niemand. Sie musste nach unten gehen, einen Blick hineinwerfen, nichts weiter, die Tür aufstoßen und schauen, noch nicht einmal eintreten, nur schauen und sich vergewissern, dass alles gut war, solange sie das nicht tat, würde sie den Ruf weiterhin zu jeder Tages- und Nachtzeit hören. Sie ließ ihren Blick über die Straße schweifen, über die parkenden Autos, die überdachten Hauseingänge auf der anderen Seite, dann schob sie endlich den Schlüssel ins Schloss und ging hinein. Ein paar Sekunden lang verharrte sie auf der Schwelle, die Tür hinter sich noch geöffnet, und lauschte in das stille Innere. Dann legte sie die Handtasche auf ein Sofa und ging die Treppe hinunter, mit vorsichtigen Schritten. Im Gang schaltete sie das Licht ein, das von der Straße aus nicht zu sehen war. So konnte sie zumindest an den Eingang treten, ohne die Dunkelheit vorwegzunehmen. Außerdem ließ sie die Schuhe an, sie wollte nur einen Blick hineinwerfen, würde nicht einen Schritt weiter gehen. Drinnen angekommen, schien ihr der Raum kühler als sonst, die Luft weniger dicht, als wäre nicht nur sie so lange abwesend geblieben. Die Stille war umfassend, da gab es weder Atemzüge noch raschelnde Berührungen, das Einzige, was sie hörte, war ihr eigener Puls, der allmählich ruhiger wurde, als wieder wohlbekannte Gefühle in ihr hochkamen. Zum ersten Mal ließ sie die Tür offen, es beruhigte sie, an diesen Ausgang zu denken, und der doppelte Vorhang genügte, damit aus dem Gang kein Licht hereinfiel. Sie streckte eine Hand in Richtung Wand aus und tat ein paar Schritte nach rechts, langsam, kein Grund zur Sorge, sie hatte nichts zu befürchten, sie war allein, was für ein dummer Gedanke, dass jemand nach zwei Wochen noch immer dort lauern könnte, was war sie doch albern gewesen. Sie ging einige Meter weiter, ohne die Handfläche von den weichen Paneelen zu nehmen, ohne die Erwartung, wie bei anderen Malen jederzeit auf einen sitzenden Körper stoßen zu können, überzeugt wie nie, dass sie allein war. Sie lehnte sich mit dem Rücken an die Wand und ließ sich zu Boden gleiten, streckte die Beine aus, ihre Brust hob sich, als sie tief einatmete, ein Kitzeln ließ ihr Hals und Schultern weich werden, die gesammelte Anspannung des Arbeitstags und überhaupt der letzten Tage, das alles fiel allmählich von ihr ab, das Dunkelzimmer war wieder aktiv. Sie hielt einen Moment lang den Atem an und konzentrierte sich aufs Hören: Ihr war, als hätte sie etwas wahrgenommen, ein leises Rascheln, aber das konnte sie auch selbst verursacht haben, ihr Gehör war in diesem Augenblick so sensibel, dass sie sogar, als sie wieder zu atmen begann, nicht sicher war, ob es da ein Echo gab oder ob sich ihre Atemzüge mit einem anderen Atem überlappten, der schon bei ihrer Ankunft da gewesen wäre. Nein, sie hörte nichts, aber die Möglichkeit, dass jemand da sein könnte, brachte sie nicht aus der Fassung, erleichterte sie sogar: Sie wünschte sich, dass da noch jemand wäre, sie fühlte sich beschützt, wenn sie an irgendjemanden von uns dachte, der an einem Montagabend nach der Arbeit, oder weil er es zu Hause nicht aushielt, hier Zuflucht gesucht haben könnte. Ihr kam sogar der Gedanke, sich aufzurichten, auf Knien in die Mitte zu rutschen, um jemanden zu finden, ihm mit den Fingern übers Gesicht zu fahren, seinen Kopf gegen den ihren zu drücken, ihn zu umarmen, zu beißen, zurückzukehren. Und da hörte sie es: Klack. Das Klacken, das die Tür zur Straße schon immer gemacht hat, wenn sie ins Schloss fällt, dieses Klacken, das jeder von uns blind erkennen würde, natürlich blind. Klack. Wie blöd, sie hatte nicht hinter sich abgeschlossen, und das war kein Versehen gewesen, sondern eine bewusste Entscheidung, die sie jetzt als Dummheit erkannte: Sie hatte die Tür nicht abgeschlossen, falls sie fliehen müsste, als wartete die Gefahr im Inneren. Und das Klacken stammte zweifellos von der Tür, die ins Schloss gefallen war, nachdem jemand sie geöffnet hatte. Ihr fiel ein, dass sie auch die Tür zum Dunkelzimmer offen stehen gelassen hatte, deshalb hatte sie das Klacken so deutlich hören können. Sie verharrte reglos, wartete auf das folgende Geräusch, während sie alle Mitglieder der Gruppe durchging, es war nicht ungewöhnlich, dass um diese Zeit jemand hier auftauchte, die Montage waren immer schwierige Tage, der Start einer neuen Woche, die Rückkehr zur Routine nach der sonntäglichen Atempause, es kam nicht selten vor, dass jemand unter irgendeinem Vorwand aus dem Haus ging und am Ende hier landete. Sie vernahm ganz schwach die Schritte auf der Treppe, vor allem erkannte sie aber die Absicht des Betreffenden, leise aufzutreten. Sie hätte in diesem Moment hinausgehen können, dem Besucher auf dem Gang begegnen, aber ihr blieb keine Zeit mehr, sie spürte das Flattern der Vorhänge, hörte die Tür, die im Unterschied zu vorhin ins Schloss fiel. Der Wunsch überkam sie, dem Neuankömmling ein Gesicht zu geben: Pablo, Olga, Sergio, Sonia, aber in ihrem Kopf setzte ein einziges Bild sich fest. Ihr kam der Gedanke, aufzustehen, um auf eine mögliche Flucht vorbereitet zu sein, wollte aber nicht riskieren, dass ein noch so kleines Knacken der Gelenke ihre Position verriet. Die Pulsschläge beschleunigten sich in ihrer Brust, im Hals, in den Schläfen, sie fürchtete, ihr eigenes Herz könnte sie verraten, eine Heultonne in der Dunkelheit. Schlagartig stieg ihr Schleim in die Nase, aber sie konnte auch nicht losweinen, jede wahrnehmbare körperliche Veränderung käme einem Leuchtsignal gleich, sie musste von hier verschwinden, gar nicht erst da sein, sondern wie immer in ihrem Wohnzimmer auf dem Sofa, da würde sie irgendein Geräusch aus der Nachbarschaft hören und die Augen aufschlagen, um festzustellen, dass alles nur ein Traum gewesen war, dass sie nicht hier war und nicht diesem Scharren von Schuhen über den Teppich lauschte. Sie stellte ihn sich mit ausgestreckten Armen vor, wenn er zur Mitte ging, war er jetzt wohl schon an ihr vorbei, sie hatte eine Chance, zum Ausgang zu gelangen, bevor er die Rückwand erreichte und kehrtmachte, um seine Suche fortzusetzen, aber ihr Körper war stocksteif; als sie versuchte, ein Bein aufzustellen, mit den zähen Bewegungen aus einem Albtraum, knackten ihre Knochen laut, und sie hielt inne. Ihr kam in den Sinn, was sie vor einigen Minuten zu hören geglaubt hatte, die Möglichkeit, dass jemand anders schon da gewesen wäre, als sie hereingekommen war, in dem Fall könnte sie versuchen zu sprechen, um Hilfe bitten, aber vielleicht war das alles nur eine akustische Täuschung gewesen, und wenn sie den Mund öffnete, war sie verloren, ihre Stimme wäre dann der Faden, den der Eindringling packen und aufrollen würde, bis er ihre Kehle erreichte. Sie unternahm einen weiteren Versuch, sich zu bewegen, bis zur Tür zu krabbeln, aber alles war überlaut, ihre Hüfte knackte wie trockenes Holz, ihre Kleidung knisterte, als bekäme sie bei jeder Bewegung Risse, der ganze Körper fühlte sich verkrampft an, zu Stein geworden, wenn sie ein Bein hob, würde es zu Sand zerbröseln, und in dieser Reglosigkeit überraschte sie das Licht: Das Dunkelzimmer erschien in einem grünlichen Dunst, schwach, aber stark genug, damit María zum Vorschein kam. Da bist du ja, sagte die bekannte Stimme hinter dem Handydisplay, mit dem er sie beleuchtete. Da bist du, sagte er und näherte sich der Statue, die für einen kurzen Augenblick wieder lebendig wurde, um ihm das Licht aus der Hand zu schlagen. Das Telefon flog durch die Luft, und als es auf dem Boden landete, erlosch sein fahler Glanz, doch zusammen mit ihm erlosch auch Marías Widerstand, die sich von zwei unsichtbaren Händen umstoßen ließ. Für einen Moment lösten sie sich von ihr, sodass die zehn Finger ihr über das Gesicht fahren, ihr das Haar zerzausen konnten. Keine Angst, ich tu dir nicht weh. Die beiden Hände zogen ihr T-Shirt hoch und zerrten ihr den BH von den Brüsten. Dann wichen die Hände achtzig Kilo Gewicht, die auf María fielen, kräftige Schenkel und schwere Hüften, die sie gegen den Boden pressten, und sie wie eine gefallene Puppe, ohne Blut in den Gliedern, gelähmt, die Kehle verstopft, aber nicht von einem Klumpen Haare, sondern von einem Schleimpfropfen, der nicht so viel Sauerstoff durchließ, wie ihr beschleunigter Atem gebraucht hätte. Dann kamen die beiden Hände zurück wie zwei Ratten, die ihr über die Brüste huschten, begleitet von einem Mund, der seine Zähne in die eine Brustwarze schlug und die andere mit der Zunge umschloss, eine Speichelspur zurücklassend, als Nächstes fuhr die Zunge den Hals hoch, sodass alles einfror, was sie berührte, sie leckte ihr das Kinn, schob sich heftig in ihren Mund, der sich nicht rechtzeitig schloss, und da erforschte diese heiße Natter den Hohlraum, leckte ihr die Zähne, schlug gegen ihre Zunge, damit sie reagierte, und erst der Atemhauch aus abgestandenem Tabakrauch und Alkohol holte sie aus ihrer Erstarrung: Es gelang ihr, einen Moment lang den Mund freizubekommen, um zu schreien, aber es wurde daraus nur ein schlaffes Wimmern, eine hilflose Klage, die bereits tot zur Welt kam, der Schrei war zurückgeblieben, verzog sich langsam ins Innere, und sie hatte keine Kraft, um ihn wieder hervorzuholen, sie konnte nur wispern: Lass mich, bitte, bitte, aber der andere Mund antwortete nicht, weil er keine Stimmbänder hatte, auch keine Kehle und keine Lippen, nur Zähne, die sich in ihr Ohrläppchen schlugen, zurück zu der Brustwarze sprangen, und dann zogen die Ratten sich wieder zurück, die rechte wurde sich mit der linken einig, um Marías Hose aufzuknöpfen und herunterzuzerren, ihre Arme wurden davon etwas lebendiger, führten die Fingerspitzen zur Hose und zogen in die entgegengesetzte Richtung, lass mich, hör auf, bitte, aber eine Hand packte ihr linkes Handgelenk und führte es bis zu einem Schwanz, der dort allein im Dunkeln wartete, seine Finger schlossen sich um die ihren, und dann hieß es rauf und runter, rauf und runter, in dem Rhythmus, den ihr die andere Hand diktierte, hör auf, bitte, so ging es mehrere Sekunden lang, bis sie merkte, dass sich die andere Hand zurückgezogen hatte, während sie noch immer den Schwanz hielt und rieb; da ließ sie los, als ihr gerade die zwei Hände mit einem Ruck die Hose und den Slip herunterrissen, nun war sie praktisch nackt, das T-Shirt über den Brüsten und die Jeans eingerollt um die Knöchel. Zwei Knie schoben sich zwischen ihre Schenkel und drängten sie auseinander, damit sie die Beine ordentlich spreizte, während zwei Betonhände ihr die Arme gegen den Boden pressten, hör auf, bitte, die Zunge benetzte die Scheide zweimal breitflächig, bitte, bitte, und als der brennende Strunk im Begriff war, in das Fleisch zu stoßen, das sich zusammenzog, prallte der misslungene Schrei, der ihr die Kehle hinuntergerutscht war und all die in ihrer Speiseröhre gestauten Haare mitgerissen hatte, endlich vom Magen zurück und stieg ein weiteres Mal auf, der Schrei, der sich mit den Nägeln in die geröteten Ränder ihrer Kehle krallte, bis er die Schwelle des offenen Mundes erreichte, aber als er sich in die Außenwelt zu wagen begann, ließ eine der Hände den Arm los, den sie festgehalten hatte, und kam ihr zuvor, setzte sich vor den Aufschrei und drängte ihn mit den Fingern wieder nach innen, presste sich gegen Mund und Nase, nur ein dünnes Stimmchen drang durch die Ritzen der Hand, die sie knebelte und ihren Kopf auf den Teppich drückte, während der Schwanz versuchte, sich zwischen die trockenen Wände zu drängen, und da sammelten sich all das Blut und all die Energie und auch die Stimme, die keinen Weg durch den Mund gefunden hatten, an anderen Stellen: in den Beinen, die sich beugten und angezogen wurden, um sich dann kräftig zu strecken, in den Armen, die sich hoben, und den Händen, die den Körper von sich fort und zur Seite stießen. Sie stützte sich auf die Ellenbogen, um sich wegzuschieben, drehte sich um und versuchte fortzukriechen, verfangen in der Hose, aber erneut erschien eine Hand und packte sie am Fuß. Sie trat nach hinten aus und befreite sich, kroch weiter, ohne darauf zu achten, dass die Gürtelschnalle über den Boden kratzte, und auch nicht auf ihr Wimmern, denn lauter war der andere, der wütend den Teppich nach ihr abtastete und herumbrüllte, anstatt auf Marías Geräusche zu achten, um sie zu finden: Komm her, du Hure, ich bin noch nicht fertig mit dir. María entfernte sich von der betrunkenen Stimme, bis sie mit dem Kopf gegen die Wand stieß, und da, während der andere torkelte und fiel und immer weiter brüllte: Du Hure, komm her, du Hure, stemmte sie sich an der Wand hoch, zog sich die Hose vom Knöchel, um mehr Bewegungsfreiheit zu haben, und schob sich an der Wand entlang, in sehr engem Kontakt, wie auf einem schmalen Sims, wo ein falscher Schritt ihren Sturz ins Leere bedeuten würde. Wenn ich dich erwische, geht's erst richtig los, du Hure, versteck dich nicht, du wirst mich noch kennenlernen. Es war unmöglich, sich zu orientieren, vielleicht ging sie von der Tür weg, vielleicht stieß sie auf dem Weg auf ihn, er war schwer zu orten bei diesem Gebrüll, das bis zur Decke widerhallte, wenn ich dich erwische, reiße ich dir den Arsch auf, du verdammte Hure, sie hörte, wie er stolperte und erneut hinfiel. Endlich erreichte sie den Vorhang, aber da schoss ihr das Blut ins Gehirn, um ihr die nötige Klarheit zu geben: Der Versuch, nach draußen zu entkommen, war ein Fehler, hier drinnen hatte sie einen Vorteil, den sie draußen verlieren würde, das Dunkelzimmer war für sie vertrautes Terrain, und er war der Fremde, wenn sie hinaus ins Licht lief, hatte sie zwar eine Chance zu fliehen, ja, nach oben zu rennen und hinaus auf die Straße und um Hilfe zu rufen, aber es konnte auch sein, dass er sie vorher einholte, auf der Treppe, im Erdgeschoss, sogar auf der Straße, die um diese Uhrzeit menschenleer war, und dort wäre sie verloren, sichtbar, im Hellen hätte sie keine Möglichkeiten mehr, besser, sie blieb hier drin und wartete, der Typ war ziemlich betrunken, und im Dunkeln würde es nicht schwer sein, ihn aus dem Gleichgewicht zu bringen, wenn nötig, würde sie ihm die Finger in die Augen stoßen, ihm die Eier quetschen oder ihn in die Hand beißen. Sie schob den Arm durch den Vorhang, packte den Knauf und öffnete und schloss die Tür ruckartig, damit er den Lärm hörte und glaubte, sie wäre hinausgelaufen. Dann entfernte sie sich seitlich von der Tür, kauerte sich gegen die Wand, hockte sich auf den Boden und rollte sich zwischen Armen und Beinen ein, um so wenig Raum wie möglich einzunehmen und weniger Fläche zu bieten, auf der er sie beim Herumtasten finden könnte. So verharrte sie noch eine Minute lang, während der andere nach dem Ausgang suchte, wütend, mit immer weniger Schwung, er schien allmählich erschöpft, durch sein mühsames Schnaufen konnte sie ihn orten, mal näher, mal weiter weg, auch durch sein immer unartikulierteres Lallen, Hure, verdammte Hure, bis sie hörte, wie er sich im Vorhang verfing, die Tür zuschlug, im Gang hinfiel, und nach weiterem monotonem Geleier, Hure, verdammte Hure, ich komm wieder, du Hure, ich komm dich holen, du Hure, hörte sie das Reißen der Schuhschachteln, auf die er trat, seine plumpen Schritte auf den Stufen, das Scheppern eines Tischs, der im Erdgeschoss umgestoßen und mit Tritten eingedeckt wurde, und endlich die zufallende Eingangstür, die Stille. María blieb, wo sie war, an die Wand gedrückt, in sich zurückgezogen, als wären da noch Hände auf der Lauer, die sie erhaschen könnten, sobald sie einen Fuß vom Körper streckte. Sie unterdrückte die Tränen, damit er sie nicht hören konnte, falls er noch da war, womöglich war die zufallende Tür nur ein Trick, und er würde auf Zehenspitzen zurückschleichen und erneut ins Dunkelzimmer treten, um über sie herzufallen, sobald sie einen Mucks machte. Sie biss sich auf die Lippen, um nicht zu schreien, während sie versuchte, eine Schadensbilanz zu ziehen: Im Mund hatte sie noch einen bitteren Geschmack, ihre Brustwarze brannte, wo er sie gebissen hatte, ihre Scheide auch, der Speichel, der ihr den Hals verklebte, erfüllte sie mit Ekel, ihr ganzer Körper tat weh, sie wusste nicht, ob an den Muskeln oder weiter drinnen, im Knochen, in dem zermahlenen Mark, und als sie endlich zuließ, dass sich das Blut aus ihren Gliedern und dem Gehirn zurückzog und sich sanft in die restlichen Körperregionen ergoss, klappte sie zusammen. Sie war völlig aufgelöst, als hätte sie ein Teil verloren, das den Gesamtmechanismus aufrechterhielt und in dessen Abwesenheit die Arme, die Brust, der Kopf, die Beine, Ohren und Zähne ausgehängt waren, und so blieb sie liegen: auf dem Boden des Zimmers ausgestreckt, in immer kleinere Stückchen zerfallen, in Löschsand, Staub, in nichts. Ein Summen weckte sie auf, sie hatte keine Ahnung, wie lange sie da gelegen hatte, im Schlaf, bewusstlos oder nur selbstvergessen. Es weckte sie ein intermittierendes Summen, ein Insekt, das darum kämpfte, einer Falle zu entrinnen, und auch ein Licht. Sie öffnete die Augen, denn diesmal hatte sie sie geschlossen, öffnete die Augen und sah die Decke in einem elektrisch grünen Glanz, erst dachte sie unsinnigerweise an den Fernseher, das Wohnzimmer, das Sofa, aber nein: Sie war immer noch hier, und da gab es kein gefangenes Insekt und keinen Fernseher im Halbschlaf: Da war ein Handy. Sie setzte ihren Körper aus seinen verstreuten Einzelteilen zusammen, jedes Teil für sich, brachte die Knochen, die Sehnen und Nerven an ihren Platz, und als sie schließlich wieder aufgebaut war, drehte sie den Kopf von der Stelle, an der sie lag, und sah es: das

Handy, das in der Mitte des Zimmers summte und ein nervöses Glitzern verbreitete, Lichtgarben, die grünlich an den Wänden schimmerten und María ein weiteres Mal sichtbar machten.

Kann sein, dass ihr mich seht, aber ich sehe euch nicht.

Er rutscht auf seinem Sitz herum, trommelt auf die verglaste Tischplatte und wiederholt, den Blick auf uns gerichtet, noch lauter: Vielleicht seht ihr mich, aber ich sehe euch nicht.

Er trägt ein dünn gestreiftes Hemd mit Initialen auf der Brusttasche: E. H. T. Eine glatte, bläuliche Krawatte. Saubere Rasur, breite Stirn, sehr kurze Haare. Die Kabel seines Kopfhörers baumeln ihm von den Ohren, das Mikrofon hat er ans Hemd geklemmt. Er verschränkt die Arme, wiegt sich im Drehsessel, beugt sich dann vor und sagt: Irgendwas stimmt da nicht, ich kann euch weder sehen noch hören. Das nervt, dieses Scheißteil macht schon den ganzen Tag Probleme. Sonst trennen wir halt die Verbindung und versuchen's in ein paar Minuten noch mal. Halt, jetzt geht's. Ich kann euch sehen. Sagt mal was, vielleicht kann ich euch auch hören. Ja, jetzt passt es. Die Bildqualität ist so lala, aber wenigstens höre ich euch, wir können anfangen.

Er legt ein Blatt vor sich auf den Tisch, nimmt die Kappe vom Kugelschreiber und notiert sich etwas, zieht darunter einen Strich. Dann sieht er uns wieder an und sagt: Wie schon in meiner Mail erklärt, machen sich die da oben ziemliche Sorgen über das Tempo der Platzierung. Gestern haben wir über die Verzögerung geredet, wir liegen nicht im Zeitplan, deshalb habe ich das Meeting hier einberufen. Wir sind weit von einer Zielerfüllung entfernt, einige Filialen liegen deutlich unter der vorgesehenen Wiederkaufrate. Wir müssen das Ziel erreichen, das wir uns gesetzt haben, und dafür müssen alle Verantwortung übernehmen, ohne Ausnahme. Wenn es da draußen Mitarbeiter gibt, die nicht mitziehen, dann muss ich das erfahren, ich will Namen, ich will, dass mir jeder Gebietsleiter eine Liste der Mitarbeiter schickt, die in den einzelnen Filialen am weitesten hinter den Vorgaben zurückbleiben, wir werden da durchgreifen müssen. Ich bekomme mächtig Druck, und den gebe ich jetzt an euch weiter, ich will, dass sich das fortsetzt und ihr morgen den Filialleitern Dampf macht, damit die den Druck an ihre Leute weitergeben. Die Weisung ist klar: Es muss alles unters Volk gebracht werden, vorzugsweise in kleinen Mengen, da tun wir uns bei den Kleinsparern leichter. Die Kunden haben Bammel, ja, und deshalb ist das jetzt der beste Moment, um ihnen den Deal anzubieten. Wenn wir Erfolg haben wollen, müssen wir hier *full time* Einsatz bringen, von morgens bis abends, ein Scheitern können wir uns nicht leisten. Ich will keinen sehen, der auf seinem Hintern sitzen bleibt, wenn eine Person in den Filialen den Kundenverkehr am Laufen hält, dann reicht das. Die anderen legen sich in die Riemen. Und diejenigen, die ihren Anteil schneller loswerden, helfen den anderen, die noch größere Pakete haben. Ausreden gelten nicht, wir riskieren hier unseren Hals. Wir müssen voll auf das setzen, was wir verkaufen, nur so vermitteln wir auch den Kunden Vertrauen, die machen sich zweifellos Sorgen über das, was sie in den Nachrichten hören. Wir müssen zu hundert Prozent von unserem Produkt überzeugt sein. Wenn wir das nicht sind, wenn wir selbst nicht an das Unternehmen glauben, wenn wir daran zweifeln, wie sich der Kurs entwickelt, wenn es erst einmal an der Börse ist, dann heißt das letztlich, dass wir an unserer Zukunft zweifeln. Diejenigen, denen der Glaube fehlt, diejenigen, die nichts verkaufen können oder wollen, sollten sich fragen, ob sie wirklich Teil dieses Unternehmens und seiner Zukunft sein möchten. Klar so weit? Hat jemand irgendeine Frage? Nein. Also los dann, an die Arbeit, ich hoffe, wenn wir uns nächste Woche wiedersehen, dann zum Schulterklopfen.

Sieben

Jetzt ist es natürlich leicht, die Fehler der Vergangenheit anzuprangern und zu sagen, wie wir uns hätten verhalten müssen. Aber an jenem Dienstag sprach sich keiner von uns gegen Silvias und Jesús' Vorschlag aus. Wir kamen nicht mit der Bitte um einen Gefallen auf sie zu, sondern mit der Forderung, sich um das Problem zu kümmern, das sie verursacht hatten: Ihretwegen waren diese Polizisten gekommen, und einer von denen musste wohl, nachdem er uns im Dunkelzimmer gesehen hatte, dem Tier davon erzählt haben, das schließlich María angefallen hatte. Jesús und Silvia übernahmen dafür widerspruchslos die Verantwortung, sie schlugen eine Lösung vor, und wir stimmten zu, was hätten wir sonst tun sollen. Klar, wir waren nicht alle da: Einige leisteten María zu Hause Gesellschaft, weil sie Angst hatte, allein zu sein, aber auch die hätten keine andere Meinung vertreten, und als sie von der Lösung erfuhren, waren sie einverstanden, María als Allererste, allzu viele Möglichkeiten blieben ihr nicht, nachdem sie sich geweigert hatte, Anzeige zu erstatten. Jetzt ist es leicht zu sagen, dass wir sie hätten überzeugen müssen, zur Polizei zu gehen und davor erst einmal ins Krankenhaus, um einen Arztbericht zu bekommen, sei es auch nur wegen der blauen Flecken an den Handgelenken, denn weitere sichtbare Schäden hatte sie nicht vorzuweisen, und das stand ihr ebenfalls im Weg: Was soll ich der Polizei denn erzählen, dass wir einen Darkroom haben, wo wir zum Vögeln hingehen?, und außerdem habe ich ihm den Schlüssel selbst gegeben, man könnte sogar sagen, wir kennen uns, er war ja im Friseursalon, ich habe ihm die Haare geschnitten und meiner Chefin nichts gesagt, wer soll einer Frau schon glauben, die blindlings Sex hat und dem Erstbesten einen Schlüssel gibt, da steht sein Wort gegen meins, ich habe keine Verletzungen. Ich will das alles nicht durchstehen müssen, am Ende verliere ich noch den Prozess, und sowieso, egal, ob sie ihn verurteilen oder ob er sauber aus der Sache rauskommt, wenn ich ihn anzeige, wird er zu einer lebenslangen Bedrohung. Deshalb schien Jesús' Idee uns brauchbar zu sein, wir sahen die Risiken nicht oder gaben ihnen, falls wir sie sahen, keine so große Bedeutung. Wir standen dabei, während er einige Sekunden lang auf dem Handy des Typen herumtippte, bis er schließlich sagte: Wir haben Glück, er hat die SIM-Card gesperrt, aber eine Tür offen gelassen. Und zwar sperrangelweit. Der hat die Passwörter für seine E-Mail-Accounts und die sozialen Netzwerke gespeichert, so kommen wir ganz leicht an seinen Computer zu Hause ran, und dann installieren wir ihm ein Remote-Zugangs-Tool, mit dem können wir das Gerät bedienen, als säßen wir direkt davor. Wenn wir dann drin wären, war Jesús' Plan so einfach wie durchschlagend: Dreck draufzuladen, jede Menge Dreck, das übelste Zeug, das es gab, ihn in Dreck zu ertränken; seine Festplatte mit Unrat zu füllen, mit schmutzigen Dateien, Downloads von den miesesten Sites: Fotos und Videos vergewaltigter Minderjähriger, verprügelte Prostituierte, asiatische Mädchen, die dazu gezwungen wurden, sich gegenseitig zu befummeln, missbrauchte Babys; Bilder von Teenagern, die sich mit ihren Handys nackt und in aufreizenden Positionen fotografierten, was ihnen jahrelanges Cybermobbing eintragen würde; von schlafenden kleinen Kindern, aufgenommen von irgendeinem Verwandten, vielleicht vom eigenen Vater, der ihnen die Hosen herunterzog und ihren kleinen Penis anfasste oder ihnen einen Finger in die haarlose Vulva steckte, während er mit der anderen Hand die Kamera hielt. Jesús ließ uns einen Blick auf Abartigkeiten werfen, dass einige den Kopf wegdrehten, er nicht, er nutzte das WLAN eines Nachbarn, um Links zu öffnen, Websites, Dateien herunterzuladen, die allesamt unschuldige Namen hatten, die Titel beliebter Filme oder Fernsehserien. Er zeigte uns einige wenige Bilder und machte sie dann zu, um sie anschließend auf dem Computer des Typen zu hinterlassen, in einem getarnten, tief in der Hierarchie der Dokumente versteckten Ordner mit manipuliertem Erstellungs- und Änderungsdatum, sodass das Ganze nach monatelangen Downloads samt anschließender Verwendung aussehen würde. Während das Material übertragen wurde, nutzte er die E-Mail-Accounts, um den Typ auf ausländischen Websites anzumelden, wo man derartigen Dreck teilte. Zwischenzeitlich wechselte er immer wieder auf dessen Computer und erzählte uns dabei, der Typ sei Abschaum, seine Festplatte stinke schon, bevor man sie auch nur anrühre, da sei von allein genug Dreck, vielleicht nichts Strafbares, aber ausreichend Widerliches, keiner würde sich über diese anderen Dateien wundern, der Bursche sei ein gieriger Konsument von harten Pornos und brauche eben immer heftigere Erfahrungen, auf seiner Festplatte und in seinem Browserverlauf fänden sich dutzendweise Seiten, auf denen paraphile Praktiken aller Art inszeniert würden, von einer behandschuhten Faust auseinandergezogene Hintern, von Hunden penetrierte Frauen, Männer, die sich mit einer Rasierklinge den Schwanz ritzten, und vor allem viele junge Frauen, die sich als Mädchen verkleideten, einige davon vielleicht tatsächlich minderjährig mit ihren Schuluniformen und Sportklamotten und Pferdeschwänzen und roten Lippen und Sommersprossen und dem Kaugummi im Mund, man sah sie in Jugendzimmern für die Schule lernen, bis sie irgendwann anfingen zu knutschen, einander anzufassen, auszuziehen, zu lecken und zu masturbieren, oder sie wurden von Männern überfallen, die sie penetrierten und ihnen ihren Samen ins Gesicht spritzten. Während wir beim Öffnen und Schließen der Videos Bruchstücke davon sahen, erinnerten wir uns, obwohl niemand etwas sagte, dass dieser Typ unter uns gewesen war, seine Hände auf unseren Körpern. Er macht es uns schon sehr leicht, sagte Jesús, wenn wir ihm die Zeit dafür ließen, würde er sich selbst immer tiefer in den Dreck graben, bis sie ihn irgendwann schnappen, da würde es diesen kleinen Schubser gar nicht brauchen. Jetzt musste man es nur noch so aussehen lassen, als ob er das Material nicht nur konsumierte, sondern auch in Umlauf brachte, wir legten es ja nicht nur auf ein Bußgeld an, also nahm Jesús einige der bereits heruntergeladenen Dateien und schickte sie unter dem Benutzerprofil des Typen an einige Foren, die meisten davon im Ausland; außerdem verwendete er seinen üblichen Nickname, um anderen Usern Links zu schmutzigen Inhalten anzubieten. Nachdem das

Monster fertig erschaffen war, blieb nur noch, eine Mail an die Polizei und an die Guardia Civil zu schreiben. Also loggte sich Jesús rasch über einen anderen Internetzugang aus der Nachbarschaft ein und erstellte einen anonymen Mailaccount, um von dort aus eine Nachricht zu verschicken, der Absender wies darin auf eine widerwärtige Datei auf einer Downloadsite hin, ein unfehlbarer Köder, ein Faden, an dem man nur zu ziehen brauchte, um zu diesem verpesteten Computer zu gelangen, wo die Ermittler den ganzen Unrat finden würden, ohne lange suchen zu müssen, das, was Jesús dort hinterlassen hatte, und das, was der Typ schon selbst besaß und was dem strafbaren Material einen Kontext geben und Glaubwürdigkeit verleihen würde. Fertig, rief er und betätigte mit einem Finger die Entertaste, wie man auf einen Knopf drücken würde, der ein Torpedo in Bewegung setzt: Der Typ ist so gut wie tot, da bleibt nicht viel zu seiner Verteidigung vorzubringen, der wird nicht mal erfahren, warum sie ihn erwischt haben, er wird denken, es liegt an dem Dreck, den er sich selbst schon heruntergeladen hat. Und falls er irgendwann doch beweisen kann, dass ihm jemand das Zeug auf den Rechner geschleust hat, dann hat er keinen Grund, uns zu verdächtigen, bis dahin wird er sowieso schon eine Zeit lang im Knast geschmort haben, und das wird keine Urlaubsreise, Kinderschänder finden auf dem Gefängnishof nicht allzu viele Freunde. Diese letzte Bemerkung ließ uns alle verstummen, wir sahen uns verstört an, als spürten wir auf einmal die Last der Verantwortung, aber nur eine Stimme meldete sich mit der Frage: Du machst das nicht zum ersten Mal, oder? Jesús grinste: Red keinen Quatsch, für wen hältst du mich? Ihr solltet euch bei mir bedanken, ich habe euch ein Problem vom Hals geschafft, jetzt könnt ihr euer Dunkelzimmer weiter benutzen, ohne dass euch jemand stört. Mit diesen Worten klappte er seinen Laptop zu, wie ein Richter, der mit seinem Hämmerchen das Urteil besiegelt.

Nein, er hatte noch nie jemandem so etwas angetan. Jesús schwor uns, dass es das erste Mal war, dass er Dreck auf einen fremden Computer lud: Er habe das für uns gemacht, für María, und weil dieser Mistkerl es nicht anders verdient hatte. Von sich aus habe er das noch nie jemandem angetan, im Gegenteil: Er sei selbst Opfer einer ähnlichen Attacke geworden. Deswegen, erzählte er, war er bei der Firma rausgeflogen, für die er Managementsoftware installierte: Man hatte ihn entlassen, nachdem jemand Dreck auf seinen Computer geladen hatte. Er war überzeugt davon, dass es die Firma selbst gewesen war, konnte das aber nicht beweisen. Zu dem Vorfall kam es, nachdem er herausgefunden hatte, dass der Remote-Access-Account, über den die regelmäßigen Updates der installierten Programme vorgenommen wurden, dazu verwendet werden konnte, vom Ausgangsserver auf die Systeme der Kunden zuzugreifen. Das heißt, die Firma konnte diesen Kanal dazu verwenden, sich unerlaubt interne Daten der Unternehmen zu verschaffen, die ihre Software erwarben. Er hatte keine Gelegenheit gehabt, mit jemandem darüber zu reden, überrascht hatte es ihn aber nicht, denn wie er sagte, sahen sich alle Softwarefirmen früher oder später dieser

Versuchung gegenüber: einen Schritt weiter zu gehen, Daten abzuschöpfen, um sie zu verkaufen. Jede neue Anwendung hat eine Hintertür, und jemand bewahrt den Schlüssel auf. Im Internet, erklärte er uns, kann niemand widerstehen, wenn es irgendwo ein Guckloch gibt. Und nicht nur die Geheimdienste, die unsere Mails lesen und unsere Anrufe mithören. Wir tun das doch alle, ihr könnt ruhig zugeben, dass ihr das auch schon gemacht habt, vielleicht bei euren Partnern, ihr habt euch auf ihren Rechnern angemeldet, ihre Passwörter ausgespäht und ihre Mails gelesen, oder ihr schaut euch die Nachrichten auf ihren Handys an, während sie schlafen. Jetzt stellt euch das mal in größerem Maßstab vor. Er nannte den Fall Bloomberg, die Agentur für Wirtschaftsnachrichten, deren Mitarbeiter vertrauliche Daten ihrer Kunden auf denselben Computerterminals abgerufen hatten, über die jene die von ihnen genutzten Finanzinformationsdienste abfragten. Der Kanal war in beide Richtungen offen gewesen, und während die Kunden Daten und Updates herunterluden, sah sich die Firma ihre Profile an. Als das Ganze ans Licht kam, wurden verschiedene Mitarbeiter beschuldigt, die Tools auf unzulässige Weise eingesetzt zu haben, und die Sache endete mit einer bloßen Entschuldigung. Jesús kannte noch viele weitere solche Fälle. Vor Kurzem war ein weit gespanntes Spionagenetz aufgedeckt worden, über das Journalisten, Dissidenten und Unternehmer in Osteuropa ausgehorcht wurden: Die Spione verwendeten ein stinknormales Programm, ein Remote-Tool, das auf Millionen von Computern überall auf der Welt installiert war und in dem sie eine kleine Ritze geöffnet hatten, die genügte, um monatelang

Daten abzugreifen. Die Täter konnten Regierungen sein, Firmen oder Kriminelle, aber letztlich widmeten sich alle derselben Aufgabe: Hintertüren zu suchen, Schwachstellen, Lücken. Ein kleiner Spalt genügt, um einen ganzen Teich leerlaufen zu lassen, wie er gerne sagte. Häufig reicht schon eine winzige Veränderung in einer Codezeile, damit sich diese Lücke auftut, und dann bist du verratzt. Was ihn betraf, hatte er nie herausgefunden, ob sich seine Firma unerlaubt interne Kundendaten verschaffte, er hatte nur entdeckt, dass das Programm die Möglichkeit dazu bot, und das konnte kein Zufall sein. Er hatte diese kleine Ritze bei der regelmäßigen Aktualisierung entdeckt und gegenüber einem Kollegen eine Bemerkung darüber gemacht, der offenbar nicht dichtgehalten hatte, oder vielleicht überwachte die Firma von sich aus seine Bewegungen, jedenfalls wurde ihm wenig später gekündigt. Dabei hatte man ihm genau das vorgeworfen: bewusst Schwachstellen anzulegen, den Zugang zu den Systemen seiner Kunden zu nutzen, um vertrauliche Informationen zu stehlen, die er anschließend an die Konkurrenz verkaufen oder auf dem Schwarzmarkt für Daten, Passwörter und Konteninformationen anbieten würde. Er hatte das abgestritten, schwor auch uns, dass der Vorwurf falsch gewesen sei, wenn er die Absicht gehabt hätte, etwas mitgehen zu lassen, dann hätte er das besser versteckt, so leicht hätten sie ihn nicht erwischt. Jemand musste das Material auf seine Festplatte geschmuggelt haben, und die Firma griff dann mit derselben Remote-Managementsoftware darauf zu, die er für sie installierte. Weder war es Jesús gelungen, seine Unschuld zu beweisen, noch hatte die Firma die Informationen für eine

Anzeige verwenden können, da sie auf illegalem Weg darangekommen war, und so wurde eine Beendigung des Arbeitsverhältnisses ohne gegenseitige Schuldzuweisungen vereinbart. Aber Jesús stand ohne Job da, und seine Ex-Firma sorgte hinter den Kulissen dafür, dass ihn niemand aus der Branche mehr einstellen wollte: einige, weil er Informationen gestohlen hatte, andere vielleicht, weil er ungeschickt genug gewesen war, sich erwischen zu lassen. Ab diesem Zeitpunkt näherte er sich zunehmend der Welt der Hacker an, die er bis dato distanziert betrachtet und der er sich nie verbunden gefühlt hatte, er teilte weder ihre Kultur noch ihre Vorbilder, weder ihre Ideale noch ihren Technikoptimismus, und die Ethik der Hacker machte er sich ebenfalls nicht zu eigen. Ja, auch er war ein neugieriger Junge gewesen und hatte seine unvermeidliche Spectrum- und Amstrad-Phase gehabt, in der er auf einem grünen Bildschirm seine ersten Zeilen Basic-Code geschrieben hatte. Aber das war auch schon alles, was ihn mit dieser Stammesgemeinschaft verband, deren Mitglieder an der Uni gerne damit geprahlt hatten, unbefugt in Systeme einzudringen. Heute arbeiteten die meisten seiner rebellischen Ex-Kommilitonen als Fachleute für Computersicherheit, im Sold derselben Unternehmen, die sie damals zu bekämpfen geschworen hatten. Auch die Hacktivisten der Gegenwart interessierten ihn nicht, schon gar nicht die Krachmacher unter ihnen. In einigen Aspekten fand er sie harmlos, in anderen arrogant, häufig beides zugleich. Er hatte die Schnauze voll von diesen *lammers*, egozentrischen Bubis, die sich für gefährlich hielten, weil sie durch eine DNS-Attacke für ein paar Stunden Websites lahmlegen konnten oder einmal eine Behördenseite manipuliert hatten, um für einige Minuten ein lustiges Foto oder Plakat dort zu platzieren, das ebenso harmlos war wie sie selbst. Einige von uns widersprachen Jesús, das seien nicht alles nur Bubis, die Websites manipulierten oder abschalteten, wie stehe es denn mit denen, dank deren Tools man Aktionen koordinieren oder Informationen unters Volk bringen konnte, die Daten verbreiteten, welche die Regierungen geheim hielten, und Zensurversuche unterbanden. Jesús grinste: Das ist ja alles wunderbar, aber solche kleinen Triumphe sind kurzlebig und unzureichend, und außerdem geht es da zu sehr ums Spektakel, um persönliche Eitelkeiten, die wollen halt als Helden dastehen. All diesen Tastaturkriegern sage ich dasselbe, was ich schon an der Uni den Leuten gesagt habe, die gerne über die politischen Möglichkeiten des Hackens theoretisierten, über Meinungsfreiheit, Transparenz und so: Warum knackt ihr nicht die Website des Finanzamts und veröffentlicht alle Steuerdaten, die Einkommensteuererklärung sämtlicher Bürger, alle Einkünfte? Warum hackt ihr euch nicht in die Banken ein und legt die Konten offen, zeigt ihre Inhaber, den Saldo, die Kontobewegungen? Warum programmiert ihr kein Tool, das Grundbücher und Handelsregister offenlegt, um all diese Informationen besser zugänglich zu machen? Das wäre mal revolutionär, der Unsichtbarkeit des Geldes und des Eigentums ein Ende zu bereiten, zu wissen, was jeder hat, warum steckt ihr nicht all die Energie da rein, die ihr auf kleine Fische verschwendet. Bevor er Silvia anrief, hatte er probehalber einige Hacker in Foren kontaktiert: Er hatte in Betracht gezogen, ihnen die Backdoor offenzulegen, die er in den von ihm betreuten Firmen hinterlassen hatte, damit andere sie verwenden und größeren Nutzen daraus ziehen könnten, viele Leute waren nötig, um Systeme zu durchforsten, man konnte nicht einfach so durch eine Tür gehen, sich etwas nehmen und davonrennen, hinter jeder Tür befand sich ein langer Gang mit Dutzenden, ja Hunderten anderer Türen, einige davon mit mehreren Schlössern verhängt, um in großen Rechnernetzen zu stöbern und das zu finden, wonach er suchte, brauchte man Zeit und Wissen, man würde spezifische Tools entwickeln müssen, um weiter vorzudringen, um auf eine höhere Ebene zu gelangen, er allein war dazu nicht in der Lage. Er unterbreitete seine Idee mehreren Foren, die Anonymität zusicherten, vorsichtig, ohne alle Details preiszugeben, stieß aber nur auf Misstrauen, Angst und Verweise auf die Hackerethik. Einige fürchteten, er wäre ein Bulle, der ihnen eine Falle stellte, andere zogen es vor, weiterhin ihre unblutigen Kriegsspiele zu betreiben. Und die wenigen, die sich interessiert zeigten, schienen ihm einer solchen Chance nicht würdig, das waren dieselben Großmäuler, die Videos hochluden, um mit ihren Heldentaten anzugeben: Sie zeigten Screenshots mit Listen aller Computer, die sie unter ihre Kontrolle gebracht hatten, verteilten persönliche Zugangsdaten, um ihre Macht zu beweisen, und nahmen Unvorsichtige mit der Kamera auf, um dann die Videos zu veröffentlichen und sich darüber lustig zu machen. Dennoch suchte Jesús ihre Foren häufig auf, aber nur als Mitleser, ohne sich an Diskussionen zu beteiligen oder etwas beizutragen, ohne einer von ihnen zu sein. Er wollte nur lernen, und dazu studierte er gründlich jeden Sicherheitsvorfall, der ihm zu Ohren kam, er wollte wissen, wie die Täter das gemacht hatten, wie sie den Spalt gefunden hatten, die Hintertür. Er holte sich alle möglichen Tools, Malware, Würmer, Trojaner, Scripts, RATs, Exploits, sah sich verwundbare Strukturen an, Zero-Day-Attacken, Watering-hole- und Man-in-the-middle-Angriffe, aber er setzte sie gegen niemanden ein, nahm auch nicht an Massenaktionen teil. Er wollte nur Systeme auseinandernehmen wie Uhren, deren Inneres er sich ansehen könnte, die Mechanismen und Rädchen, die Codezeilen lesen, um sie zu verstehen. Nur einmal, sagte er, habe er von einem der Werkzeuge Gebrauch gemacht, und zwar aus der Not heraus: Ihm war sein Laptop gestohlen worden, während er in einem Café arbeitete. Er ging auf die Toilette, und als er wiederkam, war das Gerät nicht mehr da, keiner hatte etwas gesehen, weder die wenigen Kunden noch der Kellner. Als er nach Hause kam, verband er sich über einen Remote-Zugang mit seinem Rechner, nutzte seine eigenen Passwörter, um sich Zugang zum System zu verschaffen, deaktivierte die Schutzvorkehrungen und schleuste einen Trojaner ein, der ihm die Kontrolle über die Hardware verschaffte. So konnte er die Webcam aktivieren, ohne dass der neue Besitzer es bemerkte. Auf diese Weise fand er heraus, wer der Dieb war: der Kellner aus dem Café. Er sah ihn vor sich am Bildschirm, erkannte ihn wieder und empfand einen solchen Hass, dass ihm etwas Besseres einfiel, als ihn anzuzeigen: ihn zu bestrafen. Mehrere Tage lang ließ er die Kamera laufen. Durch diesen Spalt drang er in das Zimmer des Typen ein, beobachtete ihn, während er im Internet surfte, sich umzog, telefonierte oder zum Rhythmus irgendeiner Musik den Kopf bewegte. Einmal nahm er auf, wie er mit seiner Freundin auf dem Sofa vögelte, andere Male, wie er einen Popel aß oder wie er sich vor dem Bildschirm einen runterholte. Danach schickte er die Videos an sämtliche Kontakte des Typen, und anschließend lud er sie in verschiedene Foren hoch, von wo aus sie rasch die Runde durch die sozialen Netzwerke machten. Schließlich schickte er dem anderen die Links, um sicherzustellen, dass er sie sah und die grausamen Kommentare der Zuschauer las. Er ging noch mal in das Café, in der Hoffnung, ihn dort anzutreffen und die Bestrafung damit abzurunden, dass er sich an seinem niedergeschlagenen Gesichtsausdruck weiden konnte. Aber der Typ war nicht da, auch nicht an anderen Nachmittagen, an denen er abermals hinging. Er versuchte, sich ein weiteres Mal einzuwählen, aber der Computer schien immer ausgeschaltet zu sein. Er machte einen Versuch, ihn per Remote-Zugang einzuschalten, aber der Akku war anscheinend leer. Eine Zeit lang ging er weiter in das Café, traute sich allerdings nicht, die neue Bedienung zu fragen, weil er zu hören fürchtete, er habe sich wegen dieser Videos umgebracht. Seitdem, sagte er zu uns, decke er seine Webcam immer mit Klebeband ab, und wir sollten das ebenfalls tun: Denkt an all die Zeit, die ihr vor dem Rechner verbringt, und was ihr da tut. Sogar wenn ihr den Computer gar nicht benutzt, wie oft lasst ihr ihn auf dem Tisch stehen und führt in seiner Anwesenheit euer Leben, das alles setzt ihr einem möglichen Spanner aus, das alles kann durch diese Ritze entwischen, mit der ihr nicht rechnet. Die Versuchung ist sehr groß, alle unterliegen dieser

Macht: die Firma, die der Konkurrenz Informationen klauen kann, der Nachbar, der kein Fernglas mehr braucht, um die junge Frau von gegenüber nackt zu sehen, der Erpresser, der sich ein paar kompromittierende Fotos verschafft und erst mal mehr Material von seinem Opfer verlangt, oder der Chef, der einen lästigen Mitarbeiter loswerden will und ihm Schweinekram auf den Computer lädt. Wie er erzählte, hatte er nach seiner Entlassung eine schlimme Phase durchgestanden, kein Unternehmen aus der Branche wollte ihn noch einstellen, er stand auf der schwarzen Liste. Jahre vergingen, ohne dass er mehr als sporadische Jobs finden konnte, er verkaufte seine Wohnung unter Wert, bevor er sie an die Bank verlor, und sein Leben mit all seinen Annehmlichkeiten rutschte schlagartig um mehrere Stufen nach unten. Also hatte er alle möglichen Angebote annehmen müssen, darunter auch einige, für die er sich jetzt schämte, aber er hatte es aus der Not heraus getan. Häufig wurde er von einer Firma für besondere Aufträge angeheuert. Man rief an, damit er eine Festplatte fachmännisch analysierte: Es bestehe der Verdacht, dass ein Mitarbeiter Daten abgriff, und Jesús solle dessen Computer auseinandernehmen, um Beweise für den Diebstahl zu finden, die dann gegen ihn vorgebracht werden könnten. So hieß es, aber in Wirklichkeit spielte die zuverlässige Sicherung von Beweisen keine große Rolle, denn dann hätte sich der Auftraggeber an eine Firma gewandt, die den nötigen Standards genügte, damit das Beweismaterial vor Gericht Bestand hätte. Tatsächlich gab es solche Beweise gar nicht, aber der Auftraggeber begnügte sich mit anderem Material, das bei der Operation ans Licht kam:

Mails im Kollegenkreis, in denen über Vorgesetzte hergezogen wurde, Informationen des Betriebsrats oder auch nur ein Browserverlauf, den der Mitarbeiter endgültig gelöscht zu haben glaubte und den Jesús jetzt aus der Asche hob. Andere Male wurde er von einem Mann engagiert, der seine Partnerin der Untreue verdächtigte und auf ihre E-Mails zugreifen oder gelöschte Nachrichten wiederherstellen wollte. Manchmal wollte der Kunde nicht suchen, sondern finden. Um jeden Preis. Jesús war mehrmals viel Geld angeboten worden, damit er etwas auf eine Festplatte schmuggelte, das bei der Durchsuchung nicht aufgetaucht war. In dem Fall habe er sich immer geweigert. Sagte er zu uns.

Aber obwohl er diesen Hacktivismus ablehnte, den er als harmlos bezeichnete, hatte auch Jesús seine Momente, in denen er nichts kaputt machen wollte, sondern durch eine Tür lugte, auf der Ausschau nach anderen Dingen. Sogar nach Schönheit: Er war auch in der Lage, durch irgendeine dieser Ritzen Schönheit zu bergen. Vielleicht, um den Eindruck abzumildern, den sein Bericht bei uns hinterlassen hatte, erzählte er an jenem Tag noch etwas: Er überraschte uns mit der Enthüllung, dass er der Urheber eines Videos sei, das wir alle kürzlich gesehen hatten, wir dachten, es stamme von einem friedfertigen Hacker, einem verspielten Aktivisten, wie Silvia und Jesús sie ablehnten. Vielleicht log er, wie kann man das wissen, der Urheber war natürlich anonym geblieben. Aber er erwähnte einige Einzelheiten, um uns zu überzeugen. Vor drei Jahren, erklärte er, habe er mal das Videoüberwachungssystem der Stadtverwaltung geknackt, um seine Fähigkeiten zu erproben, wie er sagte. Das war nichts Außergewöhnliches, er war nicht der Erste, der so etwas tat, häufig wurden Sicherheitskameras im öffentlichen Raum oder in U-Bahnhöfen gehackt und die Bilder in Foren angeboten, damit jeder mal einen Blick darauf werfen konnte. Jesús griff auf eine einzelne Kamera zu, die einzige, die ihn interessierte. Sie war auf dem höchsten Dach in der Umgebung montiert und verfügte über ein Weitwinkelobjektiv, das den gesamten Platz erfasste, einschließlich der Einmündungen in die Seitenstraßen. Mit ihrer Hilfe konnte die Stadtverwaltung die Verkehrslage erfassen und Staus prognostizieren. Als es ihm gelang, die Kamera zu steuern, gab er sein Wissen nicht weiter, um zu verhindern, dass die Sicherheitslücke geschlossen würde. Er richtete einen permanenten Datenfluss zu seinem System ein und erstellte ein schlichtes Programm, durch das die Kamera alle paar Sekunden ein Standbild machte, das auf seinem Computer gesichert wurde. Das war sein einziges Ziel, er wollte die Kamera nicht unbenutzbar machen oder umlenken oder auf irgendein Büro im gegenüberliegenden Regierungsgebäude zoomen: Seine einzige Absicht bestand darin, mehrere Fotos des Platzes pro Minute anzufertigen, Tausende von Schnappschüssen pro Tag, die in chronologischer Reihenfolge abgelegt wurden. Er speicherte nicht alle davon, nur die von einigen ausgewählten Tagen, den Rest löschte er. Später speiste er sämtliche Einzelbilder in eine Schnittsoftware ein und montierte sie. Das Ergebnis war bekannt: ein fünf Minuten langer Film, der im Zeitraffer zwei Jahre Bewegungen durch einen einzigen Raum zeigte. Wir alle hatten das Video gesehen, die Erinnerung daran bringt uns heute dazu, unsere eigene Erinnerung zu beschleunigen, um sie ebenfalls unter einem bebenden, wechselhaften Himmel zu betrachten, unter dem flüchtige Gestalten vorbeiziehen und dabei eine Leuchtspur hinterlassen. In dem Film, dessen Urheberschaft Jesús beanspruchte und der monatelang im Netz kursierte und millionenfach angeklickt worden war, sieht man den Platz den Veränderungen des Lichts ausgesetzt, das mit den Jahreszeiten wechselt, Momente, in denen der Regen die Gebäude verwischt und Wassertropfen über die Linse sprüht, und andere, in denen kraftvoller Sonnenschein die Gehsteige leer fegt; kurzzeitigen Schneefall, dessen Weiß sich binnen Sekunden dunkel verfärbt, Bäume, die ihr Laub abwerfen und neu austreiben, blinkende Weihnachtslichter, städtisches Mobiliar, das den Ort wechselt oder plötzlich verschwindet, Autos und Busse, die den Platz hüpfend überqueren, Geschäfte, deren Rollgitter sich heben und senken, Balkons, deren Türen auf- und zugehen, auf denen Lampen an- und ausgeschaltet werden und wo für einen kurzen Augenblick Körper erscheinen. Unten, auf dem Asphalt und in der Fußgängerzone, der Tanz Tausender Leiber, die auf die Bühne treten und sie wieder verlassen, sie erscheinen in Wellen, schließen sich zu Gruppen zusammen und zerstreuen sich, um schließlich ebenso hastig zu verschwinden, wie sie gekommen sind, und so leert sich der Platz, aber nur wenige Sekunden später taucht die nächste Menschenmenge auf, schwenkt Fahnen und Spruchbänder, ein Schwirren wie von Insektenflügeln, manchmal füllen sie den verfügbaren Raum vollkommen aus, andere Male sammeln sie sich an einer der Seiten, bilden einen Halbkreis vor einem Podium, aus einer Seitenstraße strömen neue Teilnehmer in die Lücken, dann ein rascher Rückzug, nur damit wenig später eine Kolonne auftaucht, die das Bild von rechts nach links durchquert, fast ohne zu verweilen; in einem anderen Moment sehen wir kleine Ansammlungen sich zusammenziehen und ausdehnen, bis mehrere Zelte in die Höhe wachsen wie aus dem Feld sprießende Früchte, rund und farbenfroh, sie vervielfachen sich und ziehen neue Gruppen an, die in ihrem unermüdlichen Wandeln Kreise ziehen, eine Plane erhebt sich in der Mitte, Fassaden und Fensterfronten verstecken sich hinter Plakaten, der Tag geht zur Neige, und der Nacht gelingt es nicht, die Masse von Menschen zu verdunkeln, die schäumt und glitzert, mehrere Sekunden lang bleibt der Platz von einem lebendigen Tuch bedeckt, das sich nur langsam auflöst, bis eine nächste Sequenz die Gehsteige leert, Zelte und Planen verschwinden, der synkopierte Verkehr von Fahrzeugen kehrt zurück, die Wolken lassen den Himmel weiter knistern, bald sind die Menschenmengen wieder da, das Kommen und Gehen, irgendwann erscheinen unvermittelt Kastenwägen, die Lichtstrahlen werfen und mit ihrem Andrängen eine Seitenstraße leeren, es geht hin und her, die Polizisten sammeln sich und bilden Choreografien, bewegen sich fort wie eine riesige Raupe, und wenn sie näher rückt, teilt sich die Menge wie Wasser, das einen Abfluss sucht, der Platz liegt verwaist, doch bald beginnt der Tanz von Neuem, Demonstranten erscheinen, harren einen Moment lang aus und ziehen dann ab, Augenblicke, in denen der Boden von Lava überzogen wird, die bis in die Ecken steigt, von emsigen Insekten auf- und abgebaute Bühnen, erneutes Gerenne und weitere wild gewordene Streifenwagen und Polizisten auf der Verfolgung und Leute, die hinfallen und sich hochrappeln und weggezerrt und in Fahrzeuge verfrachtet werden, bis deren Türen sich schließen, um nur noch ein bläuliches Kielwasser zu hinterlassen, versprengte Demonstranten, die sich neu sammeln und im Kreis setzen, gleichzeitig die Hände heben, aufstehen und abziehen, um einer anderen Menschenschwemme zu weichen, die mit der wiederholten Farbe ihrer Kleidungsstücke verschmilzt, grüne T-Shirts und ebensolche Plakate, um den ganzen Platz zu tönen, und während die Sekunden verstreichen, ist der Film ein unablässiges Fließen oben wie unten, ohne dass man wüsste, ob es der hektische Himmel ist, der den Rhythmus der Tänzer bestimmt, oder ob vielmehr sie mit ihrer pausenlosen Bewegung ein Himmelszelt schütteln, das unablässig den Anstrich wechselt.

Es dauerte eine Zeit lang, bis wir wiederkamen, wir ließen mehrere Wochen verstreichen, ohne reinzugehen, ins Dunkelzimmer nicht und noch nicht einmal ins Erdgeschoss. Wir wechselten uns ab, damit immer jemand bei María sein konnte, begleiteten sie zum Friseursalon, warteten nach der Arbeit auf sie, übernachteten sogar bei ihr, bis zu einem Abend, an dem wir uns wieder trafen, nicht hier, sondern oben, einmal mehr, ohne dass uns jemand einberufen hätte, die Nachricht selbst genügte als Verabredung. Die Nachricht: Sechs Personen bei Razzia gegen Kinderpornografie festgenommen. Die Brigade für Technologische

Ermittlungen der Bundespolizei hat bei einem Einsatz in drei Provinzen sechs Personen wegen Besitz oder Verbreitung einschlägigen Materials festgenommen. Ausgangspunkt der Operation war die Anzeige eines Internetnutzers, der versehentlich Material pädophilen Inhalts heruntergeladen hatte. Der Anzeigesteller erklärte, er habe versucht, über ein Filesharing-Programm ein Video zu finden, und dann feststellen müssen, dass das Video, das er gerade heruntergeladen hatte, Kinderpornografie enthielt. Nachdem die Ermittler die Adressen und Orte ausfindig gemacht hatten, von denen die Downloads üblicherweise vorgenommen wurden, erfolgten mehrere Hausdurchsuchungen, bei denen zwanzig Festplatten, ein USB-Stick und circa einhundert DVDs sichergestellt wurden. Insgesamt wurden bei der Operation 450 Gigabytes pädophilen Materials konfisziert. Einer der Festgenommenen, der vorbestrafte A. G. M., der als Hauptverteiler des Materials gilt, sitzt seit seiner Vorführung vor dem Richter in Untersuchungshaft. Ein Sprecher der Polizei erklärt, unter dem beschlagnahmten Material befänden sich den Ermittlern zufolge bekannte Videos, die bereits seit Jahren zirkulieren, aber auch neueres Bildmaterial, sämtlich von Minderjährigen und teilweise von großer Brutalität.

Wo wird Sonia sich hingesetzt haben? Wir wissen noch nicht einmal, ob sie heute hereingekommen ist, ob sie in der Lage war, die Angst und den Widerwillen zu überwinden, die sie in letzter Zeit vom Dunkelzimmer ferngehalten haben. Wenn sie unter uns ist, stellen wir sie uns zusammengekauert vor, oder vielleicht sitzt sie gar nicht, sondern steht, mit geringstmöglichem Kontakt zum Boden, wir könnten sie nicht überzeugen, wenn wir ihr versicherten, dass es nichts zu befürchten gibt, dass wir das Dunkelzimmer gründlich durchsucht und das Fensterchen verstärkt haben und dass in all dieser Zeit niemand etwas gesehen hat. Sie kommt seit ein paar Monaten nicht mehr, hat gerade dann ausgesetzt, als sie diesen Ort am meisten gebraucht hätte. Wir waren vor nicht allzu langer Zeit zurückgekehrt, nach der Nachricht von der Festnahme des Eindringlings. An jenem Samstagabend stand Sonia fast schon vor der Tür, da erstarrte sie. Genauer gesagt, erstarrten sie beide. Wie sie berichtete, sahen die Ratte und sie einander an und verharrten mehrere Sekunden lang unbeweglich, wie bei einem Duell, ohne zu wissen, welche von ihnen den größeren Schreck bekommen hatte. Das Tier zog sich als Erstes zurück, rannte wie auf Zehenspitzen weg und verkroch sich in einem Gully. Es war nicht die erste Ratte, die Sonia in den vergangenen Wochen gesehen hatte; und sie war auch nicht die Einzige aus unserer Gruppe, die in den Straßen des Viertels auf ein Nagetier gestoßen war. Die Anwohner beschwerten sich seit geraumer Zeit über diese Plage. Sie gaben der Verwaltung die Schuld, die Stadtreinigung sparte Personal ein und ließ die Wartungsarbeiten in der Kanalisation schleifen, aus der es seit den letzten Regenfällen entsetzlich stank. Andere brachten das Problem mit dem jüngsten Streik der Müllabfuhr in Zusammenhang, weswegen sich zehn Tage lang Unmengen von Müll auf den Straßen angesammelt hatten. Manche sahen den Park als die Wurzel des Übels, der mangels

Reinigungspersonal zu einem mit Gestrüpp und Unrat übersäten Areal geworden war. Wieder andere deuteten auf die Brache an den Eisenbahngleisen, wo schon seit Monaten mehrere Familien in Wohnwagen lebten. Und es gab Ratten nicht nur auf den Straßen. Olga erzählte, in ihrer Schule hätten Kinder eine über den Pausenhof gejagt, in eine Ecke getrieben und so lange mit Steinen beworfen, bis sie tot war. Wie manche Bewohner berichteten, war nachts von den abgehängten Decken ihrer Badezimmer das Tapsen kleiner Klauen zu hören. Sonia wusste das alles, aber diesmal war etwas anders: Die Ratte kauerte neben dem Lüftungsfensterchen, das auf Höhe der Straße mit dem Dunkelzimmer verbunden war. Und so betrat Sonia das Lokal mit angewidertem Gesichtsausdruck. Wir versuchten, sie zu beruhigen, indem wir sie daran erinnerten, dass das Fenster mit Holzlatten vernagelt war, wir hatten sie sogar verstärkt, nachdem Víctor sie herausgerissen hatte, aber Sonia behauptete, Ratten könnten sich mit ihren Zähnen und Klauen einen Weg überallhin bahnen, ein kleiner Spalt wäre genug, da kämen sie scharenweise herein. Wir versuchten, die Angelegenheit mit Witzen zu überspielen, und alle lachten, bis auf Sonia, die sich auch nicht sicherer fühlte, als wir wenige Tage später von außen eine Metallplatte vor das Fenster schraubten. Sie sah ein, dass das Tier eher die Zähne verlieren als sich durch die Platte durchbeißen würde, sagte dann aber, vielleicht seien die Ratten ja schon drin. Nun begriffen wir, wie groß ihre Furcht tatsächlich war, wir sahen es in ihren Augen, aus denen uralte Ängste sprachen: Sie erzählte uns zwar nichts davon, aber wir dachten alle an eine schreckerfüllte Kindheit, ein Mädchen, das wegläuft, sobald ihm die Schulkameraden einen Grashüpfer hinhalten, das nicht in Flüssen badet und dem schon ganz anders wird, wenn es nur eine Taube sieht. Einige von uns begleiteten sie hinein und leuchteten mit Taschenlampen den letzten Winkel des Zimmers aus, hoben Teppiche hoch, schoben die Matratzen und Sofas beiseite, überprüften die Paneele auf Bodenhöhe. Sie sagte nichts, doch aufgrund ihrer starren Körperhaltung und der Spannung um ihre Mundwinkel, die sich partout nicht lockern wollten, begriffen wir, dass sie sich nie ganz sicher fühlen würde. Dennoch versuchte sie es, kam noch an mehreren Tagen her, aber da war nichts mehr so wie früher. Schon wenn sie beim Eintreffen im Korridor die Schuhe abstreifte, dachte sie an das Tier, an dessen Zähne, die sich in ihren nackten Fuß gruben. Von da an wurde alles nur noch schlimmer, jeder Schritt in den Raum machte die Ratte gegenwärtiger, und zwar nicht irgendeine, sondern genau dieselbe, der sie sich auf der Straße gegenübergesehen hatte. Sie spürte das Tier in der Dunkelheit, stellte sich seine geröteten Augen vor, als könnte dieses Ungetüm sie sehen und all ihre Bewegungen verfolgen, darauf wartend, dass sie sich niederließ, um sich dann auf sie zu stürzen. Am ersten Tag setzte sie sich noch hin, berührte den Boden aber nicht mehr mit den Händen. Ihr Gehör schärfte sich, in jedem Rascheln glaubte sie das Tier zu erkennen, das über die Teppiche huschte, nicht eines, sondern mehrere, eine ganze Horde von Ratten, die durch den Raum liefen, ihn füllten, übereinanderstolperten, die Schwächsten niedertrampelten, sich um das Aas eines toten Artgenossen balgten, sobald sie auch nur einen

Fuß regte, den Arm weiter ausstreckte, würde sie den knochigen Körper berühren, das gesträubte Fell, den spitzen Schwanz, die feuchte Schnauze und die Zähne, klein, aber messerscharf. Sie hielt noch einige Tage lang aus, weil sie die Dunkelheit brauchte, weil sie nicht darauf verzichten wollte, aber alles wurde nur noch schlimmer: Sie fing an zu denken, dass die Ratten schon immer hier gewesen seien, vom ersten Tag an, warum auch nicht, der Keller war ihre natürliche Umgebung, die Eindringlinge waren wir, angetreten, um eine jahrhundertealte Ruhe zu stören, in der sie durch die Dunkelheit geglitten waren. In Sonias bewusstem Albtraum tauchten frühere Momente auf, in denen etwas sie gestreift hatte, wenn sie allein in einem Winkel saß oder am samstäglichen Tumult teilnahm, und jetzt hatte sie es klar vor Augen: Das war keine flüchtige Hand gewesen und auch kein Fuß, der vorgeschoben wird und einen anstößt, sondern eine Ratte. Sie waren immer schon hier gewesen, während wir gevögelt hatten, waren sie zwischen den Leibern umherspaziert, unter den angewinkelten Beinen hindurch und über die ausgestreckten Arme hinweg, sie kletterten Rücken und Brüste hoch, und wir verwechselten ihre Beinchen mit verspielten Fingern, sie schnupperten an unseren Geschlechtsteilen, strichen mit ihren rauen Zungen über die Öffnungen derer, die von der Lust mitgerissen nichts von ihrer Anwesenheit merkten. Die Angst und der Ekel machten es Sonia unmöglich, weiterhin herzukommen, obwohl sie sie auch zu Hause verfolgten, wo sie jetzt mit eingeschaltetem Licht schlief und mitten in der Nacht das Tapsen hinter den Wänden zu hören glaubte.

Den Eindringling loszuwerden hatte, wie wir bald erfuhren, seinen Preis. Ihn loszuwerden erlaubte uns, ins Dunkelzimmer zurückzukehren, jetzt, wo wir es mehr brauchten als je zuvor, da alles auseinanderfiel. Wie weit lagen die Tage zurück, in denen wir uns unsterblich glaubten und durch den Ruin schlenderten wie Touristen. Jetzt kamen wir immer später, suchten eine Zuflucht, als hätten wir die Sirenen gehört, die vor einem Bombenangriff warnten. Es gab Tage, an denen man beim Eintreten die Hitze und das Summen der Menge spürte, fünf, sechs oder zehn Körper, die sich über den Raum verteilten, an den Seitenwänden, jeder für sich, alle am eigenen Unbehagen kauend. Wenn man von der Arbeit kam, hatte man an vielen Abenden das Bedürfnis, die tagsüber angesammelten Schuppen abzustreifen, die Gerüchte von neuerlichen Entlassungen, die in den Kaffeepausen erzählten Geschichten von anderen, die nicht wir waren, die wir aber eines Tages werden könnten. Wenn man U-Bahn fuhr, wirkte alles schmutziger, das Licht kraftlos, obwohl es dasselbe war wie immer, die Gesichter müder, die Schminke brüchiger, die Schuhe abgetragener. Also knallte man zu Hause die Tür zu und ließ das Geschrei und die Vorwürfe hinter sich, den Sarkasmus und die Drohungen, das Schweigen und die ausweichenden Blicke beim Abendessen. Man blickte von der Schwelle ins Schlafzimmer, im Halbdunkel atmete leicht das Kind, und da brach alles über einen herein, was noch kommen sollte. Man schaltete den Computer aus, die Gags zur aktuellen Lage, die man gerade noch geteilt hatte, waren schon nicht mehr witzig, und man sah die verdreckte Tastatur, die verwischten Buchstaben und die speckige Maus.

Das Handy klingelte, man blickte auf die Nummer, die auf dem Display angezeigt wurde, ging aber nicht ran. Und dann kam man hierher, lief die Treppe hinunter, zog die Schuhe aus, und wenn man den zweiten Vorhang durchquerte, wusste man, dass man nicht allein war, man schob sich an der Seitenwand entlang, den Schemen ausweichend, bis sich eine Lücke fand, und beim Atmen wirkte die Luft trüber, als erschöpften wir allmählich den Sauerstoff, der über Jahre gesammelt worden war. Auch an den Samstagen kamen wir weiterhin her, erst das Vorgeplänkel im Erdgeschoss, wo die Gespräche holprig verliefen und wir es nicht schafften, die Nacht umzukehren, selbst hier unten war die Stimmung anders als sonst, die meisten hielten sich abseits, und nur noch wenige suchten einander in der Mitte, aber trotzdem kamen wir herunter und brachten den Abend vollends hinter uns, und wenn es nur so war wie jetzt, da wir im Kreis sitzen und schweigen. Als hätten wir alle damit gerechnet, als hätten wir auf den Moment gewartet, in dem der genaue Preis genannt werden sollte, überraschte es uns nicht, eines Samstags die Stimmen von Silvia und Jesús zu hören. Wir wissen nicht, ob sie erst eintrafen, als wir schon alle drin waren, oder ob sie bereits auf uns gewartet hatten. Obwohl sie seit Jahren nicht mehr zu den Samstagstreffen gekommen waren, wunderte uns auch nicht, sie hier unten anzutreffen, wo ihre Stimmen ohne Ursprung in der zähen Luft hingen. Sie legten es wieder mal auf die spektakuläre Wirkung an, wollten die hallende Akustik des Dunkelzimmers und unsere vom Alkohol und Rauch milde gemachte Stimmung nutzen; einmal mehr wollten sie uns hier verführen, damit wir keine Einwände erhoben oder Fragen stellten, wie wir es oben sehr wohl getan hätten. Sie begannen zu sprechen, als nähmen sie einen Satz wieder auf, der erst vor einer Sekunde unterbrochen worden war, ohne Vorrede oder Begrüßung. Silvia begann mit der Ankündigung, dass sie uns um einen Gefallen bitten wollten, sie wüssten ja, dass sie auf uns zählen könnten. Sie bat uns nicht erst um Hilfe, sie ging ganz selbstverständlich davon aus, das war der Preis, den wir zu entrichten hatten, die Pflicht im Tausch dafür, dass sie dem Eindringling all den Dreck untergejubelt hatten: Wir wissen, dass wir auf euch zählen können. Irgendwann schaltete Jesús sich ein, aber heute wüssten wir nicht mehr, wer von beiden was gesagt hat, ihre Stimmen verbanden sich zu einer einzigen Rede, als wäre es in Wirklichkeit ein und dieselbe Person, nur ihre Intonation veränderte sich: Wir wollen euch um einen Gefallen bitten, wir wissen, dass wir auf euch zählen können. Wir haben Material besorgt, aber es ist noch zu wenig. Damit die Aktion Wirkung zeitigt, brauchen wir mehr. Es gilt jetzt, neue Türen aufzumachen, die, die in unserer Reichweite lagen, wurden alle schon genutzt, und die meisten davon haben sich geschlossen. Aber um diese anderen Türen zu öffnen, können wir nicht auf die bisherige Methode zurückgreifen, es gibt keine Firmen mehr, die diese Lücke in ihrem System haben. Wir sind in Kontakt mit anderen Gruppen in anderen Städten, Leuten, die ebenfalls denken, dass es an der Zeit ist, weiter zu gehen, dass wir nichts erreichen werden, solange die Angst nicht die Seiten wechselt; einige, die so wie wir der Ansicht sind, dass es nicht mehr darum geht, irgendwelche Websites für ein paar Stunden lahmzulegen. Mit ihrer Hilfe sind wir dabei, ein ähnliches Tool zu entwickeln, leicht zu benutzen, allerdings nicht zu installieren, es ist nicht einfach, dieses Tool in ein System einzuschleusen, ohne dass die Betroffenen es merken, wir haben es schon mit Trojanern versucht, aber die finden sie, jetzt wollen wir es auf anderen, direkteren Wegen probieren. Und da kommt ihr ins Spiel. Wir wissen, dass wir auf euch zählen können. Wir stecken da zusammen drin, das ist euch ja wohl klar.

Die Wahl fiel auf dich, auf wen auch sonst. Wir steckten da alle zusammen drin, sie konnten auf uns zählen, ja, aber du warst für diesen ersten Versuch am besten geeignet. Wenn man diejenigen ausschloss, die bereits arbeitslos waren, diejenigen, die freiberuflich, in kleinen Unternehmen tätig waren oder in solchen ohne firmeneigenes Netz, und auch jene, die ihre Chefs aus dem Spiel lassen wollten, weil sie ihnen nichts vorhalten konnten, womit sie sich einen solchen Angriff verdient hätten, blieben nur noch wenige Möglichkeiten, und keine war so gut wie deine. Wir mussten gar nicht lange auf dich einreden, du nahmst den Auftrag an, weil er Teil deiner Strafe und deiner Rehabilitation war, wie der Verlust dieses Zahns, ja mehr noch: eine Chance, für Gerechtigkeit zu sorgen, jene zu entschädigen, die dir die Schuld an ihrem Unglück gaben, mit ihnen ins Reine zu kommen, obwohl sie letztlich nie erfahren würden, was du für sie getan hättest, dass du ihr Rächer gewesen wärst. Die Sache kam dir auch nicht allzu riskant vor: Jesús versicherte, es sei nicht zurückzuverfolgen, von welchem

Computer der Zugriff erfolge, aber du zogst es dennoch vor, nicht deinen eigenen zu verwenden. So wartetest du also auf das Ende des Arbeitstages, den ganzen Tag brannte dir der Memorystick in der Hosentasche. Es war nichts Ungewöhnliches, dass du länger im Büro bliebst, das kam häufig vor, seit du am Stammsitz arbeitetest, und es kam auch nicht selten vor, dass du als Letzter das Gebäude verließest. Als schon das halbe Stockwerk im Dunkeln lag und dir nur noch die eine oder andere Vorarbeit blieb, um die Wartezeit zu überbrücken, wobei dir durch den Sinn ging, dass möglicherweise auch von der anderen Seite jemand den Bildschirm überwachte, standst du schließlich auf und schlichst zwischen den am weitesten von der Fensterfront entfernten Tischen hindurch, von der Straße aus war das Büro das reinste Aquarium. Die meisten Computer befanden sich im Ruhezustand, aber welchen solltest du jetzt nehmen? Jesús behauptete, es gebe kein Risiko, aber du stelltest dir vorsichtshalber das Gesicht vor jedem einzelnen Gerät vor, dachtest an deine Beziehung zu jedem der Kollegen, bis du dich für den Tisch entschiedest, an dem der Praktikant saß, nicht weil du ihn nicht gemocht hättest, sondern weil er in deinen Augen derjenige war, der am wenigsten zu verlieren hatte, wenn die Sache Konsequenzen nach sich zog. Als du vor seinem Computer standst, überkamen dich alte Gefühle, die du in deinem Gewissen begraben wähntest: ein ähnlicher Moment vor vielen Jahren, ebenfalls vor einem fremden Computer, einen anderen Memorystick in der Hand. An jenem Abend war die Zweigstelle verlassen, warst du ebenfalls der Letzte, der ging, der stellvertretende Filialleiter, vor dessen

Computer du wie gelähmt verharrtest, hatte dir selbst einen Schlüssel gegeben, ein Zeichen des Vertrauens, und du vergaltst es ihm damit, dass du vor seinem Tisch standst, der bald der deine sein würde, es hieß nur noch den USB-Stick einstecken, so wie diesen jetzt, auch den anderen hatte dir Jesús gegeben, allerdings hattest du ihn damals darum gebeten, und heute kam der Stick zurück wie bei einer Gefälligkeit in beide Richtungen. Versunken in der Erinnerung, hattest du schon eine Minute lang mit der Hand in der Tasche vor dem Praktikantencomputer verweilt und zucktest jetzt plötzlich zusammen, als du hinter dir Schritte hörtest. Du drehtest dich um und atmetest erleichtert auf: die Putzfrau, die ihr Wägelchen vor sich herschob. Und warum nicht sie, dachtest du und fantasiertest von einer Verschwörung der Putzfrauen mit den Taschen voller Memorysticks, mit denen sie sämtliche Computer sämtlicher Büros infizierten, die sie Tag für Tag säuberten, wer würde sie verdächtigen? Mehr noch: Die Hausangestellten könnten sich ihnen anschließen, die hatten ja Zugang zu den Computern in Privatwohnungen und -häusern. Du verwarfst den Gedanken, das im Lokal zu erwähnen, nicht einmal im Scherz, Silvia oder Jesús könnten die Sache ernst nehmen, sie war nicht viel unsinniger als das, was sie dir vorgeschlagen hatten und was du jetzt im Begriff warst auszuführen. Sie fantasierten von Hunderten verbitterten Arbeitern, prekären Existenzen, die nichts zu verlieren hatten, zu freien Mitarbeitern Degradierten, die keine Loyalität empfanden, aber auch keine Angst, Angestellten, die nach ihrer Kündigung Passwörter mitgehen ließen, wütenden Beamten, die auch in der Verwaltung eine Backdoor einrichteten, durch die man an hochrangige Beamte herankommen könnte und von dort aus an Stadträte und Abgeordnete. Tausende von unabhängigen Zellen, bewaffnet mit nichts als einem USB-Stick, der Systeme infizieren würde, um von dort Dokumente sichern und Videos aufnehmen zu können. Man musste das Unsichtbare sichtbar machen, sagte Jesús oder vielleicht Silvia. Man musste die da oben, wie Silvia sie nannte, ans Licht zerren, Jesús und auch wir benutzten dieselbe Sprache: die da oben. Man musste eben die Gucklöcher nutzen, durch die sie uns kontrollierten. Man musste in ihre Dunkelzimmer eindringen, die sich von den unseren so sehr unterschieden: ihre Büros, in denen sie Entscheidungen fällten, die uns alle betrafen, ihre privaten Räume, in denen sie sich sicher fühlten, ihre Villensiedlungen, ihre Restaurants, ihre Sitze in der ersten Klasse, ihre Residenzen für reiche Rentner, wo es immer ein Ehepaar gab, das die Scheiße aufwischte, hatte Silvia gerufen, oder war es Jesús. Man musste die Spalte erweitern, um ihre Teiche früher leerlaufen zu lassen, hatte Jesús gesagt oder vielleicht Silvia. Jetzt hattest du die Dynamitstange in der Hand, um aus diesen Ritzen Breschen zu machen, und für einen Augenblick dachtest du an dich selbst, aber nicht auf dieser Seite des Gucklochs, sondern auf der anderen. Du als der Beobachtete, du als der Aufgezeichnete, du als der Gehasste, es hatte mal eine Zeit gegeben, in der du glaubtest, dass das Leben eine Rolltreppe nach oben sei, die dich eines Tages auf die andere Seite des Spiegels bringen würde, und dann wären es andere, die dich hassten und durch das Loch beobachten wollten und vor deinem Haus in der

Villensiedlung demonstrierten oder lärmend in das Restaurant liefen, in dem du mit deiner Freundin speistest. Aber nicht mehr, deine Zeit war vorbeigegangen, und du warst auf dieser Seite geblieben. Guten Abend, sagtest du zu der Frau, die einen nahen Tisch abwischte, und schobst, ohne dich hinzusetzen, dein Gewicht aufs hintere Bein verlagernd wie einer, der Anlauf nimmt, den Stick in den seitlichen Schlitz am Monitor, die gewalttätige Geste dessen, der einem anderen ein Messer in die Seite rammt.

REC

Der Computer steht auf dem Bett. Wir sehen ein gebügeltes Bettlaken, quer darüber läuft eine Falte. Im Hintergrund, wo die Matratze endet, erhebt sich ein Schrank mit Schiebetüren in dunklem Holzfurnier. Rechts ein Stück Kissen, der Rand des gepolsterten Kopfendes und der Nachttisch mit einem grauen Telefon, einem dünnen Notizblock und dem Kugelschreiber mit Werbelogo, darüber eine Wandlampe aus weißem Glas, die einzige Lichtquelle im Bild.

Jetzt tritt er auf, aber die Ausrichtung der Kamera lässt uns nur seine Beine und die Hälfte des Torsos sehen. Graue Bundfalten, die weißen Hemdschöße außerhalb der Hose, eine Hand, die an der Krawatte zupft, während der andere Arm nach oben gestreckt ist, wir stellen uns vor, dass er sich ein Telefon ans Ohr hält. Er verlässt mehrmals den Raum und kommt dann wieder, mit langsamen Schritten, seine Stimme erreicht uns nicht, irgendein Problem mit dem Mikrofon.

Endlich setzt er sich auf den Bettrand, mit dem Rücken zu uns. Ein paar Sekunden verharrt er reglos, die Hände auf seine Schenkel gestützt, nach vorne gebeugt, sodass man den Nacken sieht, die perfekt geschnittenen braunen Haare. Dann dreht er sich um und nimmt sich ein großes Kissen, das er mit der flachen Hand zweimal aufklopft und auf das Kopfkissen legt, als Stütze. Er zieht die Beine aufs

Bett hoch und lehnt sich gemütlich zurück. Dann streckt er die Hand aus, um den Computer zu sich zu drehen, sodass sich die Perspektive nach rechts verschiebt: Wir verlieren seinen Körper von der Taille abwärts aus dem Blick, dafür sieht er uns jetzt frontal an, sein Gesicht mit den Augenringen, der bläuliche Bartschatten auf den Wangen, der steife Pony. Über ihm die Ecke eines gerahmten Drucks. Er tippt und wischt auf dem Touchpad herum, bis er gefunden hat, was er sucht.

Dann legt er die Hände auf den Bauch, und sein Ausdruck verändert sich allmählich, ohne dass er den Bildschirm aus den Augen lässt: Er klickt langsam, spitzt den Mund, alle paar Sekunden erscheint die Zunge, um die Oberlippe abzufahren, die Unterlippe beginnt unmerklich zu hängen, bis ihm der Mund halb offen steht, man sieht die oberen Schneidezähne, einen glitzernden Speichelfaden zwischen den Kiefern.

Seine Arme strecken sich, und die Hände verschwinden aus dem Bildbereich, unterhalb der Gürtellinie. Er hantiert, setzt sich zurecht, ohne den Bildschirm aus den Augen zu lassen. Einen Moment lang kommen die Hände zurück ins Bild, um das Hemd aufzuknöpfen. Er öffnet es zu den Seiten hin, sein Oberkörper liegt nun frei, behaart bis zu den Schultern, die Haut milchig, die Brustwarzen breit.

Die rechte Hand verlässt abermals das Gesichtsfeld und kommt nun nicht mehr zurück: Ihre Aktivität verursacht rhythmische Armbewegungen, anfangs langsam, dann immer schneller, und während er Fahrt aufnimmt, lösen sich seine Gesichtszüge auf, der Mund hängt vollkommen offen, die Zungenspitze erscheint, die Augen sind inzwischen halb geschlossen, während sich seine Nasenflügel weiten, er legt den Kopf schief, die Bewegung des Arms ist jetzt frenetisch, er löst sich von der Rücklehne und beugt sich vor, schiebt das Kinn nach vorne, schließt die Augen ein paar Sekunden lang ganz, beißt sich auf die Unterlippe, reißt den Mund noch weiter auf, bis er schließlich den Kopf in den Nacken fallen lässt, den Hals streckt, die Brust vorschiebt, noch immer pumpt sein Arm, dann treffen mehrere cremige Einschläge den Bauch, um von dort aus seitlich aufs Laken zu gleiten.

Der Arm kommt zur Ruhe, er schnauft durch, der ganze Körper sinkt auf dem Bett zusammen, der Kopf fällt in die Kissen, wie um davonzurollen. Er hält die Augen geschlossen, atmet ruhiger, stößt mit geschlossenen Lippen die Luft aus. Die Rinnsale sickern durchs Laken auf die Matratze, als er die Augen öffnet und zur Decke blickt.

Acht

Ein letztes Mal drehen wir an der Kurbel, nun ohne Kraft, ohne Lust. Ohne Zeit. Diesmal lassen wir den Film nicht rückwärtslaufen, sondern drehen nach vorne, in einem letzten Impuls: die Zukunft. Was für eine Zukunft? Die Jahre verstreichen, der Himmel dreht sich erneut, ohne Tag oder Nacht festzuhalten, die Jahreszeiten fließen ineinander, die Wolken sammeln sich, lösen sich auf, formen Spiralen, Vogelschwärme kreuzen den Planeten von Norden nach Süden und zurück, einige Bäume wachsen und andere verbrennen, um mit ihrer Asche den Boden zu düngen und den seit Jahrtausenden unabänderlichen Kreislauf ein weiteres Mal zu beginnen, Gebäude stürzen ein, und über ihren Ruinen werden die Fundamente für neue gelegt, Asphaltzungen verschlingen die Felder und stoßen Löcher in die Berge, und im Schnellvorlauf sehen wir, wie die Zeit uns rastlos formt, jeder wirft jetzt ein aktuelles Bild von sich an die Wand und lässt es in wenigen Sekunden zerfallen, die Jahren entsprechen: Die Stirn wird weiter, die Augen graben sich ein, die Lippen werden dünner, die Wangen erschlaffen, Altersflecken erscheinen auf der Haut, Furchen, die die Mundwinkel nach unten ziehen, und wenn wir die Perspektive weiter werden lassen, sehen wir unsere immer langsamer werdenden Bewegungen, dieses rastlose Rennen, das an Kraft verliert und schwerfälliger wird, aber nervöser, und wohin: Wir können nichts sehen, es gibt keine Landschaft, nicht einmal einen Boden, wir sind Gestalten, die durch einen riesigen weißen Raum schreiten, wie ein Greenscreen, auf den die Zukunft gelegt wird. Was für eine Zukunft? Die, die wir erwartet haben, die, die wir uns gewünscht haben, die, die man uns versprochen hat, die, für die wir erzogen wurden, eine Zukunft ohne böse Überraschungen, mit Kindern, die erwachsen werden und unsere Sehnsüchte erben; Partner, so lange ersetzt, bis sie sich in die endgültigen verwandeln und an unserer Seite alt werden; Eigenheime ohne Schulden, ohne Billigmöbel, der über Jahrzehnte zusammengetragene Hausrat, wie ein Museum all dessen, was gelebt wurde, die Erinnerungen von so vielen Reisen, der von der Erfahrung geprägte gute Geschmack, der dann auch die passende Kaufkraft vorfindet, die Wand der großen Küche tapeziert mit den Etiketten aller Weine, die wir zusammen entkorkt haben. Eine Zukunft als Belohnung, die uns im Winter die Haut bräunen und Minute für Minute all die Zeit zurückgeben würde, die wir über Jahre zum Schleuderpreis verkauft hätten, um es bis dorthin zu schaffen. Aber das Bild verformt sich, es gibt Interferenzen aus einer anderen Zukunft, die sich letztlich als Funken sprühender Nebel auf dem Bildschirm durchsetzt, wie wenn man den Sender nicht mehr empfängt: diese andere, an der wir in einigen Nächten schwer zu beißen haben, wenn wir uns hinlegen, die, vor der uns keiner gewarnt hat und die wir noch nicht zu benennen wissen, die in der Luft hängt wie ein Klumpen dunkle Materie, eine Form nicht zu erkennen. Wir glauben zu wissen, welchen Dingen sie nicht ähnlich sieht: Wir rechnen kaum damit, irgendwann nach Essensresten suchen zu müssen, und auch nicht damit, in einem Heim zu schlafen oder den Schimmel von Lebensmitteln zu kratzen, oder damit, dass uns die Zähne abfaulen; wir glauben, dass das alles nicht eintreten wird, keiner von uns sieht sich in dieser Art von Zukunft, die heute durchaus darstellbar ist; wir denken, dass immer etwas da sein wird, das uns Halt gibt, damit wir nicht ins Bodenlose fallen. Aber was dann, welche wird unsere Zukunft sein, wie wird unser Leben aussehen? Die Frage rollt durch den Kreis, den wir gebildet haben, wie eine Roulettekugel, die geräuschvoll von den Wänden abprallt, aber letztlich bei keiner Zahl stehen bleibt, sondern in die Mitte fällt und noch ein paar Sekunden lang immer engere und schnellere Runden dreht, bis sie durch ein Loch verschwindet. Danach herrscht Stille. Die Zukunft. Und wo ist das Dunkelzimmer, dieses oder das andere, das wir uns vielleicht einrichten können, wenn sie uns dieses hier zumachen, womöglich werden wir uns weiter verstecken und in einem derartigen Zimmer alt werden, den Verfall des Fleisches riechen, wenn wir uns nähern, den immer säuerlicheren Mundgeruch, und das schwere Atmen hören. Wir würden den Projektor gerne aufhalten, seinen Lauf umkehren, ihn zurückfahren lassen zu einem früheren Moment, der noch in der Nähe pulsiert, so nahe, dass er uns glauben macht, er sei nicht ganz verloren und noch sei es möglich, sein Kielwasser zu erwischen, und deshalb wollen wir nichts kaputt hauen, diese Rückkehr soll weiter möglich sein. Andere sehen das anders: Silvia und Jesús, die würden am liebsten den Bildschirm zertrümmern, die Wand auf der anderen Seite des Spiegels finden und auch darauf einschlagen, aber wir nicht, geben wir es zu. Wir klammern uns an die Hoffnung, dass alles wieder so werden könnte wie früher, wir möchten lieber warten. Und wenn es keine Rückkehr gibt, würden wir diesen Augenblick zumindest gerne einfrieren, ihn fixieren und für immer bewohnen, diese Gegenwart, die schlecht sein mag, uns aber doch jeder Zukunft überlegen erscheint, hier in dieser Zeit bleiben, die uns trotz allem noch erlaubt, zu lachen und auszuruhen.

Diesmal kam für uns nicht infrage, mit Silvia oder Jesús ins Dunkelzimmer hinunterzugehen, diesmal wollten wir nicht hypnotisiert werden: Wir verlangten, ihre Gesichter zu sehen, die Worte, die von ihren Lippen kamen, wollten Fragen stellen und Einwände erheben können, während wir ihnen in die Augen schauten, nicht, als redeten wir mit einem Gespenst. Also trafen sich einige von uns an einem Dienstagabend im Lokal, fanden aber nur Jesús vor. Silvia war nicht da, die anderen Mitglieder ihrer Gruppe auch nicht, nur er saß vor seinem Computer. Er wirkte nicht erstaunt, als wir hereinplatzten. Er brauchte von uns keine Erklärung, er wusste, warum wir da waren, auch er hatte die Nachrichten mitbekommen, und deshalb sprach er, bevor jemand fragen konnte: Glaubt kein Wort davon, das ist eine Falle, sagte er mit Ungeduld in der Stimme, als verscheuchte er mit seinen Worten eine Fliege. Und dann fügte er hinzu: Die bewerfen uns mit Dreck, damit wir an uns selber zweifeln, damit irgendeiner Anzeige erstattet, aber ihr dürft kein Wort davon glauben. Was wir Jesús zufolge nicht glauben durften, war die Nachricht, die am Morgen in allen Medien erschienen war: Die Polizei sei einer Bande von Kriminellen auf der Spur, die sich Zugriff auf fremde Webcams verschafften, um kompromittierende Aufnahmen zu machen. Anschließend versuchten sie, die von der eigenen Webcam aufgezeichneten Personen zu erpressen, überwiegend Topmanager vor allem eines bedeutenden Finanzinstituts, das von den Attacken am stärksten betroffen war. Alle hatten in der vergangenen Woche eine anonyme Mail mit dem jeweiligen Video erhalten, begleitet von einer Geldforderung; bei Nichtzahlung würden die Aufnahmen veröffentlicht. Die Forderungen beliefen sich auf dreitausend bis zehntausend Euro, und man ging davon aus, dass es noch mehr Fälle gab, die aus Angst vor Konsequenzen noch nicht angezeigt worden waren. Die Öffentlichkeit wurde dazu aufgerufen, bei der Aufklärung mitzuwirken. Für Hinweise, die zur Festnahme der Bande führen könnten, wurden eine Telefonnummer oder eine E-Mail-Adresse genannt, auch anonyme Angaben waren dort möglich. Zuletzt wurde an die Gefängnisstrafen erinnert, die die Beteiligten riskierten. Wer Kenntnis von den Vorfällen habe und sie nicht anzeige, werde wegen Beihilfe zu einer Straftat verfolgt. Ihr dürft diesen ganzen Müll nicht glauben, sagte Jesús. Die Geschichte mit der Erpressung ist frei erfunden. Ja, wir haben mit dem Material, das wir schon hatten, die ersten Mails verschickt, und einige haben Anzeige erstattet, aber das mit der Erpressung ist gelogen, das hat die Polizei sich ausgedacht. Die wollen uns spalten, Misstrauen säen, damit irgendeiner Angst kriegt und die anderen verpfeift. Ihr glaubt ja wohl nicht, dass wir von denen Geld verlangen, wir haben euch schon gesagt, worum es hier geht, wir erpressen niemanden. Wo sind Silvia und die anderen?, fragte einer von uns, aber er ging auf die Frage nicht ein, sondern redete einfach weiter. Das Ganze beweist, dass sie nervös werden, wir haben ins Schwarze getroffen, und da sie im Dunkeln tappen und nichts finden können, versuchen sie's jetzt mit einer anderen Strategie: uns gegeneinander aufzuhetzen, uns in Zweifel zu stürzen, bis uns einer verrät. Wir sahen einander an und warteten darauf, dass jemand in Worte fasste, was wir alle dachten: Und wie sieht's mit uns aus? Wie sieht's mit euch aus?, fragte Jesús. Wir wechselten Blicke, bis einer schließlich die Rolle des Sprechers übernahm: Wenn euch die Polizei erwischt, geht es uns auch an den Kragen, wir haben nichts getan, aber wir haben euch gedeckt. Jesús bemühte sich um seinen freundlichsten Ton: Noch mal, die werden uns nicht erwischen, da könnt ihr beruhigt sein, die Aktion ist abgeschlossen, zumindest die erste Phase, bis sich alles beruhigt hat, machen wir keine weiteren Türen auf, und die haben keine Spuren, nichts, wir haben die Mails über TOR verschickt, da geht die Nachricht über mehrere Server, unmöglich, die Ursprungs-IP zu erfassen. Die haben nur eine Chance, und das wäre, dass jemand plaudert, aber das wird nicht passieren. Dann schenkte er uns ein Lächeln, das einer Hand ähnelte, die uns über den Kopf strich, und sagte sanft: Ich kann euch schon verstehen, ihr seid erschrocken, auf einmal stellt ihr euch vor, wie das wäre, ins Gefängnis zu kommen oder eine horrende Geldstrafe zahlen zu müssen, darauf legen die's ja an, dass ihr Angst kriegt, dass irgendeiner schlappmacht, aber das wird nicht passieren, ja? Und da wir schwiegen, wiederholte er, mehr als Feststellung denn als Frage: Das wird nicht passieren, ja.

Wenn wir in die Vergangenheit zurückkehren könnten, bis wohin würden wir gehen? Welcher wäre der entscheidende Moment, wann haben wir unwiderruflich den Weg eingeschlagen, der uns bis zu diesem Punkt gebracht hat? Vielleicht Pablos Tat, zu der wir ihn alle gedrängt haben oder an der ihn zumindest niemand gehindert hat: wenn er jetzt den USB-Stick rausziehen und das Gift zurück nach innen fließen könnte. Oder noch früher: wenn wir Jesús' Vorschlag nicht angenommen hätten, jenen fremden Computer mit Dreck vollzuladen, wenn wir stattdessen María überredet hätten, den Mann anzuzeigen, der sie überfallen hatte, wenn irgendeiner von uns ihn angezeigt hätte. Aber auch das wäre eine Entscheidung gewesen, und wer weiß, wohin uns dieser andere Weg geführt hätte, vielleicht wäre alles noch verzwickter geworden, und wir hätten uns am Ende ebenso hier versteckt und auf ein noch schrecklicheres Ende dieser Geschichte gewartet. Also immer weiter zurückspulen, bis zu dem Tag, an dem Silvia uns die Videos gezeigt hat, eben hier, im Dunkelzimmer. Die Ausrede gilt nicht, dass sie uns verführt, uns in ihren Bann gezogen hätte; wir hätten ihr damals sagen können, dass wir nicht einverstanden seien, so etwas sei strafbar, zu gefährlich, wir hätten sie sogar gleich anzeigen können, da hätten wir uns alles Spätere erspart. Aber die Vorführung war die Folge früherer Entscheidungen, wir müssten also noch weiter zurückspringen: nicht zulassen, dass Silvia und Jesús und die anderen sich hier versammelten und das Lokal für ihre Zwecke nutzten, denn das war die erste Spur, die die Polizei an jenem Samstag hierherführen sollte: eine Razzia, bei der wir inzwischen unsere Zweifel haben, ob sie ein Zufall war oder von ihnen selbst provoziert; sogar der Typ, der Eindringling, der María überfallen hat, warum glauben wir eigentlich, dass er von dem Zimmer durch einen Polizisten erfahren hat, Jesús könnte ihn auch selbst hergeschickt haben, um uns hinterher zu helfen, ihn loszuwerden, dann wären wir ihm etwas schuldig, was am Ende zu dem USB-Stick führen würde, den Pablo in der Bank in den Computer geschoben hat. Das klingt verdreht, aber inzwischen scheint uns alles möglich, der Ablauf, der ins Hier und Jetzt führt, konnte seinen Anfang überall haben. Wir hätten ihnen den Raum nicht überlassen sollen, wir hätten an dem Abend, an dem wir den Streit mit Silvia hatten, nicht nachgeben sollen, wir hätten unseren Zufluchtsort verteidigen sollen. Aber wer kontrolliert die Kette von Entscheidungen, wie sollen wir dieses Ende abwenden, vielleicht wäre es nötig, noch weiter in der Zeit zurückzugehen, bis zu der ursprünglichen Entscheidung, dieses Dunkelzimmer einzurichten. Das sind alles hypothetische Erwägungen: wenn, wenn, wenn. Wenn wir nicht mitgemacht hätten, wenn wir Anzeige erstattet hätten, wenn wir nicht geschwiegen hätten, wenn wir das Lokal nicht aufgemacht hätten, wenn wir diesen Zufluchtsort nicht geschaffen hätten, wenn es nicht zu dem Stromausfall gekommen wäre. Auf dem Bildschirm entfaltet sich ein anderes Leben, ein anderer Weg, und der führt uns eine Sekunde vor dem Stromausfall zu einer Parallelerzählung, in der es keine Samstagabende im Dunkeln gibt, auch keine Nachmittage, an denen wir die rechte Seitenwand wählen, weder die Zufallsbegegnungen noch die absichtlich herbeigeführten, nicht die Erleichterung, nicht Evas Körper über einer Pfütze von Erbrochenem, nicht das Lachen, nicht die Hand, nicht das Weinen, nicht den Schrei, nicht die Wut, mit der wir uns an jenem Tag geprügelt haben, nicht Pablos Zahn, nicht María, die sich verängstigt in eine Ecke drängt, nicht Silvias Stimme, die von wer weiß wo kommt, nicht diesen letzten Moment, in dem wir alle wieder da sind, blind, ohne zu sprechen. Aber es ist zu einfach, zu denken, dass das alles von etwas so Zufälligem wie einem Spannungsabfall im Stromnetz abhing, naiv zu glauben, dass wir ohne den Stromausfall heute nicht hier wären, dass wir ein anderes Leben gelebt hätten, vielleicht waren wir früher oder später dazu verdammt, uns dieses Schlupfloch zu schaffen, um darin zu enden, und vielleicht sind es andere Entscheidungen, die uns anschieben, die uns mitreißen, die uns einsperren. Jetzt ist es zu spät.

Wer Anzeige erstattet hat, hebe die Hand. Nicht einmal für so einen Witz reicht uns noch der Humor, wir würden ihn gar nicht als Witz verstehen, irgendeiner würde die Hand heben und mit in die Höhe gerecktem Arm dasitzen, was aber keiner sehen könnte. Vielleicht würden wir alle die Hand heben, kann mal bitte jemand Licht machen, damit wir uns in dieser lächerlichen Haltung betrachten können, sitzend und mit reuiger Miene, die Hand zur Decke gereckt. Ich war's. Ich. Ich. Ich. Was spielt es schon für eine

Rolle, wer Anzeige erstattet, wer bei der Polizei angerufen oder die verräterische Mail geschrieben hat, jeder von uns, alle. Es war eine Chance, den Weg in der Gegenrichtung zurückzulegen, in der Zeit zurückzugehen, sie umzukehren, auch wenn wir wohl nicht sehr weit kommen würden, zurück zu irgendeinem dieser entscheidenden Momente, um ihn rückgängig zu machen, auch wenn es womöglich zu spät ist. Aber es muss gar nicht einmal einer von uns Anzeige erstattet haben, sie können die Festnahmen auch durchgeführt haben, ohne dass Verrat geübt wurde, so wie sie einmal am Faden gezogen haben und bis hierher gelangt sind, könnten sie jetzt an einem anderen Faden gezogen haben, einem der vielen losen Enden, die Jesús und Silvia unterwegs hinterlassen haben, wir selbst boten eine breite Spur, wer weiß, ob die unvorsichtige Entscheidung, ihr Vorhaben mit uns zu teilen, nicht so sehr darauf abzielte, uns einzubeziehen, als es vielmehr einer Aufforderung gleichkam, sie aufzuhalten, bevor es zu spät wäre, vielleicht sollten wir die Notbremse ziehen, da sie dazu nicht in der Lage sein würden. Was spielt es für eine Rolle, ob wir es gewesen sind, wir wollten doch alle dasselbe: das Spiel beenden, ein letztes Mal würfeln und hoffen, dass uns das Ergebnis aufs Startfeld zurückbringt, am Rouletterad drehen, damit die Kugel diesmal ein Häuschen findet und darin zur Ruhe kommt, das gesamte Spielfeld rückwärts abgehen, um zu dem zurückzukehren, was wir einmal waren, was wir zu sein hofften, und unterwegs alles aufzusammeln, was uns genommen wurde, was wir verloren haben. Jetzt würden wir uns gern hier drinnen einfrieren, lange genug verweilen, mit angehaltenem Atem und stockendem Blut, alle Jahre, die nötig wären bis zu dem Tag, an dem wir hinausgehen könnten, und alles wäre vorüber, der böse Traum, aus dem man endlich erwacht, das Leben, das an dem Punkt wieder aufgenommen wird, wo wir es vor diesem langen Zwischenspiel aufgegeben haben. Und um diese Hoffnung am Leben zu erhalten, müssen wir jetzt die Hand heben, so wie man einen Schritt nach vorne tut.

Die Meldung enthält nicht allzu viele Einzelheiten: fünfzehn Festgenommene in drei Städten. Es werden keine Namen genannt, nicht einmal Initialen, und so bleibt unserer Fantasie überlassen, zu rekonstruieren, was gestern geschehen ist: Silvia kommt aus irgendeiner der vielen Versammlungen, die sie unter der Woche hat, trifft zu Hause ein, in ihrer Straße fällt ihr nichts Ungewöhnliches auf, aber bevor sie den Haustürschlüssel ins Schloss steckt, stürzen sich zwei Männer auf sie und drücken sie gegen die Tür, es tut weh, als ihr die Arme auf den Rücken gedreht werden, und dann klicken schon die Handschellen. Im Haus sträubt sie sich, die beiden müssen sie die Treppe hochtragen, sie will nicht, dass der Junge sie so ankommen sieht, stellt oben aber gleich fest, dass er nicht da ist, auch ihre Mitbewohnerinnen nicht, stattdessen ein halbes Dutzend Uniformierter, die gerade dabei sind, alles in Kartons zu packen, was sie aus ihrem Zimmer mitnehmen wollen: den Computer, diverse Ordner und Bücher. In mehreren Haushalten spielt sich zur selben Zeit dieselbe Operation ab, keiner aus der Gruppe entkommt, auch Jesús nicht, in dessen Wohnung gewaltsam eingedrungen wird, ohne zu klingeln, sie lassen ihm keine Zeit, den Computer auszuschalten oder Passwörter zu aktivieren, das wird die Arbeit des Beamten erleichtern, der auf dem Revier die Festplatte in Augenschein nehmen und die Videos öffnen wird, eines nach dem anderen: ein Mann, der sich einen runterholt, eine Frau, die sich im Hotelzimmer abtrocknet, ein anderer Mann, der eine Linie zieht, ein weiterer, der seine Popel isst, einer, der eine Videokonferenz leitet, und andere, die überhaupt nichts weiter Bemerkenswertes tun, sie schauen nur auf den Bildschirm, mit dumpfer oder konzentrierter Miene, kratzen sich am Kopf oder streichen sich den Bart, zeigen nervöse Ticks, telefonieren, fahren sich mit der Zunge über die Zähne, verändern ihre Haltung, tippen auf der Tastatur, kauen Kaugummi, rauchen, essen einen Keks, trinken Kaffee, reiben sich die Hände, ihre Mienen zeigen Langeweile, Konzentration, Verärgerung, Interesse, Überdruss, sie sitzen auf Bürosesseln, auf Hotelbetten, im Zug, auf Flughafenbänken. Anonyme Gesichter, die die Polizei nicht wird identifizieren können, es sei denn, der Protagonist des jeweiligen Videos hat Anzeige erstattet. Einige wenige Vorstände, der Rest stellvertretende Geschäftsführer, kaufmännische Leiter, Personalmanager. Also kein Fußvolk, aber auch nicht der Generalstab. Die mittlere Leitungsebene, die der Offiziere, das ist der Krieg, den Silvia und Jesús geführt haben; weiter nach oben haben sie es nicht geschafft. Und unter den Videos, die auf Jesús' Computer gefunden werden, wird sich auch dasjenige befinden, das er uns vor zwei Tagen gezeigt hat, bei unserem letzten Treffen im Lokal; das Video, mit dem er sich versichern wollte, dass wir ihn nicht anzeigen würden. Die Bildqualität ist miserabel, die Beleuchtung ungenügend: das Dunkelzimmer, lediglich vom Licht eines Bildschirms erhellt. Genug, damit man uns erkennen kann, zumindest einige von uns, die in der ersten Reihe und in der Bildmitte; die Übrigen sind dahinter zu erahnen, in zwei Reihen, wie in einem Kino. Graue Gesichter, geteilt durch die Schattenlinie, das Glitzern einer Brille, weit aufgerissene Augen, die alle in dieselbe Richtung schauen: zur Lichtquelle hin, frontal auf den Bildschirm, dessen Inhalt man womöglich in unseren Pupillen reflektiert sehen könnte, wenn man das Bild entsprechend vergrößerte. Wir sagen kein Wort, öffnen nur den Mund, um Staunen über das zu bekunden, was wir gerade sehen. Und jetzt denken wir: So, wie uns Silvias Computer an dem Abend aufgezeichnet hat, an dem sie uns im Dunkelzimmer die Videos zeigte, könnten wir auch vorgestern aufgenommen worden sein, als Jesús uns just dieses Video vorführte, wie in einer endlosen Schleife, ein Kabinett von Spiegeln, die sich gegenseitig reflektieren: uns aufzeichnen, während wir das Video sehen, auf dem wir entdecken, dass wir aufgezeichnet wurden, während wir uns ein Video ansahen. Auf seiner Festplatte werden sie noch mehr Material finden, bei dem wir die Hauptrollen spielen, auch das hat Jesús uns beim letzten Treffen gezeigt, um sich unserer Loyalität zweifelsfrei zu versichern: Diesmal ist das Bild besser ausgeleuchtet, wir sind nicht im Dunkelzimmer, sondern im Erdgeschoss. Im Vordergrund ist Jesús selbst zu sehen, er nimmt fast den gesamten Bildschirm ein, während er tippt. Hinter ihm, über Schultern und Kopf, sieht man deutlich mehrere von uns, die nach unten blicken, auf den Bildschirm. Man hört Jesús' Stimme, der zu uns spricht, obwohl er uns dabei nicht ansieht: Der Typ ist so gut wie tot, da bleibt nicht viel zu seiner Verteidigung vorzubringen, der wird nicht mal erfahren, warum sie ihn erwischt haben, er wird denken, es liegt an dem Dreck, den er sich selbst schon heruntergeladen hat. Und falls er irgendwann doch beweisen kann, dass ihm jemand das Zeug auf den Rechner geschleust hat, dann hat er keinen Grund, uns zu verdächtigen, bis dahin wird er sowieso schon eine Zeit lang im Knast geschmort haben, und das wird keine Urlaubsreise, Kinderschänder finden auf dem Gefängnishof nicht allzu viele Freunde. Hinter ihm spiegelt sich auf unseren Gesichtern ein Entsetzen, das wir uns ähnlich vorstellen wie jenes, das wir wohl vorgestern empfunden haben, während er uns die beiden Videos zeigte, deren Protagonisten wir waren. Dann war die Vorführung zu Ende, und wir wissen nicht, ob Jesús' Abschied irgendwo aufgezeichnet worden ist. Falls ja, würde man auf einem anderen Video unsere verdatterten Gesichter sehen, als wir seine Worte hörten: Ihr dürft mir das nicht übel nehmen, wir brauchen eine Garantie dafür, dass niemand etwas ausplaudert. Das hier ist ein Krieg, und Krieg ist immer ein hässliches, schmutziges Geschäft. Jetzt wisst ihr jedenfalls Bescheid, wir sitzen alle im selben Boot, und wenn einer untergeht, dann erwischt es die anderen auch.

Im letzten Moment, während du deutlich die Schritte auf der Treppe hörst, das Knarzen der Stufen, kommen dir Zweifel: Warum bist du eigentlich so überzeugt davon, dass wir alle hier sind? Worauf gründest du deine Annahme, dass wir hier im Kreis sitzen und darauf warten, was gleich geschehen wird? Du glaubst das aus demselben Grund, aus dem du dachtest, dass du nicht der Einzige warst, der die Hand gehoben hat, dass wohl auch andere diesen Anruf getätigt oder diese Mail verschickt haben. Jetzt, da du hörst, wie der erste Vorhang zurückgezogen wird, bist du dir nicht mehr so sicher: Ja, du erinnerst dich an Atemzüge, Berührungen, Schritte, aber wie oft hast du dich schon in Gesellschaft gewähnt und dann vergeblich gesucht, wie bei einer Klanghalluzination. Welchen Sinn hätte es, dass wir alle verschüchtert hier säßen, kommt es dir nicht wahrscheinlicher vor, dass wir zu Hause geblieben sind, uns bessere Verstecke gesucht haben als dieses, das sich heute in eine Falle verwandelt? Was hast du selbst hier verloren, warum bist du gekommen, jetzt ist jede Reue zu spät. Warte, da geht schon die Tür auf, jetzt wirst du sehen, ob wir alle da sind, ob nur ein paar Verräter gekommen sind oder ob nur du da bist und niemand sonst. Wenn die Taschenlampe die Dunkelheit zunichtemacht, wird sie uns als eine Menge zeichnen, die sich ergeben hat, oder sie werden dich allein vorfinden, verschüchtert in der Ecke wie ein erschrockenes kleines Tier, die Hand vor den Augen beschirmt, um den Blitz abzuwenden. Plötzlich willst du berühren, die Hände in alle Richtungen ausstrecken, das ganze Zimmer durchqueren, um zu bestätigen, dass wir da sind, aber es bleibt keine Zeit mehr, die Helligkeit drängt zu den Seiten des Vorhangs herein, warte, bis er aufgerissen wird, wie im Theater der Vorhang fällt, beweg dich nicht, halt still, bis das Licht kommt.

Ich möchte denen danken, die sich als Erste in dieses Zimmer gewagt haben: Marta Sanz, David Becerra und David García Aristegui. Ihr großzügiges Lesen und ihre Ratschläge waren wie diese Hand, die du plötzlich im Dunkeln findest. Danke.